七条命的狗

李西闽中短篇小说精选

/现实卷/

李西闽 著

山东大学出版社

李西闽，

著名作家。

1966年11月生于福建长汀农村。

1984年参加中国人民解放军空军，

在空军部队服役20年。

1984年开始发表小说，

在《收获》《天涯》《作家》等发表大量文学作品，

出版《酸》《腥》《麻》《救赎》《好女》

《死亡之书》《血钞票》《黑灵之舞》

《拾灵者》《崩溃》等长篇小说30多部。

在2008年5月12日汶川大地震中，

被埋废墟76小时，

根据这段经历写成的《幸存者》

发表和出版后，引起巨大反响，

并获“华语文学传媒大奖年度散文家奖”。

目录

抵抗

1

看不见星星，也没有月亮，夜空却是紫红色的，那是被城市的光亮染成的颜色，美而妖艳，还有种扑朔迷离的醉意。街道上有栀子花香浮动。浦建设的目光在街道两旁搜寻，没有找到栀子花。街边香樟树的枝叶在风中摇曳，飒飒作响。浦建设不再理会栀子花香的来源，继续踩着自行车，大声地唱着山歌。自行车后座上，驮着一位姑娘，她双手搂着他的腰，脸贴在他背上，陶醉极了。浦建设在这个美好的深夜，骑着自行车，穿过一条又一条寂静的小街。歌声一路散落，随风飘荡……

浦建设被一泡尿憋醒，告别了美梦。

他从床上爬起来，懒得开灯，摸索着走进了卫生间。畅快淋漓撒完尿，浦建设觉得失落，仿佛所有饱满的情感都随那泡尿注入了马桶，然后被冲走，无影无踪。他怔怔地站在卫生间，良久。身体开始战栗，他才感觉到寒冷，哆哆嗦嗦地回到了床上。被窝冰凉，他哀叹了声，想起了秦小青。窗外的夜空一定很黑，不再是紫红色。自从和秦小青结婚后，他就没有看到过紫红色的夜空。梦中情景，曾是那么真实。

秦小青就是梦中坐在自行车后座上的姑娘。秦小青是浦建设的大学同学，同学四年，他们没有在一起的迹象。秦小青是公认的美女，又是上海本地人，追求她的人多了去了，没有人会把她和其貌不扬的浦建设联系在一起。将要毕业的时候，他们竟然在一起约会了。浦建设喜欢她，却没有把握她会嫁给自己，他想用自己的方式征服她。就在毕业前夜，浦建设请她看了一场电影。看电影是老桥段，没有新意，他也没想通过看电影来得到她的芳心，看电影只是前戏。电影的故事情节对他根本就没有吸引力，他的心在秦小青身上。秦小青目不转睛地注视着银幕，脸上的表情随着电影故事的发展变化着，浦建设不时地偷看她的脸以及她亮晶晶的眼睛，他企图伸出手摸她的手，最终没有实施。他怕一时鲁莽，会造成不良后果，影响后面的计划。

散场后，已经很晚了，浦建设提出送她回家，秦小青没有拒绝，他内心狂喜，觉得机会来了。电影院离秦小青家不远，正常骑车 15 分钟可以到达。浦建设没有走那条近道，而是在一些僻静的小街上绕来绕去，他卖力地蹬着自行车，不停地大声歌唱。他唱的是老家的山地情歌，那些古老悠婉的歌谣在上海的夜色中显得不合时宜，又别有一番风味。渐渐地，秦小青忘记了时间，双手搂住了浦建设的腰，头靠在他背上，陶醉地闭上了眼睛。15 分钟的路程，浦建设用了 3 个多小时。3 个多小时的山地情歌彻底俘获了秦小青的心，不久，她就嫁给了浦建设。

想起那个有栀子花香弥漫的夜晚，浦建设心里凄凉，他想唱首山歌，可是没有人听了，孤枕难眠，这漫漫长夜该如何度过？就是在最寂静的夜里，城市的夜声还是在他耳边嗡嗡作响，仿佛有台永不停息的机器在不知疲倦地运转，它一直在提醒活着的人世界的喧嚣。他的胃部又开始疼痛，越是在这样孤寂的寒夜，疼痛来得越快，越厉害。他的胃里有条毒蛇，它不停地无情噬咬，喷射毒液，企图让他的胃以及整个内脏坏死、腐烂，不达目的不罢休。浦建设的拳头死死顶住胃部，他要让胃里的毒蛇窒息而死，尽管他很清楚这是徒劳的。他嘴里发出可怜楚楚的呻吟，接着是凄凉的哀叫，然后是愤怒而又悲惨的吼叫。他在床上翻滚，和胃里的毒蛇搏斗，也和自己搏斗。

疼痛渐渐平息下来，浦建设喘着粗气，像被暴风雨肆虐过的小舢板，奄奄一息地在黑暗的海面上漂浮。他不知道下一场暴风雨会在什么时候来到，会不会将他打翻，将他吞没。此时，要是秦小青在身边，该有多好，哪怕只是一句轻声的话语，也会让他安慰，让他充满力量。可是，他不愿意让秦小青看到自己痛苦的样子，不愿意让她伤心流泪，她应该有更好的生活，而不是被他拖累。浦建设内心极为矛盾，他渴望秦小青的爱，又无情地拒绝。他就像一个溺水之人，希望她来相救，又害怕她会一起淹死，他不得不将她推开。

浦建设和秦小青离婚，就是因为胃里的那条毒蛇。

浦建设觉得自己被诅咒了，那条毒蛇原本在老家山区的荒野，却在某天进入了他体内。在一次出差的途中，胃部剧烈的疼痛突如其来，他痛得差点昏死过去，在此之前，他从来没有这样痛过。他没有告诉妻子，出门在外，他习惯了报喜不报忧，害怕她担心。回到上海后，他去医院做了检查。那个戴着眼镜的老医生神色凝重地告诉他，他得的是胃癌，而且是晚期了。当时，他懵了，天旋地转，颓然地坐在椅子上，一言不发，茫然不知所措。他又去了两家大医院，结果是一样的，都给他判了死刑，尽管他们都说，如果积极配合治疗，或许还有救，还能够多活几年。

浦建设内心悲哀到了极点。

他不敢将此事告诉秦小青。

而且，他下决心要离开秦小青。

一连好几天，浦建设魂不守舍，无法面对妻子。

那天回到家里，他像往常一样，在厨房里忙着做饭。浦建设做得一手好菜。婚前，秦小青父母有顾虑，生怕女儿跟了他会吃苦头，直到他在秦家露了一手厨艺，才让两老刮目相看。事实上，婚后，浦建设把秦小青照顾得很好，她在家里像个公主，浦建设把脏活累活都干了，还要陪她浪漫，听音乐、分享读书感受、看电影、喝咖啡、散步等等，小日子过得有滋有味,尽管生活中有磕磕碰碰。要不是浦建设体内那条毒蛇,他们也许可以快乐浪漫地过上一生。想到自己的绝症,浦建设充满了恐惧和不安,觉得和秦小青美好的日子就要寿终正寝了。秦小青边看书边听音乐,优雅的样子,脸上舒坦的神情,看上去很美。饭菜上桌后,浦建设惶恐地让她洗手吃饭。秦小青洗完手,坐在饭桌前,看了看站在那里的丈夫,微笑着说:"建设,你怎么了,一副受气包的样子,这几天你很不正常呀,到底发生什么事情了?"浦建设一时语塞,什么话也说不出来。奇怪的是,这天秦小青对他做的菜十分挑剔,不是嫌肉太老了,就是说汤太咸。浦建设突然发火,端起一个盘子狠狠地砸在地上,大吼道:"你爱吃不吃,老子受够了,再也不伺候你了!"说完,他夺门而出,头也不回地走了,把惊呆了的秦小青扔在了家里。

从那以后,浦建设就再没有回过家。

某天傍晚,秦小青下班,路过一家咖啡馆,透过茶色玻璃窗,发现浦建设和一个年轻漂亮的女子亲昵地坐在一起,神情暧昧。浦建设仿佛把秦小青当成了空气,搂紧身边的美女,在她脸颊上亲吻了一下。秦小青身体微微颤抖了一下,脸色阴沉下来。她真想冲进去,问个究竟,但是她忍住了,她是个有修养的女人,不是泼妇。她咬着下嘴唇,快步离去。浦建设走出了咖啡馆,注视着秦小青渐渐远去的背影,心如刀割。只有这样,才能让秦小青死心,和他离婚。他清楚,秦小青眼里揉不进沙子。如他所愿,秦小青很快就和他离了婚,房子以及所有的财产都留给了她,浦建设净身出户。办完离婚证,走出办事处大门,阳光强烈,浦建设两眼发黑,以后的路怎么走,心里没底。秦小青问他:"你不是说爱我一辈子的吗,怎么没几年你就变了心,她比我好吗?"浦建设没有回答她,那个女人只是他花了 1000 元请来演戏的,连叫什么名字都不晓得,只知道是酒吧的陪酒女郎。

2

浦建设净身出户时，体重是 142 斤，三个月后，变成了 92 斤，身高 1.76 米的他，显得瘦骨嶙峋，一阵风都能把他吹走。死亡的阴影笼罩着浦建设，他常常问自己：你还能够活多久？

浦建设常梦见那个美好夜晚，也常常梦见死神。死神只是一个影子，没有具体的形象，有时是黑色影子，有时是白色影子，不管黑色还是白色，死神在梦中一点一点地消解他的肉体。他无法和死神交谈，无法讨价还价，死神不会顾及他的任何想法和感受，只是残酷地履行职责。他在噩梦中恐惧的呐喊和挣扎都无济于事，在死神面前，他就是一只无能为力的待宰羔羊。

一个个寒夜让他痛苦，难熬。

在白昼，有阳光的日子，他会获得一些安慰。阳光温暖地照在他灰色的脸上时，浦建设会感觉到自己还活着，还在尘世呼吸。走在上班路上，摩肩接踵的人们也会驱赶他内心的孤独感，哪怕人们行色匆匆冷若冰霜。

这天，是个阴天，阳光被乌云吞没了。他来到公司，刚刚坐下来喝了口水，胖乎乎的女秘书走过来，轻声地说："浦大哥，潘经理叫你去他办公室一趟。"平常，女秘书对他不错，总是面带笑容，今天她面无表情，目光躲闪，而且同事们都用怪异的目光瞟他，浦建设隐隐约约地感觉到了不妙。浦建设大学毕业后，就在这家卖厨具的公司上班，做销售工作，他兢兢业业，吃苦耐劳，创下过良好的业绩。他想，应该不会有什么坏事发生，或许是潘经理又要他出差。有时，有些别人不想去的地方，潘经理会派他去，他也不会有什么怨言。

浦建设游魂般晃进了潘经理的办公室。

潘经理坐在黑色的皮椅上，脸色红润，他抬起头，目光炯炯地看着浦建设，脸上挂着一丝笑意。他就是生气时，也是这样，那丝笑意是他的经典表情，因此，同事们都在背后称他“笑面虎”。其实，他也算不上虎，在董事长面前，他是一条狗。浦建设清楚他的为人，却从来没有说过他的坏话，别的同事谈起，他也是一笑置之。瘦弱得不成样子的浦建设站在潘经理的办公桌前，随时都有可能倒地不起。他笑着说：“潘经理，你找我有事？”

潘经理说：“请坐，请坐。”

浦建设瞥了一眼身边的椅子，没有坐下，他也不想坐，说：“潘经理，有什么事情，你就尽管吩咐吧，我努力去做。”

潘经理装模作样地清了清嗓子，说：“唉，你应该知道，今年生意难做，产品销量比去年同期下降了 30%，这样下去，公司很快就倒闭了。昨天，董事长召集我们开了个会，决定收缩成本，各部门都需要裁掉一些员工，我们销售部也不例外，这事情让我头痛啊。”

浦建设心里明白了，敢情潘经理是要辞退他。从那条毒蛇进入他体内那天起，他就惴惴不安，担心公司会炒掉他。没有人愿意留个绝症病人在公司里等死。他没有告诉任何人自己得了癌症，目的就是要保住工作。工作要是没了，他就连止痛药都吃不起了，他还希望到年底多拿点奖金，去做胃切除手术。岂料离年底不到一个月，公司就对他下手了。这是一件无比残忍的事情，简直是雪上加霜。

潘经理继续说：“你是我们公司的老员工了，对公司做出了很大的贡献，这是有目共睹的。说实话，我也不想让你走，我心里也难受，可是没有办法。你自己清楚，今年来，你业绩平平，考评下来，你是最差的，我也不知道你出了什么问题。你留在这里，对你也不利，你还年轻，还大有作为，离开我们公司后，你完全可以找家更有前途的公司去做，也许会有很好的发展空间。树挪死，人挪活嘛，现在年轻人换工作，比换衣服还快。”

浦建设喃喃地说：“不，不要辞退我，不要——”

潘经理说：“小浦，这事情公司已经决定了，改不了了，你要是真对公司有感情，等公司好转后，我再叫你回来，我们保持联系。”

浦建设眼前一黑，歪歪斜斜地倒在了地上。

就是晕倒在潘经理面前，潘经理也没有改变主意，等他醒转过来时，他还是被辞退了。浦建设想冲潘经理吼叫，甚至想杀了他，他浑身颤抖，一点力气都没有。在公司保安的监督下，浦建设有气无力地把自己的私人物品放进了一个纸箱里，然后默默地抱着纸箱，离开了公司。他走出门时，回头望了望，同事们都站立起来，默默地目送他，胖胖的女秘书在抹眼泪。他脸上露出了惨淡的笑容。

走出写字楼，天上乌云翻滚，狂风大作。

他站在人行道上，像一片枯叶。他没有去坐公交车，也没有去乘地铁，而是默默地抱着纸箱，漫无目的地行走，不知道要去哪里，也不知道会不会被狂风刮走。大雨很快落下来，天空似乎被捅了大洞，雨水如注，倾泻下来，不到几秒钟，就把他全身浇透了。他没有躲雨，继续行走，雨水一直浇灌着他。走了一会，他把纸箱扔进了垃圾桶，那些东西对他不重要了，真的不重要了，垃圾桶是它们最好的归宿。他突然有个怪异的想法，把自己也塞进垃圾桶里去。他站在垃圾桶旁边，觉得自己也是垃圾。

浦建设不知怎么回到家里的，准确地说，这不是他的家，是暂时栖身的出租房，阴暗狭小潮湿，有股霉烂的气味。那腐臭味，可能是哪个角落里死去的老鼠发出来的，也许是他体内散发出来的。他觉得自己在腐烂，渐渐地腐烂，最后只会剩下一具白骨。他躺在床上，浑身冰冷，不停地颤抖，他被雨水淋得发烧了。浦建设迷迷糊糊地想，就这样死了也好，无牵无挂，什么也想不起来了。

如果不是罗宗群来找他，他也许会被高热烧化掉。

罗宗群是他的同事，也是他在这个城市里唯一的好友，他刚刚出差回来，就听说浦建设被辞退了。他是个血气很足的男人，气不过，为浦建设抱不平，找潘经理吵了一架。吵归吵，还是改变不了现实，他也要养家糊口，不能因为朋友丢了工作。罗宗群发泄完内心的不平之后，就打了浦建设的电话,想安慰安慰他,可是他的手机怎么也打不通。浦建设的消瘦,罗宗群看在眼里,因为浦建设没有告诉他得病的事情,他一直以为浦建设没有走出离婚的阴影。打不通电话,罗宗群担心他会不会想不开,出什么事,下班后,他就赶到了浦建设家。看到浦建设湿漉漉的皮鞋扔在门口,罗宗群知道他在家。罗宗群怎么按门铃,浦建设就是不开门,也不答应,罗宗群急了,不顾一切地撞开了门,看到了床上奄奄一息被烧得昏迷了的好友。罗宗群二话不说,背起他,把他送去了医院。

3

罗宗群一直认为浦建设是个笨蛋,特别在离婚的问题上,因为他净身出户。罗宗群在他离婚后这样说:“浦建设,你他妈是活雷锋呀,那房子是你辛辛苦苦赚钱买的,存款也有你的一半,你就这样都给了她,你就不为未来做打算?以后你还得结婚,还得生活。”浦建设没有解释,也不必要解释,一解释,他得病的事情就会露馅,他做的一切努力都会前功尽弃。他这样说:“只要我活着,就能够赚更多的钱,你不用担心。”罗宗群也无话可说了,浦建设就是当活雷锋,当傻子,也是他自愿的,他的选择没人可以干涉,每个人都有自己的活法。

烧退后,浦建设逃离了医院。

他不喜欢医院,甚至厌恶医院,医院里有种奇怪的味道,一种让他作呕的味道。在医院里,他仿佛可以看到死神,它像团淡淡的雾气,飘来荡去,寻找着他要带走的人。他还可以听到死神的冷笑,死神在嘲弄着每一个活着的人,带着那种可怕的冷漠和刻薄。

回到家里,浦建设浑身无力地躺在床上,回忆着在厨具公司短暂而又漫长的时光。那的确是段劳心劳力的岁月,他把自己的才能奉献给了公司,虽说现在公司无情地辞退了他,那些年它没有亏待他。浦建设在得病前,一直是公司里奖金拿得最多的那几个人之一。通过努力,他买了房子，还买了车，让妻子过上了优雅的生活，还存下了一笔钱。是那条毒蛇让他失去了这一切，如果不得病，他不会离婚，也不会被炒鱿鱼，他还会在人生正常的轨道上过着比上不足比下有余的生活。秦小青曾经说过，我们不需要有太多的钱，够生活就可以了，有爱就会有幸福。她忘记了说，不要有疾病，在这个年代，病不起，一场恶疾就可以让你倾家荡产。如果不离婚，实话告诉秦小青，他得了胃癌，她一定会给他治病。浦建设算过一笔账，动手术会花去他们所有的积蓄，接下来的化疗用药等等，就要卖掉车，甚至卖掉房子，否则就会负债累累，陷入一种困苦的生活，猴年马月才能翻身。最重要的问题是，花了那么多钱，病还不一定能治好。那样，人财两空，秦小青还能不能活下去？

浦建设没有后悔，他认为自己是个男人，在这个时候隐瞒病情，和秦小青离婚，是明智之举，是最好的选择。他深爱着秦小青，牺牲自己，不拖累她，是天经地义的事情。如果哪天，他的病好了，他会回去找她，告诉她一切真相，告诉她，他一直深爱着她，从来就没有放弃过她，就是为她死，也是值得的。想到这里，浦建设嘴角浮起一丝微笑。

他从床上爬了起来，爱又让他有了动力。

他内心里有个声音在说："活下去，活下去，相信奇迹会发生，相信你会重新拥有爱人。"

这些日子来，他一直在服中药。他找过一个很有名气的中医学院的教授，据说那个教授治好了不少癌症病人，大都是被医院判了死刑的人，而且还不用做手术，也不用化疗。开始时，他心里有些疑虑，教授是不是像传说中的那么神？会不会是个骗子？这年头，遍地都是骗子。浦建设是抱着死马当活马医的念头找上门去的，要找他看病并不容易，教授每周才在一家医馆坐诊半天。排了三周的队，浦建设才看上病。老教授鹤发童颜，一副慈祥的模样，他给浦建设望闻问切，还看了他带去的片子，然后给他开了中药，鼓励他要调整好情绪，和病魔作斗争，做好打持久战的准备。老教授看病开药，价格十分便宜，这让浦建设有了信心。那些难熬的夜里，体内的那条毒蛇会醒来，饥饿的毒蛇疯狂地噬咬着他的胃部,甚至五脏六腑。浦建设在剧烈的疼痛中醒来,忍受着巨大的痛苦,吃止痛药都无法缓解。在哀吼中,他对老教授的秘方会产生怀疑,而且,他已经对中药的味道产生了某种抵触心理,闻到中药味就想吐。

不能放弃,老教授说过,中药治疗,见效慢,一定要坚持。他走进了厨房,开始熬药。汤药煮开后,中药的味道便飘散出来,一会就弥漫了整个房间。浦建设闻到中药味,胃里顿时翻江倒海起来,他冲进卫生间,蹲在马桶旁边,朝着马桶呕吐起来,直吐得眼冒金星,头脑发懵。最后他吐出来的全是黄黏黏的酸水,五脏六腑都在抽搐。

他走出卫生间,扑倒在床上。

每次呕吐,他都希望体内的那条毒蛇被吐出来,那样,他的病就真的好了。也许这中药就是驱赶毒蛇的,它在体内闻到了药味,不停地挣扎,才导致了他的呕吐。他觉得这种想法合情合理,他要坚持把药汤喝下去,直到那条毒蛇被吐出来为止。

4

每次想到毒蛇,浦建设就会想起父亲浦海亮。浦海亮是个捕蛇人,靠捕蛇为生。

浦建设没有母亲,他不知道母亲是谁,又在何方。浦建设懂事后,问过父亲,关于母亲的情况。浦海亮是个爽朗的人,他会笑呵呵地说:“你哪有什么妈妈呀。”浦建设不解地问:“大家都有妈妈,为什么我没有？我要是没有妈妈,那我是从哪里来的?”浦海亮摸着他的头说:“孩子,你真的没有妈妈,你是从露珠上生出来的。”

浦海亮一生未娶,养大了浦建设。在浦建设懂事前,浦海亮用根背带,把儿子背在背上,去山野捕蛇。在茂密的山林里,在河滩的野草丛里,捕蛇人浦海亮能够准确地找到毒蛇藏身的地方,将蛇捕捉住,放进严密的竹篓里，拿到镇上去卖，换些钱养家。曾经有那么一段时间，浦海亮企图把儿子培养成捕蛇人，继承他的衣钵。到了浦建设上学的年龄，村里的同龄孩子都去上学了，浦海亮却无动于衷，根本就没有让儿子上学的意思。

村里的一个老人对浦海亮说："海亮，让建设去读书吧，别耽误了孩子的前程。"

浦海亮说："别劝我了，打铜打铁都是为了一口饭，我把捕蛇本领传授给他，够他一辈子食用的了。"

老人说："现在蛇越来越少了，等蛇被捕光的那一天，我看你们吃什么。"

浦海亮说："蛇怎么会越来越少，只会越来越多，你看现在水土保持了，山林越来越茂密了，蛇也多起来了。"

老人说："原先，我们这一带的山里有老虎，有豹子，现在还有吗？"

浦海亮说："老虎是老虎，蛇是蛇，不能相比较的。"

老人说："你胡搅蛮缠，不让建设读书，不就是怕他以后考上大学离开唐镇，不会回来给你养老送终了嘛！人不能这样自私，为了一己之私，害了孩子一辈子，他以后会恨你的。"

这话说到了浦海亮的痛处，他不和老人争论了，悻悻而去。

浦建设虽说跟着浦海亮一起长大，他见到蛇还是十分害怕。他不光害怕蛇，连蚯蚓、黄鳝也害怕，那些滑溜溜的东西总是令他毛骨悚然。为了锻炼他的胆子，浦海亮会抓些小毒蛇，把毒牙拔掉，让他玩耍。他看到蛇，就躲着跑开。五大三粗的浦海亮扑过去，像拎只小鸡一样将他抓回来，一手抓着他，一手抓着小蛇，在他眼前乱晃，更可恶的是，浦海亮还把蛇放到他的脖子上。浦建设吓得魂飞魄散，哇哇大哭。晚上，浦建设会做噩梦，在梦中大声呼救，说他要被蛇咬死了。浦海亮无奈，只好等他长大点，再让他接触蛇。

可是，他到了上学的年龄了，还是怕蛇。浦海亮带他上山，进山林里捕蛇，让儿子坐在一棵老松树下等他。浦建设坐在老松树下，百无聊赖。浦海亮进山林里捕蛇，有时很快出来，有时半天也出不来。他是个蛇痴，不捉到蛇是不会罢休的。他在草丛里可以分辨出蛇的踪迹，也可以分辨出路过草丛的蛇的大小及蛇的长度，追寻而去，一定有所获。浦建设眼巴巴地等待着，许多日子，他就这样孤独地等待着，等待父亲提着装蛇的竹篓，得意地出现。父亲出现后，他胆战心惊，担心毒蛇会从竹篓里钻出来，噬咬他。他清楚，被蛇咬死的人，全身发黑，还会散发出恶臭，镇上就有过被毒蛇咬死的人。很多时候，在等待的过程中，他也担心父亲失手，被毒蛇咬死，奇怪的是，浦海亮从来都没有被蛇咬过。有时，他在等待中，会不停地唱山歌。现在的唐镇，会唱山歌的人找不到几个了，浦海亮算一个，浦建设也算一个。浦海亮没有把捕蛇功夫传授给儿子，却教会了他很多山歌。

就在浦建设焦虑地等待父亲出现时，他看到了一只米粒大的黑蚂蚁。

黑蚂蚁从他脚前面爬过。

这是一只孤独的黑蚂蚁，他以前见到的蚂蚁都是成群结队的，单只的蚂蚁很少见。浦建设对黑蚂蚁说："蚂蚁呀，你是不是也没有妈妈？"黑蚂蚁没有回答他，继续往前爬行，十分坚定的样子。他又对黑蚂蚁说："蚂蚁呀，你怕蛇吗？"黑蚂蚁还是没有回答他，继续向前爬行。浦建设一直跟着蚂蚁，和它说着话。黑蚂蚁爬进一片褥草丛中，不见了踪影。浦建设微微叹了一口气，他抬头望了望天，天上有几朵神态各异的白云飘动。他想，自己要是坐在白云上，就可以看见父亲捕蛇了，也可以看到很远很远的地方，那很远的地方一定是奇异的世界。

突然，他听到了飕飕的声音，有什么东西在穿过草丛。

他的目光落在草丛上，发现一条很大的乌梢蛇朝他这个方向游过来。他吓得惊声尖叫，撒腿就跑。他跑到一条山路上，气喘吁吁。这时，他看到一对中年男女有说有笑地走过来，他们穿着体面，看上去不像是本地人。他们走到跟前时，浦建设突然说："求求你们，带我走吧！"他们面面相觑，不知如何是好。过了会儿，男人说："你是谁，为什么要我们带你走?”浦建设可怜巴巴地说:“我是个没有妈妈的孩子,求求你们,带我走吧,你们让我干什么都行。”女人对男人说:“是个孤儿?”男人说:“也许。”就在这个时候,浦海亮朝他们这里飞奔而来,边跑边喊:“不要带我儿子走! 不要带我儿子走!”那对男女要走,浦建设拉住了男人的手说:“带我走吧! 带我走吧!”

浦海亮跑到了他们面前,气喘吁吁地说:“你们不能带我儿子走,不能!”男人说:“我们没有带你儿子走,是你儿子要我们带他走。”浦建设不知道为什么,胆子壮了起来,走到男人前面,大声对父亲说:“浦海亮,你答应我一件事,我就不跟他们走。”浦海亮说:“孩子,你说什么我都答应你,你千万不要离开我。”浦建设说:“我再不要跟你来捉蛇了,我要上学,我就是要上学!”说完,他回了一下头,发现那对男女已经走出一段路了。

浦海亮扑过来,狠狠地扇了儿子一耳光,说:“你这条养不熟的狗,我让你走,让你走!”浦建设半边脸火辣辣地疼痛,他大哭起来。浦海亮呆呆地看着痛哭流涕的儿子,不知所措。第二天,浦海亮就送儿子去了学校。有时,夜深人静了,浦海亮会对着熟睡的儿子流泪,他讷讷地说:“儿子,你长大后,无论到哪里,都不能忘了我,我把你养大不容易呀。”

浦建设考上了大学,临走的前夜,浦海亮告诉了儿子一件事情。他说:“建设,你现在长大成人了,也考上大学了,有件事情应该让你晓得。那年夏天的一个早晨,我去河滩野草地上捉蛇,突然听到河边的草丛里传来了婴儿的啼哭,我跑过去一看,是个刚刚出生不久的男婴,他被裹在一条毛巾被里,露出毛茸茸的头。奇怪的是,我头天晚上还做了个梦,梦见一颗很大的露珠挂在树上,我走近前,露珠掉在地上,碎了,里面露出一个婴儿,在哇哇地哭。想起那个梦,我就把他抱回了家,当作自己的亲生儿子养,我想,这是上天可怜我孤佬一个,送给我的孩子。那个孩子就是你。”

浦建设明白了,自己是个弃儿,是浦海亮把他抚养成人。他说:“爸,你就是我的亲爸,我就是没有妈妈,我是从露珠上蹦出来的,你放心,我会给你养老送终的。等我参加工作了,我会把你接出来,好好孝敬你的。你放心，我不是个忘恩负义的人。”听了他的话，浦海亮落了泪：“孩子，有你这话，我就心满意足了。”

5

浦建设一直怀疑，自己的病和父亲有关。父亲是他捉摸不透的人，也是故乡小镇人们捉摸不透的人，他独来独往，也没有朋友，他一生都在和可怕的毒蛇打交道，最亲近的人就是浦建设。镇上的人都害怕浦海亮，传说他会某种法术，再毒的蛇见到他，都会乖乖就范。有人说，镇上曾经被蛇咬死的那个人，在“文革”时欺负过浦海亮，是浦海亮做法让毒蛇溜进他家，将他咬死的。那人欺负过浦海亮，是人尽皆知的事情，至于浦海亮有没有做法，只有天知道，他到底有没有法术，也只有天知道。

浦建设得上绝症，噩梦中也出现过毒蛇，他不得不将此事和父亲联系起来。说实在话，浦建设对父亲并不是很好，特别是他和秦小青结婚之后，有时沉浸在恩爱之中，他会记不起故乡那个风烛残年的老人。他也常常因此而忏悔，那是在接到父亲偶尔打来的电话之后。每次，浦建设都会说，等闲点了，回乡去把父亲接出来，并且象征性地寄点钱给他。

浦海亮可怜兮兮地盼望儿子回去接他，一盼就盼了三四年。这三四年里，浦建设沉浸在温柔乡里，不要说接父亲出去，就是回来探望一次都是浦海亮的奢望。浦建设买房子之后，觉得再不把老人接出来，实在说不过去了。于是，就和秦小青商量，让老人来住上一段时间。他还不敢让老人来长住，尽他赡养的义务。秦小青提了个要求，老人来可以，但是不能超过半个月，否则她就搬回娘家去。浦建设答应了娇妻。

听说儿子要接自己出去，浦海亮十分兴奋，他的期待将要变成现实，碰到熟人就开心地说：“我没有白养建设，看看，他要接我到大上海去享清福了。”熟人们表面上都夸赞浦建设，说他有良心，背后里却窃窃私语:“我看老浦在上海待不长,很快他就会灰溜溜地回来的。”

这话不幸言中。果然,浦海亮没住几天,就回到了他赖以生存的地方。

因为秦小青。

刚刚到上海的那天,秦小青和她父母亲都十分热情,在一家本帮菜的饭馆包房里给浦海亮接风。秦小青父母都是文化人,见到浦海亮,彬彬有礼。浦海亮心里舒坦,觉得特别有面子。刚开始,他有些拘束,几杯老酒落肚后,他便目中无人,话也多了起来。他不吃菜,只是喝酒,并且滔滔不绝地讲话,吐沫横飞。秦小青父母脸带微笑地注视着他,听他讲话。秦小青的嘴巴凑近丈夫耳朵,轻声说:“你爸真啰唆,要是你像他那样,我才不会和你结婚。”言下之意,是嫌浦海亮话多了。浦建设觉得没有面子,又不好制止父亲说话,父亲的脾气他了解,此时要是打断他的话,他会发火的。

浦建设到底忍不住了,说了句:“爸,你不要光顾说话,多吃点菜。”

浦海亮声音大起来,说:“这菜有什么好吃的,太甜了,哪天请亲家到家里去,我烧几道好菜给他们吃。”

秦小青和她父母听了这话,脸上挂不住了,脸上的笑容消失了。浦建设难堪极了,心想,要是不给父亲喝酒就好了,他酒性不好。浦海亮旁若无人地说:“吃来吃去,还是我们唐镇的菜好吃,光那碗过山风(眼镜蛇)汤,就会让人掉舌头,那个鲜美呀,别提了。特别是我上山捉来的蛇,哪条不是又肥又大,我们镇长还三天两头派人来找我买蛇。他以为他是个镇长了不起呀,我告诉他,我儿子比他官大,就比他大一级,压死他。哈哈哈,想吃我捉的蛇,没那么容易……”

秦小青父亲实在受不了了,站起身,说有事情要先走,她母亲跟他一起走了。秦小青也说有事情先回家了,剩下他们父子坐在那里,浦海亮还在大声说话,浦建设如坐针毡,只好耐着性子陪着父亲,他回去不知道该怎么和秦小青交代。浦海亮喝多了,才止住话语,趴在桌子上不响了。浦建设费了九牛二虎之力才把父亲弄回家。

安置好父亲睡觉，蒲建设才进入他和秦小青的卧房。

秦小青靠在床上，在台灯下看书，不理睬浦建设。浦建设洗完澡，爬上了床，亲昵地凑近秦小青，轻声说："亲爱的，睡觉吧。"秦小青还是不理睬他。他抱住了她，说："亲爱的，别生气了，我爸是乡下人，不要和他一般见识，你想想，他辛辛苦苦把我拉扯大，供我上学，多不容易，你就原谅他吧。"话说到这个份上，秦小青把书放下，关掉了台灯，躺下了。黑暗中，秦小青轻声数落浦海亮："你爸真是个乡巴佬，一点礼貌都没有，大声说话不要紧，还说什么我们上海菜难吃，再难吃也比乡下菜高端大气是不是？另外呀，我爸爸妈妈打电话来说，你爸身上有股怪味，腥臭腥臭的，恶心死了。我听了想想还真有这股味，跑到卫生间把晚上吃的东西全都吐出来了。"浦建设轻轻叹了口气，他明白，父亲身上的是蛇腥气，他和蛇打了一辈子交道，难免有那种气息，他习惯了，秦小青和她父母却难以忍耐。

那个晚上，浦建设和秦小青一夜未眠。

他们刚刚要睡，就听到隔壁房间传来的呼噜声。呼噜声山响，而且是不规则的，他一个人的呼噜声，简直赛过了一支交响乐团。房子的隔音条件不是很好，浦建设和秦小青想进入梦乡是件困难的事情。不知过了多久，交响乐停了下来，他们以为可以安心入眠了，没想到浦海亮又开始喊叫，浦建设赶紧跑过去，问父亲要干什么。浦海亮说口渴了，要喝水。浦建设就去给他倒水。他喝完水，倒头便睡，不一会儿，呼噜声又响了起来……折腾了一个晚上，天亮了，浦海亮才安静下来。他安静下来的原因是他醒了，睡不着了。浦建设和秦小青走出房间门，看到浦海亮坐在客厅里抽烟。浦建设不抽烟，他就是想抽，秦小青也不会让他抽的，她讨厌烟味。秦小青皱起了眉头，轻声说："他身上本来就有怪味，竟然还抽烟，这还让不让人活了呀。"浦海亮听见了她的话，赶紧摁灭了烟头，难为情地看着他们，他没有喝酒的时候，还是有所顾忌的。浦建设假装没有听到妻子的话，笑着说："爸，抽烟没有关系的，不过，你以后抽烟，到阳台上去。"浦海亮说："好，好。"他把儿子拉到一旁说："建设,昨天晚上我喝多了,没有失礼,给你丢脸吧?”浦建设说:“没有,没有,都是一家人,失什么礼呀,爸,你放心吧。”浦海亮说:“那就好,那就好,我是看亲家热情,才多喝了两杯的。”

第三天傍晚,浦建设下班回家后,没有见到秦小青,只见浦海亮愁眉苦脸地坐在客厅里。见到浦建设,浦海亮讷讷地说:“建设,小青回来过,她提了个箱子走了。”浦建设心想,她一定是搬回娘家住了,今天一早起床,她就说受不了了。浦建设问父亲:“她和你说了什么话吗?”浦海亮慌乱地说:“没,没说什么。”浦建设知道,妻子一定对父亲说了什么难听的话。浦建设的手机响了,他接通了电话,听到了妻子的声音:“浦建设,你赶紧把你那臭烘烘的乡巴佬老爸弄回乡下去,否则我永远都不搬回来了!”她说完就挂了电话,这是她的最后通牒。浦建设叹了口气,眼睛不敢和父亲对视,他内心有愧,不知如何开口。

浦海亮并不糊涂,心里什么都明白,他笑了笑说:“建设,我东西收拾好了,明天你就送我回唐镇吧,以前担心你在外面过得不好,总想出来见上一面,叫你跟我回去,我把捕蛇的本领传授给你,你也有条活路。上海我也来过了,也见识了你的生活,我放心了,该回去了。”浦建设说:“爸,你怎么不多住几天?”浦海亮说:“别跟我客套了,你的心意我领了,我不怪你,也不怪小青,都怪我自己,太粗鲁了,让人瞧不起。”浦建设眼睛一热,泪水涌出了眼眶。

这天晚上,浦建设炒了几个菜,陪父亲喝了酒。

喝完酒,他放满了一浴缸的热水,让浦海亮舒舒服服地泡了个澡。浦建设给他搓背,他第一次给父亲搓背,也是最后一次,父亲却给他洗过无数次的澡。边搓背,浦建设边流泪。浦海亮说:“好舒坦,难得你给我搓背,我死也瞑目了。对了,小青给你搓过背吗?”浦建设想说没有,他只给她搓过背,他改口说:“搓过,经常给我搓。”浦海亮说:“好呀,能给男人搓背的女人,都是值得疼爱的女人,你好好待她吧。在你 3 岁的时候,有个女人给我搓过几天背,在汀江河里,我本想让她给我搓一辈子的背,可她带着两个孩子,我怕她对你不好,怕那两个孩子欺负你,就不要她了。可惜呀，当初要了她，现在也有个伴。所以，你要好好对你的女人，不要轻易放弃。”浦建设说：“爸，我对不起你。”浦海亮说：“不要说这样的话，我们之间什么也不用说，我理解你。谁活着都不容易，你能够有今天的出息，是你的造化。我回去后，你不用担心我，也不用给我寄钱，我还没有到70岁，现在还能够上山下河，还可以捕蛇赚钱养活自己。如果你在上海待腻了，也可以回来看看，就像是来看个朋友。想不起来的话，就不要回来了，那里也没有什么好记挂的。记住我的话，过好自己的生活最重要，也不枉我养你一场。”

浦建设泪流满面。

浦建设送父亲回唐镇后，就一直没有回去过，他经常在深夜醒来，看着熟睡的妻子，想起远方的父亲，心如刀割，觉得自己是一匹狼——狼心狗肺的狼，忘恩负义的狼，不守信用的狼！

浦建设认为父亲一定对他很失望，而产生了仇恨的心态。也许，他体内的那条毒蛇，就是浦海亮施的法术，要让他痛不欲生，让他无法享受本该拥有的一切。可是他不相信，不相信父亲真的有什么法术，不相信父亲会加害自己。他越是痛苦的时候，就会越矛盾，内心世界变得异常复杂。浦建设想回唐镇向父亲赎罪，可是病快快的，能回去吗？回去非但无法赎罪，还会加深老人的心理负担。浦建设不想让老人为自己担忧，不想告诉他自己的病情。

6

厨具公司的补偿金和最后一个月的工资到账后，浦建设就在另外一个地方租了间简陋的房子，他把手机号码也换了。他要和这个城市的所有人断了联系，包括好友罗宗群，可他没有忘记把新手机号码告诉浦海亮。此时，他不需要任何人的关怀，不想让任何人担心，别人的关怀和担心，都会给他增加心理压力，提醒他疾病的残酷，也会让他增添负罪感,这是他一个人的战争,和任何人都没有关系,就是死,他也要一个人默默死去,不麻烦任何人。

这个城市所有的联系都断绝了,浦建设的世界清静了许多。

他要把自己装扮成一个正常人,这样心理状态就正常些。

早晨,7点钟,闹铃响了。闹铃声刺激着他,他像往常一样,哼着山歌起床,穿衣,洗漱,刮胡子。喝完汤药,他选择了一套黑色的西服,里面是白色衬衣,配上一条红色领带。红色领带无疑稍稍遮盖了他脸色的灰白,一些亮色呈现在了他身体的表面。他把凌乱的头发整理好,看上去精神了些,然后穿上一双擦得铮亮的黑皮鞋,穿上黑呢子大衣,提起公文包,走出了出租房的门。

阳光灿烂,他感觉到了暖意。他在阳光下站了一会,仿佛在为病痛的身体充电。他想起很久前的一件事情,也是站在阳光下,他对秦小青说,世界如果没有黑夜该有多好,人们都活在光明之中,也许罪恶会减少很多。遗憾的是,秦小青不在身边,他有些忧伤,秦小青此时在哪里在干什么,他一无所知。

他来到地铁站,先到旁边的一家面馆,要了一碗雪菜肉丝面,斯文地吃起来。吃完面,他用纸巾擦了擦嘴巴,付了账,就去坐地铁。此时是上班高峰期,站台上站满了人。列车进站,缓缓地停靠,车门开启,里面的人冲出来,站台上的人挤进去,像是争相逃难。浦建设挤上了车,瘦弱的身体似乎要被周遭的人挤扁,他面带微笑,享受着陌生人肉体带来的温暖,这在漫漫长夜里体验不到的感觉使他兴奋不已。有人踩了他的脚,他没有责备,反而报以微笑。踩他的人本不想道歉,拉着脸,见他宽容的微笑,终于说:“对不起。”

他在人民公园站下了车。

没有公司好去,他就在公园里上班,他沿着公园的小道一圈圈行走,走累了,找个地方坐下来。草地一角,有几个练习太极拳的老人,他们神闲气静,十分投入。浦建设羡慕他们,能够活得如此健康,如此高寿。休息好了,他又起身在公园里行走,并且加快了脚步。中午,他到公园外面的快餐店要了盒饭，吃完后，他又回到了公园，练习太极拳的老人们已经不见了踪影。他想象着那些老人们去了哪里，有可能各自回家，也许他们去某个茶馆喝茶，抑或去棋牌室打麻将了，总之，这些老人的生活丰富多彩，他们的生活才是真正的生活。他走遍了公园的每个角落，有时会充当清洁工的角色，把游人扔下的垃圾捡起来扔到垃圾桶里去。做这样的事情，让他心情好些。整整一天，他都在公园里度过。

到了下班时间，他很准时地去挤地铁，回家。

回到家中，就像进入了阴冷的墓穴，他随便煮了点东西吃，喝下汤药后，他就躺在床上，等待黑夜和疼痛对自己的折磨。他准备着承受体内那条毒蛇的噬咬，以及死神在噩梦中的造访。尽管有心理准备，在深夜的疼痛中，他对死亡的恐惧还是那么深重。

浦建设一遍遍地想，人死后会怎么样，这是每个面临死亡的人都会考虑的问题。他想着死后自己被粗鲁的火化工推进焚化炉，烧成灰烬，之后，就和这个世界一点关系都没有了。再看不到阳光。感受不到雨水的冰凉。闻不到花香。见不到任何人，不管是亲人还是陌生人。听不见声音，喜欢的或者不喜欢的声音。就算是黑暗和痛苦，也无法感受了。更不要说和爱人交谈和做爱，一起漫步……什么都消失了，而你留在尘世的痕迹，也会在时间之河里被清洗得干干净净。也许有信仰的人不会这么想，他们相信还有天堂或地狱，相信有来生。浦建设也想过皈依某个宗教，可是他担心会陷入另外一种迷津。无论如何，他不能摆脱死亡的恐惧，就像苏灿死前那样。

苏灿是秦小青的高中同学，生前在某国领事馆工作。秦小青和浦建设结婚两年后，苏灿在一同学会上遇见了秦小青。那天晚上，秦小青回家后，喋喋不休地说苏灿的事情，说他在国外留学怎么风流倜傥，说他还是那么幽默讨人喜欢，说他工作多么洋气等等。最要命的是，秦小青告诉丈夫，苏灿说他喜欢她，还说他现在的太太对他很不好，正准备离婚。浦建设听完这话，内心酸涩，脸色也变了。秦小青说：“你吃醋了?”浦建设摇了摇头,说:“我吃什么醋?”秦小青说:“哟,还说没有吃醋,我都闻到浓浓的醋味了,酸死了。”

浦建设如果不吃醋,那就不正常了,他深爱秦小青,时刻提防着有人横刀夺爱。苏灿的出现让浦建设有了真实的假想敌,他不能让苏灿成为自己真正的情敌。有段时间,苏灿经常约秦小青出去参加一些活动,每次回来,秦小青都会夸赞苏灿,浦建设心里很不是滋味。秦小青见他不快,说:“苏灿说了,以后有机会带你出去,他也想见见你。”浦建设没有吭气,他心里盘算着什么。

秦小青本质上是个文艺青年,要不是这样,她也不可能被浦建设的山歌打动而嫁给他。文艺青年都喜欢参加各种各样的活动,比如诗歌朗诵会、画展、酒会、名人讲座等等。上海这些活动层出不穷,秦小青也不例外,隔三差五地参加活动,混了许多熟脸。秦小青有时会带上浦建设,有时不让他去。浦建设对这些活动都没有什么感觉,去看看画展还可以,什么诗歌朗诵会和各种酒会,他根本就不喜欢。那些场合的男人大都长着一双色眯眯的眼睛,不停地搜寻各自喜欢的女人,有些男人特别猥琐,什么女人都要勾搭,实在让人受不了。他担心的是貌美如花的妻子,总是混迹这些场合,会有什么变化。那各种名人讲座是他最不喜欢的,每个名人都人模狗样,都有自己一套故作高深或危言耸听的论调,听得多了,脑子就坏掉了,成了大杂烩,很容易散失自己对世界的准确判断。只要秦小青出去参加活动,把他扔在家里,浦建设心里就焦躁不安,想象着那些猥琐男人围着妻子的情景,眼睛都要喷出火。秦小青若无其事完好无损地回到家里,他内心的狂躁才会在爱抚妻子的过程中渐渐平息。有时,他也委曲求全,认为秦小青不离开他就好了,她在外面怎么活动都无所谓,眼不见为净,许多事情都是自寻烦恼。

终于等来了一次机会。苏灿供职的某国领事馆有个酒会,邀请秦小青参加,并且交代她,要带上浦建设。参加这个酒会,浦建设情绪十分复杂,他想象不到,在酒会中会发生什么。

那夜,秦小青穿着露背低胸的白色丝绸晚礼服,足蹬白色高跟鞋,亭亭玉立，漂亮迷人。浦建设西装革履，可在秦小青面前，就是一只丑小鸭。进入酒会现场后，秦小青把丈夫介绍给了苏灿。在浦建设的想象中，苏灿应该是个小白脸，事实上不是这样。苏灿长得魁梧，个子很高，饱满的国子脸有点黑，尽管他穿着笔挺的西装，但可以感觉到他结实的胸肌和手臂的肌块。他的眼睛大而明亮，很有礼貌地和他握了握手，用充满磁性的嗓音说："欢迎你的到来，见到你很高兴，小青经常提起你来，说你十分优秀。"浦建设脸有点发烫，说："谢谢你的邀请，能够参加这样的酒会，十分荣幸，小青也经常提起你，也说你很优秀。"他们三人站在一起，寒暄了一会儿后，苏灿对浦建设说："浦兄，我借用小青一会儿，可以吗？"浦建设假装大度，笑着说："没有问题。"苏灿说："这里有酒和各种饮料，还有冷盘和点心，你尽管享用，千万不要客气。"说完，他就把秦小青带走了。

浦建设从服务生手中的托盘里取了杯白葡萄酒，抿了一口，注视着苏灿和妻子，苏灿把秦小青介绍给那些外国人，仿佛是在介绍他自己的妻子。浦建设心里泛酸，端着酒杯的手微微颤抖。

酒会现场气氛融洽，灯光柔和，弥漫着各种香水混杂的气味，每个人都彬彬有礼，面带笑容，他们三个一群五个一伙，凑在一起轻声说话，笑声也十分得体。浦建设有点自卑，和在场的所有人都格格不入，甚至和自己的妻子也格格不入，仿佛她和那些人是另外一个世界里的人。

没有人和他说话，浦建设躲在一个角落里，无所适从，他想逃离，又下不了决心。秦小青一直和苏灿在一起，他们一会和这几个人聊天，一会又和另外几个人谈话，有说有笑，忙得不亦乐乎。偶尔，秦小青会回到浦建设身边，陪他说几句话，不一会又回到了苏灿身边。

靡靡之音响起，他们开始跳舞。秦小青的第一支舞是和苏灿跳的，然后就不停有人邀请她跳舞，无疑，秦小青是这次酒会上最美丽的女人，浦建设没想到她的舞姿如此美妙动人，以前怎么没有发现。浦建设心里堵得慌，他妒忌那些和妻子跳舞的人，甚至对苏灿产生了怨恨，仿佛苏灿邀请他来，是故意羞辱他的。秦小青和别人跳舞时，苏灿的目光一直盯着她。苏灿又一次搂着秦小青柔软的腰肢翩翩起舞时，蒲建设的脸色异常难看，他咬着牙，希望舞池穹顶的水晶吊灯掉下来，砸在苏灿的头上。

酒会好不容易结束后，他们回到了家里。秦小青俏丽的脸红扑扑的，她还在兴奋之中，娇媚地说："老公，你开心吗？"心里一肚子气的浦建设惨淡一笑："开心，开心死了。"说完，他一把搂住妻子，狂吻起来。秦小青配合着他，边吻边相互脱衣服。浦建设把妻子按在沙发上，妻子嘴巴里发出了呻吟声……浦建设不停地说："你是我的，永远都是我的，是我浦建设的，永远都是我浦建设的……"他把整个晚上的屈辱和愤怒都发泄到了秦小青身上，等他像只死狗般瘫软下去时，内心的火焰才渐渐熄灭。

不久，浦建设心中的怒火再次燃烧起来。

一个晚上，秦小青又被苏灿约出去了。浦建设独自在家，犹如一头困兽。他胡思乱想了很多秦小青和苏灿在一起的不堪入目的细节，越想越生气。秦小青回家后，他第一次发了火。秦小青知道他发火的原因后，十分生气，哭喊着说："你这不要脸的乡巴佬，我和你结婚图了什么，我和苏灿只是同学关系，你内心怎么如此龌龊，早知如此，我死也不会和你结婚的。当初人家劝我，不要嫁给凤凰男，我还不相信，现在原形毕露了吧。我真后悔——"她不停地哭，不停地数落浦建设，浦建设在她的哭声中感觉到了恐惧，仿佛大难临头，对，如果失去秦小青，就是一场万劫不复的大灾难。他开始认错，打自己的嘴巴，跪在了秦小青面前，痛哭流涕。秦小青停住了哭泣，泪眼迷蒙地看着丈夫，动了恻隐之心，抱住他的头，喃喃地说："对不起，对不起，是我让你多心了。"那是他们第一次吵架，也是唯一的一次吵架。

三个月后，苏灿死了。

苏灿是跳楼自杀的。

有天晚上，浦建设陪客户在酒吧里喝酒，喝完酒后，已经很晚了，他正要回家，发现苏灿醉醺醺地搂着一个打扮妖艳的女子从另外一个酒吧里出来，那女子看上去有点邪气。妖艳女子打了辆车，他们上了出租车。浦建设心里活动了一下，也赶紧上了一辆出租车，跟了上去。前面的出租车停在了一家宾馆门口，浦建设看着他们进了宾馆，嘴角露出了一丝冷笑。

当天晚上，苏灿因为嫖娼被抓了。苏灿被行政拘留了15天后，放了出来。放出来的那天晚上，他和妻子大吵了一架，半夜，他就从书房的窗口跳了下去。那是一座13层的高楼，他从高楼坠落时，被一棵树挡了一下，身体才掉在楼下的水泥路面上。他没有当场死去，大口地吐着血，很快就被人送进了医院。

浦建设没有想到苏灿会跳楼自杀，秦小青也没有料到，他的心理承受能力不应该那么脆弱的。凌晨3点多，秦小青被电话铃声吵醒，她的另外一个同学告知了她苏灿的消息。秦小青觉得不可思议，赶紧让浦建设陪她去医院。他们赶到医院时，苏灿还在急救室里抢救。苏灿的妻子坐在急救室外面走廊的长椅上哭，有两个女人陪着她，安慰她，她们眼中也流着泪。另外，还有几个男人站在那里，神色凝重。苏灿的妻子边哭边说："都怪我，怪我老是和他闹离婚，都怪我——"秦小青找到了同学，问了些情况，同学还在说，她就哭了。浦建设扶着妻子，面无表情。过了半个多小时，急救室的门开了，一个护士走过来，对苏灿妻子说："十分抱歉，我们尽了最大的努力——"她停顿了会，接着说："你们亲友去和他见最后一面吧。"

苏灿的妻子大声号啕起来，在那两个女人的搀扶下，进入了急救室。浦建设和秦小青也和其他人一起，走了进去。苏灿的尸体躺在手术台上，脸上血肉模糊。生和死，面对面，活人和死人，隔着一层透明的空气。秦小青泣不成声。浦建设把头扭开，不敢直视苏灿的尸体。他心里特别难过，是他害死了苏灿，原本只是想让苏灿出个丑，败坏他的名声，浦建设才打电话举报他嫖娼的。浦建设一直认为自己是苏灿死的元凶，他后悔干了这件事情。不过，他一直没有对秦小青说出口，也没有人知道是他举报了苏灿，他要把这个秘密埋在心底，一直到死，这是他有生以来最耻辱的事情。他永远记得秦小青在苏灿死后，对他说的话："亲爱的，你一定要好好活着，一定要死在我后面，答应我，不要比我早死，我会受不了的，苏灿的死，已经让我悲伤透了。"也是因为这句话，浦建设得了绝症后，才下定决心和她离婚的，他不想让她看见自己的尸体悲恸欲绝。

7

浦建设的病时好时坏，老教授开的中药，吃了几个月了，没有什么作用，难道他就这样等死？中药还得继续吃，日子还得熬，活着就有希望，这是他最简单的想法。过年前，他硬着头皮，去了一趟医院，复查了一下，检查结果是，肿瘤还是那么大，没有生长，癌细胞也没有扩散，这是个好消息，也许是老教授的偏方起了作用。医生还是建议他动手术，他没有同意，因为没钱。医生无奈，给他开了盐酸吗啡缓释片，告诉他这种药的止痛效果好。药很贵，而且他怕吃药上瘾，他没有去取药，直接回了家。

他回到家中，手机响了，不用考虑，就知道是父亲打来的。他错了，电话是父亲的电话，可打电话的人，不是父亲，是另外一个人。他自称是父亲的徒弟，捕蛇的徒弟。他是打电话来报丧的，他告诉浦建设，浦海亮死了。突如其来的噩耗像一支利箭穿透了浦建设的心脏，他摇摇欲坠，要倒下的样子。他的身体靠在墙壁上，泪水无声无息地流淌。他一句话也没有，继续听着浦海亮的徒弟说话。

浦海亮的徒弟说了很多话。

他说浦海亮觉得自己捕蛇的本领要是失传了，来世就会变成一条蛇被别的捕蛇人捕捉，而且也太可惜了，就收他做了徒弟。浦海亮的死和蛇有关，按道理，他不应该在冬天里捕蛇，可他还是独自上了山，带着竹篓和一暖瓶的开水。他在山林里找到了一个比较浅的蛇洞，判断里面有一条不小的过山风，可以卖不少的钱。他把开水一点点地倒进去，让洞里的蛇渐渐苏醒，最后，他把开水全部倒进蛇洞里。洞里的确有一条剧毒的过山风，它苏醒过来，受到开水的刺激，猛地从洞中穿出来，嗞嗞地吐着信子，和浦海亮对峙。浦海亮一手拿着竹棍，另外一只手随时准备提起它的尾巴。他用竹棍逗着毒蛇，逗着逗着，他伸出了那只捉了无数条蛇的手，他毕竟老了，他没有抓住蛇的尾巴，手背上却被毒蛇狠狠咬了一口。该死的是，这天出门时，忘了带蛇药。蛇毒很快在他血管中蔓延，很快地，他倒在了地上，等徒弟找到他，他的身体已经僵硬了。

徒弟还说，浦海亮活着时，存了一笔钱，说他自己花不了了，他要是死了，让徒弟寄给浦建设，还特地交代，他死后，不要浦建设回来送终，等下葬后，再告诉浦建设。徒弟听从了师傅的话，安葬完师傅后，才给浦建设打电话。有两句话，浦海亮要徒弟一定要传达到：第一句话是，要好好爱惜小青，无论碰到什么事情，都不能放弃她；第二句话是，要对自己好点，不要亏待了自己。

听完浦海亮徒弟的电话，浦建设已经泣不成声。

要说尘世他最对不起的人，那就是浦海亮。现在说这样的话，已经毫无意义了，连同他的悲恸和忏悔也毫无意义了。

活着和爱，是对浦海亮最大的报答，那是他所期盼的。

对秦小青的思念，浦建设从来没有停止过，特别是在浦海亮死后，他就没有亲人了，他把秦小青当成了亲人。

随着时间的推移，这种刻骨铭心的思念变成他的一块心病，一种负担。他的心病和负担在某些时候超过了癌症带来的痛苦，这是另外一条毒蛇，同样噬咬着五脏六腑。如果思念可以代替肉体的疼痛，他宁愿选择思念。病痛和思念，把时间拉得漫长，可以说是度日如年，他感觉有一个世纪没有见到秦小青了。浦建设一点一滴地回忆秦小青的音容笑貌，可是怎么也记不周全。想起她细柔的长发，就会忘记她秀美的脸庞，难道对她的爱已经淡漠？不会的，才几个月的时光，怎么能够将她淡忘，浦建设没有那么无情无义。

如果有人问浦建设，秦小青美在哪里，他还真回答不上来。有的女人每个器官都长得漂亮，凑在一起不一定就很美；有的女人，单个器官分开来看不怎么好看，凑在一张脸上就特别动人；当然也有单个器官很美，凑在一起同样出色的美女，秦小青属于中间那一种。秦小青的美丽，是一团迷雾，在那特定的时间里将他裹住，使他不能自拔。他死心塌地爱她，没有任何理由，命中注定，他们有一段爱情。在过度的思念中，浦建设抑制不住想见她一面的想法。

一个黄昏，身体被大衣裹得严严实实，戴着帽子和口罩的浦建设，躲在一个街角，向不远处小区的门口张望，他曾经居住过的房子就在这个小区里。路人不时向他投来疑惑的目光，好像他是一个狗特务，在监视着某个进步人士。浦建设忐忑不安，如果能够见上秦小青一面该有多好，他一定会高兴好几天的。现实如此残酷，天黑了，他也没有看到秦小青的身影。他不死心，一直躲在那里，直到深夜，还是没有见到秦小青。饥寒交迫的浦建设，无奈而又凄凉地回到他的栖身之所，默默地流下了泪水。

一连几天，浦建设躲在那个街角，期待着秦小青的出现。

结果还是让他失望。

他想到了秦小青的单位，某区的图书馆。他又躲在图书馆门口的一个角落，等待她下班后能够看见。结果还是失望，一连几天，不见秦小青的踪影。他按捺不住，直接去问了一个图书馆工作人员，那人告诉他，秦小青三个月前就辞职了。浦建设问那人，她辞职后去了哪里？那人回答他说，不知道。

浦建设陷入了黑暗之中。

痛苦像潮水，将他无情地淹没。思想斗争了许久，他决定给秦小青打电话，一个活生生的人，不能就这样失踪了。如果找不到她的下落，他会丧失活下去的勇气，他几个月来和病痛的抗争会变得毫无意义。

浦建设还记得秦小青的手机，他用颤抖的手指按下了那一串熟悉而又亲切的手机号码，然后，他把手机放在了耳边，他听到的不是拨号音，而是那该死的女声："您拨叫的用户已停机。"这句话中文完了接着英文，然后就传来了短促的忙音。是不是号码拨错了？浦建设又重新拨了一遍，还是如此。他想到了她家里的座机，座机应该不会停吧，手机停掉是正常的事情，她都和他离婚了，还留那个号码干什么。电话打通了，是个男人的声音："喂，你找谁？"浦建设愣了一下说："请问秦小青在不在？"男人说："秦小青是谁？"浦建设说："你是古月小区 4 号楼 503 室吗？"男人说："没错，你到底找谁？"浦建设说："我找户主秦小青。"男人停顿了会说："对，对，原来的户主是叫秦小青，可是她早已经搬走了，现在我是这套房子的主人，她把房子卖给我了。"

浦建设的身体像被什么东西击中，浑身抽搐，手一松，手机掉在了地上，发出清脆的声音。

她竟然把房子卖掉了。

浦建设还幻想着自己病好后，和秦小青重归于好，回去住呢，可她已经把房子卖掉了，那是他们留下了美好记忆的地方，怎么能够卖掉呢？她有什么权利把房子卖掉？浦建设有落水的感觉，水把他一点一点淹没，他在水中挣扎，无济于事，他将要窒息而死。这个让他拥有希望的女人，竟然要用这种方式将他杀死。他在绝望中窒息，脸色死灰，浑身颤抖。

浦建设仿佛从深水中浮出水面，大口地喘着粗气，他像是捞到了一根救命稻草，踉踉跄跄地夺门而出。他要去一个地方，在那个地方，他肯定能够得到心爱之人的消息。

夜色阑珊，路上行人行色匆匆，都像怀着艰巨的任务。活下去本来就是异常艰巨的任务，人们都在为活着奔忙。浦建设是行人中最艰难的一个，他自己这样认为，可是，在现实社会，谁比谁艰难还真没法说。悲伤绝望的浦建设怀着一丝渺茫的希望，来到了秦小青父母的家门口。这里也是他熟悉之地，几年来，无数次踏进这个家门。曾经，他把秦小青父母当成自己的父母，他们也待他不薄，把他当成亲生儿子。

站在门口,浦建设有些迟疑,屋里传来电视的声音,秦小青父母一定在看电视,也许秦小青也在。他该对他们说什么?浦建设有些胆怯,心里打起了退堂鼓。他想逃离,内心的一个声音说:“你不是想念秦小青吗?孬种,进去呀,进去就可以见到你日思夜想的爱人了,你凭什么逃跑?!”他鼓足勇气,伸出颤抖的手,按响了门铃。

门里传来女人的声音:“谁呀?”

浦建设听出来了,问话的是秦小青母亲,他战战兢兢地说:“是,是我。”

她提高了声音:“你是谁呀?”

浦建设说:“妈,是我,浦建设。”

她愤愤地说:“谁是你妈?哪来的一条野狗?我不认识你,你滚吧!”

浦建设说:“妈,你开开门,好吗?我说两句话就走。”

她的声音颤抖了:“你这不要脸的东西,还好意思叫我妈?快滚!滚得远远的,我再也不想见到你!”

浦建设无语了,泪水流了出来,心中有无穷的委屈,无处伸张。他默默地站了会儿,正要走,门开了,秦小青父亲站在了他面前。秦小青母亲横眉怒目,大声说:“老头子,你理这个白眼狼干什么,让他滚蛋,我们不欢迎这样的人渣。”浦建设喃喃地说:“妈,我不是人渣。”她说:“你不是人渣是什么,你说呀,你是什么东西?”秦小青的父亲是个有肚量的人,他训斥老太太:“你也是个有文化的人,怎么说话那么难听,让左邻右舍听到了多难为情,给我进房间里去。”老太太迫于丈夫的威严,悻悻地进了卧室,使劲地关上了门。

老头子笑了笑,说:“建设,别和她一般见识,有什么话进屋里来说吧。”

浦建设期期艾艾地进了前岳父的家门。这个家还是那么温馨,浦建设仿佛回到了从前,可是现在毕竟不是从前了,人生不是玩过家家,可以推倒重来。他离婚时的想法太天真,忘记了现实的残酷,一厢情愿的决定到底还是让他更加难堪。他坐了下来,左顾右盼,没有看到秦小青的影子。老头子倒了杯水，放在他面前的茶几上，坐在他对面，说："你今天来，有什么事情吗？"浦建设说："我是来找小青的，我有事情对她说。"老头子叹了口气，说："你来晚了，两个月前，她就出国去了。"浦建设说："出国干什么？"

他从老头子的口中得知，秦小青离婚后，忧伤过度，产生了轻生的情绪，在一个晚上，跳进了黄浦江。要不是一个正在拍外景的美国人跳进黄浦江，将她救起，她就一命归西了。事情出人意料，那个美国人对秦小青一见钟情，对她关怀备至，过了一段时间，秦小青对他有了依赖感，后来就跟他走了。事情十分简单，浦建设却觉得不可思议。听完老头子的叙述，浦建设眼泪汪汪，喃喃地说："这不可能，不可能。"

老头子说："我说的都是真的，我从来没有骗过你。"

这时，老太太在房间里说："和这个没心肝的人说那么多干什么，让他滚！让他滚，要不是他，小青也不会走那么远，以后见一面都困难。我好端端的一个独生女，被他逼得远走他乡。"

浦建设站起来，魔怔般地走出了他们家，来到街上，他大吼道："浦建设，你是个大傻蛋！浦建设，你是个大傻蛋——"吼叫完，他就哈哈大笑，笑得路人毛骨悚然，以为他是个疯子。终于，他失去了一切，连同心底的爱恋。如果当初他把自己得病的消息告诉秦小青，那结局也许就不会这样……这世间没有那么多也许，走错一步路，就会影响一生。浦建设沿着当初骑自行车驮着秦小青唱山歌的路线，一路走过去，边走边大声唱着山地情歌：

"郎是山中千年树，
妹是山中百年藤，
树死藤生缠到死哎——
树生藤死死也缠。
……"

这是这个冬天最寒冷的夜晚，没有栀子花的芳香，天空阴霾，飘起了雪花。雪花是冬天的精灵，漫天飞舞，浦建设凄婉的歌声，如泣如诉。很久以前，同样的冬日，同样飘飞着雪花，一个孩子站在山上，向远方眺望。父亲问他，你在看什么？他说，我在看远方。父亲又问，你看到了什么？他说，我看到了春天。父亲再问，你要在春天里做什么？他说，采花。父亲接着问，采花做什么？他说，送给我媳妇。

（原载《中国故事》2014 年第 10 期）

绑架

有时，林和平真想戳瞎自己的眼睛，有些无聊的情景让他无所适从。

林和平家住西村，在5里地外的唐镇中学读高一，每天骑单车去上学，放学后骑单车回家。这5里地的路程对他而言不算什么，他飞快地踩着单车，就像是骑在火箭上。林和平独自一人上学，独自一人回家，极少和同学们一起玩耍，也没有什么要好的同学。西村还有一个人在唐镇读中学，那是个叫林丽珍的女孩，在唐镇中学读高二。林和平应该叫她堂姐，他们却形同陌路，因为早些年，他们两家为争一块小小的菜地，大打出手，结下了仇怨，两家断绝了往来。林丽珍也是骑单车上学，会和林和平错开时间，林和平也不愿意和她在一起。

端午节过后的一天，发生了一件事情。

唐镇到西村，有两条路，一条大路，一条小路。大路是乡村公路，车辆一般都走这条路，要远些；小路要近些，行路者和骑单车的人，基本上都走小路。走小路去西村，要路过河边的一片小树林，有风时，那些乌桕树的树叶瑟瑟发抖，发出一种古怪的声音，仿佛有人在私语，又好像有人在嘤嘤地哭泣。林和平受不了这种声音，每次经过小树林，他都以最快的速度通过。这天林和平值日，放学后留下来打扫教室卫生，回家晚了点。他回家路过小树林时，看到了这样的情景：一个高个子少年拦住林丽珍,他身边停着一辆红色摩托车,林丽珍背着书包,双手扶着单车。他们在说着什么,少年脸上洋溢着轻佻的笑容,林丽珍满脸通红,一副窘迫的模样。

林和平知道,高个少年是林丽珍的同班同学,叫刘晓国。靠近后,林和平听到刘晓国说:"丽珍,我从初中开始就喜欢上你了,你就跟我好吧,我发誓,我会一辈子对你好的。"林丽珍说:"让开,我不喜欢你,让我回家。"刘晓国发现了林和平,换了一副脸孔,凶巴巴地对林和平说:"快滚开,小心我把你眼珠子抠出来。"林和平明白他们在干什么,低着头,从他们身边冲了过去。碰到这种无聊的事情,林和平觉得特别倒霉。他快冲出小树林的时候,听到林丽珍大喊了一声:"和平,快回家叫我爸来——"林和平没有回答她,飞快地逃出了小树林。不一会,他听到小树林里摩托车的声音由近而远,他回头望了望,林丽珍也骑着单车逃出了小树林。林和平心里一块石头落了地,他还是为林丽珍捏了一把汗。

回到家,母亲游四凤在厨房里准备晚饭,他闻到了肉香。只要闻到肉香,林和平就知道父亲林发魁晚上要回家吃饭,而且会带他的朋友到家里喝酒。林发魁在山里的采石场做工,干的是辛苦活,养家糊口。林和平讨厌父亲喝酒,他逢酒必醉,醉酒后总是弄得家里鸡飞狗跳,不得安宁。游四凤脾气好,丈夫怎么闹,她都无所谓,林和平却难以忍受,又拿父亲毫无办法。他和母亲打了个招呼,到自己房间做作业去了,他心神不宁,边做作业,边想着小树林里发生的事情。

果然,天擦黑后,林发魁带了4个男人回来,一进家门就大声喊道:"饿死了,饿死了!"游四凤端着一大盆红烧肉走出厨房,说:"别鬼叫了,酒菜都准备好了,快上桌吃吧。"林和平的亲叔林发星也来了,他走进厨房帮嫂子端菜。菜都上桌后,林发星来到了侄儿的房间,叫林和平一起吃饭,林和平心里莫名其妙地烦闷,说:"不饿,你们先吃吧。"林发魁大声说:"发星,他不吃拉倒,你快过来,我们喝酒。"林和平心里说,就是不吃,饿死也不吃。厅堂里渐渐地充满了酒气,他们说话的声音很大,吵架一般，不停地说采石场老板的坏话。酒气飘进了房间，林和平闻到酒气就想呕吐，他们粗暴的声音强奸着他的耳朵，他的头仿佛要爆炸，炸成无数碎片。

林和平知道接下来要发生什么，父亲醉了后，首先会拿他开刀，用尘世最恶毒的语言教训他，就像恶毒地咒骂采石场老板那样，某种意义上，酒醉后父亲眼中的儿子就是那万恶不赦的采石场老板。在采石场老板面前，他不敢如此放肆，相反，他五大三粗的身体站在老板面前，唯唯诺诺，像个孙子。林和平恶心父亲的嘴脸，想到这里，他离开了房间，快步逃出了家门，母亲在他身后喊叫，他也装着没有听见。

走出家门，一股清风拂过来，林和平呼吸到了新鲜的空气，抬头望了望天，虽然没有月亮，但满天的星斗争相辉映，在星光的指引下，他走到了河边。他坐在河边的水柳下，凝望着缓缓流动的河水，河水呜咽，在星光下，透出冷艳的光。他喜欢一个人在夜色中坐在河边，感受着河水的亲近，只有河水，才能接受他的孤独和寂寞，才能倾听他的心声。他会对着河水哭，也会对着河水笑，河水不会欺负他，不会朝他发脾气，不会嘲笑他，河水是他成长过程中最好的朋友。他沉默地坐在河边，想着很多很多事情，时间随着河水流动，他却感觉不到时间的流动，要是可以，他会在这里坐上一生，宁静，无拘无束，没有人打扰，这是多么幸福的事情。

一条乌梢蛇从草丛里滑过来，从他屁股后面溜到他前面。他发现了这条一米多长的蛇，没有害怕，看着蛇滑进河里，朝对岸游去，蛇在星光下，犹如一条黑练在波光粼粼的河面穿行，优美而又神秘。林和平想，自己要是一条蛇该多好，可以无拘无束地活在自然中。一会儿，他又黯然神伤，蛇的命运也不会有多好，丑恶的人类抓住它，会把它剥皮，炖着吃了。几声夜鸟的叫声传来，凄凉而冷清，他想，自己还是变成一只鸟吧，可以自由自在地在天空翱翔，在天空中俯视凄凉大地，那是多么幸福的事情。那样，他就不会因为要母亲给自己买个手机遭到酒鬼父亲的暴力，是呀，他多么想拥有一部好的手机，像那些家里有钱的同学一样，用手机上网玩游戏。想着想着，又忧伤起来，他不是一条蛇，也不是一只鸟，他是一个孤独的少年。

也不知过了多久，他听到了母亲的喊叫。母亲在喊他回家。每次他逃出家，来到河边静坐，母亲都会来寻他回家。在这个世界上，只有母亲疼爱他，要不是母亲，他也许早就逃出了唐镇，到外面的世界流浪去了。他站起身，拍了拍屁股，朝不远处星光下的母亲走去。

林丽珍是家族里最漂亮的姑娘，老族长说她是貂蝉转世，所以，在西村，林丽珍有个绰号，叫“貂蝉”。刚开始，林丽珍特别反感这个绰号，谁叫她貂蝉，她就会骂谁。西村人觉得被美人骂是种荣幸，她怎么骂，都叫她貂蝉，她就无计可施了，默认了这个名字。久而久之，她的绰号传到了唐镇，传到了学校里，唐镇认识她的人都叫她貂蝉。在学校里，除了老师叫她林丽珍，同学们私下里都叫她貂蝉。

有天，一个娘娘腔的男同学发现，林丽珍是唐镇中学最漂亮的女孩，无论是秀美洁白的脸蛋，还是苗条而又亭亭玉立的身材，没有哪个女孩子可比。这个娘娘腔的男同学像个长舌妇，在校园里大肆渲染，活生生地把林丽珍渲染成了唐镇中学的校花。成了校花后的林丽珍，自然免不了被那些内心冲动的男同学爱慕和追求，以至骚扰。有写求爱信的，有当面示好的，也有像刘晓国那样拦路追爱的，还有些闷骚的男同学在厕所的隔板上写下他们心中的妄想。

林丽珍比林和平年长一岁，要不是他们两家有仇怨，他们就会一起去上学，放学也会一起回家。很多同学都知道林和平和校花是一个村的，有的同学还托林和平给校花送求爱信，性格孤僻的林和平对同学们的要求，一概拒绝。由此，他也十分恼火，觉得林丽珍给自己添加了麻烦。他从来没有仔细端详过当校花的堂姐，也不晓得她到底美在哪里，他对女生都躲着，何况是林丽珍。可是，每次听到同学夸赞林丽珍，或者在厕所隔板上看到“林丽珍，当我老婆吧”“林丽珍，我要×你”等等不堪入目的语句时，林和平心里就会产生一种莫名其妙的情绪，觉得被羞辱了，又有点自豪，内心里对林丽珍产生了一种古怪的念头，不知是排斥还是亲近。他会在某些场合，偷偷地观察堂姐林丽珍的举动。

林和平的教室外面是操场，可以看到各个年段的班级上体育课的情景。他在意的是林丽珍班级上体育课的情景，更贴切地说，是在意堂姐的一举一动。只要是林丽珍班级上体育课，林和平就心猿意马，无心听讲，目光总是往窗外游离，注视着林丽珍的一举一动。林丽珍对所有的求爱者都保持了她的矜持，没有接受任何同学示爱，这让那些求爱者更加趋之若鹜，不屈不挠。但是，敏感的林和平发现了一个问题，那就是林丽珍对年轻的体育老师朱强有种特殊的感觉，而且，朱强对林丽珍也感觉不一般。

朱强长得很帅，他是师范大学体育系毕业的，而且是城里人。他身上透露出外面世界的气息，充满了活力，和那些本地老师截然不同，学生们都喜欢他，林和平也喜欢他，朱强是唯一不会歧视林和平的老师。林和平长得瘦小，15岁了，看上去还像一棵豆芽菜。他性格孤僻，少言寡语，说他什么，他都无动于衷，老师们当然不会喜欢这样的学生。朱强不一样，他对林和平友好又热情，每次上体育课，他都鼓励林和平要强身健体，还特地给他开小灶，让他一个人绕着操场跑两圈。朱强对学生们都好，林和平固执己见，认为他对林丽珍就是不一般，从他注视林丽珍的眼神中可以感觉得到。

那天下午在小树林里碰到刘晓国拦路求爱的事情后，林和平隐隐约约地担心刘晓国会伤害林丽珍。他的忧虑被母亲看出来了，但游四凤不清楚儿子为何忧虑。林和平童年时体弱多病，常被村里的孩子欺负。林发魁也看他不顺眼，动辄打骂他，说养了个药罐子，浪费了他不少辛苦钱。游四凤理解儿子，在很多事情上却无能为力，只能尽量地保护儿子，尽量地关怀他。吃晚饭时，游四凤问儿子：“和平，你有心事?”

林和平低头吃饭，没有理会母亲。游四凤又说："和平，你看你愁眉苦脸的，有什么事不要藏在心里，告诉妈妈，好吗？"林和平瓮声瓮气地说："没有，我能有什么心事。"游四凤清楚儿子的倔脾气，叹了口气，没有再问。林和平5岁那年，村里的一个比他大的孩子要抢夺他手中的一元钱，林和平死活不给，那孩子就用铅笔刀割他的耳朵，他的耳朵被割了一个豁口，鲜血直流，他也没有把钱给那孩子，手中紧紧地攥着那一元钱。那孩子无奈，悻悻而去。林和平在他走后，才大声地哭出来。回到家里，游四凤见他耳朵流血，赶紧止血，问他为什么会这样，林和平死活不说。他从小就习惯了屈辱，习惯了承受，什么事都不愿意说出口，觉得说了也没有意思。

一连几个夜晚，林和平都会做一个奇怪的梦，梦里刘晓国骑着摩托车，追赶林丽珍，林丽珍骑着单车飞奔，她披头散发，不停地喊叫着："和平，救我，救救我——"林和平睁大眼睛，什么话也说不出来。刘晓国面目狰狞，咆哮着朝林丽珍冲过去，林丽珍连人带车倒在地上，摩托车的轮子碾压过林丽珍的身体，林丽珍惨叫着，浑身血肉模糊……梦醒之后，林和平浑身冷汗，睡衣湿漉漉的。黑暗之中，林和平大口地喘息，仿佛自己被刘晓国追赶，被他的摩托车轮碾压，奄奄一息。

这个下午，放学后，林和平没有像往常一样骑着单车飞奔回家，而是在学校门口的老樟树下磨蹭了一会。他看到林丽珍骑车出来后，才踩着单车，跟在她后面，为了不引起她的注意，他骑得比林丽珍慢。刘晓国家在镇上，离学校不到200米远，谁都知道，那栋5层楼的豪华洋楼，就是刘晓国的家，他上学都是步行的。放学后，他会骑着那辆红色的摩托车，疯狗般到处乱窜，有时一人，有时一帮人，那帮人要么就是和他一样的富家子弟，要么就是镇上吊儿郎当的混混。林丽珍在前，林和平在后，他们相隔100多米远。林丽珍不一定知道林和平在后面跟着她，林和平的目的十分明确，就是要跟着这个美丽的堂姐，对他冷漠而又无言的堂姐。他们一前一后出了杂乱无章的小镇，走上了通向西村的小路。林和平突然听到了摩托车“突突突”的声音,他回头望了望,发现刘晓国骑着摩托车冲了过来。他本能地躲闪在路边,摩托车疯狂地从他身边掠过,并且很快地超越了前面的林丽珍。

高大健壮的刘晓国站在树林子中的小路中间,嘴巴里叼着一根烟,摩托车停在路边。

他神气活现地挡住了林丽珍的去路。

林和平看到了他们,浑身一阵哆嗦,头“嗡”的一声,有点懵,他想起了这几天夜里做的噩梦,既担心林丽珍,又担心自己。在他眼里,刘晓国是个魔头,比童年时割他耳朵的家伙还要凶恶一千倍,甚至一万倍。

林丽珍停住了单车,一条腿撑在地上,她的腿很长,又好看。

刘晓国笑得很流氓,目光落在她脸上,就像苍蝇黏在蜜糖上。他怪声怪气地说:“貂蝉,你想好没有?我对你可是真心实意的。”

林丽珍说:“有什么好想的,我是不可能答应你的,你趁早死了这条心吧!唐镇好姑娘多了去了,你为什么要对我死缠烂打?”

刘晓国脸上的笑容消失了,一本正经地说:“没错,唐镇的漂亮姑娘多了去了,我想要谁,一定能得到,问题是,其他姑娘再好再漂亮,我都看不上,我心里只有你。晓得吗,我心里只有你。”

林丽珍说:“我不管,反正我不喜欢你,况且我爸也不会让我谈恋爱的,我还要上大学,还有好的前途!”

刘晓国说:“你只要跟我好,我让我爸出钱给你上最好的大学,我家那么多钱,还怕没有好的前途?”

林丽珍说:“你以为有钱就有一切,你要清楚,很多东西是钱买不来的。”

刘晓国又变了脸色,恼怒的样子,气呼呼地说:“林丽珍,你说什么也没有用,我就是喜欢你,我就要得到你!”

林丽珍说:“你这是耍无赖,快给我滚开,让我过去。”

这时,林和平鼓足勇气骑车过来。林丽珍见到他,仿佛捞到了一根救命稻草，说："和平，快回去叫我爸带人来。"林和平说："好。"刘晓国恶狠狠地瞪了林和平一眼，说："等着瞧，有你好看的。"说完，他骑上摩托车，一溜烟跑了。

林丽珍说："谢谢你，和平。"

林和平脸红了，蹬着单车飞奔而去。

林丽珍望着堂弟的背影，若有所思。

树林子里起了风，乌桕树的叶子在风中发出奇怪的声音。

刘晓国在唐镇中学，名气不亚于校花林丽珍，如果说林丽珍是美好的象征，那么，刘晓国就是恶魔的代名词。他干尽了坏事，看谁不顺眼，就打骂谁，你要是和他对抗，他就会在学校外面，让一帮混混收拾你，那些混混都是不要命的主，心狠手黑。欺负弱小是他的家常便饭，还有更加邪乎的，一次他在上课时，从书包里拿出一条拔去毒牙的蛇，放进前排女同学的衣领里，蛇就在女同学的衣服里乱窜，当蛇从她肚皮上溜出来时，女同学尖叫着晕了过去。刘晓国干了这么多坏事，学校却没有开除他，因为他父亲刘兆连是唐镇的首富，还是唐镇最有势力的人，镇长、派出所所长等都是他的座上宾。这些镇上的干部还不算什么，就连县里的一些领导也和他有瓜葛，他做任何事情有恃无恐，仿佛是唐镇的土皇帝。所以，他宝贝儿子在学校里犯了事，只要不是杀人放火，没有什么是他摆不平的，不就是花点钱嘛。刘晓国深受他暴发户父亲的影响，认为钱能解决一切问题，甚至能够买来爱情。

林丽珍拒绝他，让他难过极了，这种受挫，是对他无情的羞辱，他发誓一定要得到林丽珍。因为林和平帮助林丽珍摆脱他的纠缠，刘晓国决定收拾林和平。

林和平知道自己得罪了刘晓国，心里十分恐惧，可是想到美丽的堂姐，他的恐惧感自然就减弱了些，他觉得自己是对的，没有错。这天早上，林和平吃完早饭，背上书包，骑着单车去上学。出门前，他考虑了一下，要不要旷课，不去上学，刘晓国就拿他没有办法。想了想，他还是硬着头皮去学校了。进入小树林后，他看见了林丽珍，林丽珍在等着他。靠近她后，林丽珍朝他笑了笑，林和平脸红了，堂姐真的美，笑起来还有两个小酒窝，那笑容令人迷醉，难怪刘晓国会被她弄得神魂颠倒。林丽珍离他不到一米远，他从来没有如此近距离地接触过林丽珍，迫于林丽珍的美丽，林和平昏头昏脑，脸红耳赤，情不自禁地低下了头，他突然觉得自己为她解围是值得的。林丽珍说："和平，谢谢你昨天解救了我，否则不知道刘晓国那混蛋会干出什么事情来呢。"林和平吞吞吐吐地说："那，那是我，我应该做的，谁让你，你是我堂姐呢。"林丽珍说："你真把我当堂姐吗？"林和平说："本来就是嘛。"林丽珍开心极了，说："就是，其实我不恨你，也不恨你爸爸妈妈，以前的事情过去了，我们两家早就该和解了。"林和平说："可是我爸还是怀恨在心，他不会和你家和解的。"林丽珍说："发魁叔的脾气我晓得，不管那么多，大人的事情我们不要理会，我们和解就行了，你说呢？"林和平说："要是我爸知道，他会打死我的。"林丽珍说："那我们不要让大人们知道。"林和平点了点头。

他们还是一前一后骑着单车去上学，保持着一定的距离。

林和平觉得这个早晨是他有生以来最快乐的一个早晨，所有过去日子的阴郁一扫而光，阳光抚摸着他的脸，也照耀着他的心灵。

可是，林和平的快乐很快就消失了，随之而来的是不安和恐惧。到了学校，他停放好单车，正要去教室，一个矮胖子学生站在他面前，说："跟我走一趟。"林和平知道他是刘晓国的死党，来者不善。林和平没有理会他，背着书包往教室的方向走去。矮胖子受到了蔑视，追上他，拉住了他的胳膊，咬牙切齿地说："你跑什么跑？叫你跟老子走一趟，你听到没有？"林和平甩了甩手臂，无法挣脱，矮胖子的力气很大。矮胖子说："走不走？"林和平也来了脾气，说："走就走！"他豁出去了。跟在矮胖子后面，林和平底气不足，心里忐忑，不知道会发生什么事情。

矮胖子把林和平带到学校的操场后面，刘晓国和另外两个同学站在那里，冷冷地看着林和平。矮胖子对刘晓国说："老大，人给你带来了。"刘晓国走到林和平面前，"嘿嘿"冷笑了两声，说："你小子蛮乖的嘛，叫你来你就来了，你晓得我为什么叫你来吗？"林和平的脊背一阵冰凉，双腿微微打战，他想刘晓国一定会暴打他一顿。林和平什么话也说不出来。刘晓国比他高出一头，他伸出手，粗大的手掌压在林和平的头上，说："害怕了吧？我说过会给你好看的，你还做貂蝉的护花使者吗？"林和平还是什么都没有说，他的身体抖得更厉害了。刘晓国说："你不说也没有关系，我警告你，以后再坏我的事情，我弄死你！今天我不打你，但是要给你一个教训。"说完，刘晓国躲到一边，朝其中的一个同学使了个眼色，那家伙扑到林和平面前，将手中塑料袋里一团湿乎乎臭烘烘的东西抹在了林和平的脸上。然后，他们哈哈大笑，扬长而去。林和平站在那里，欲哭无泪，巨大的屈辱让他生不如死，他满脸都是恶臭的人屎，刘晓国竟然用这种下三滥的办法来惩罚他，还不如将他暴打一顿。

林和平默默地忍受着巨大的屈辱，像往常任何一次被欺负一样，到厕所洗干净了脸，阴沉着脸，去上课。

放学后，他还是在校门口的老樟树下等林丽珍。林丽珍骑着单车出来后，朝他会意一笑，那一笑让林和平恢复了早上那短暂的快乐，那抹在脸上的臭屎算得了什么，他脸上露出了难得的笑容，蹬上单车，跟在了林丽珍后面。一连几天，他都跟在林丽珍后面，保护她。林和平的行为惹怒了刘晓国，有林和平在，他的梦想很难实现。

又一天放学后，林和平和林丽珍依旧一前一后骑着单车回西村。出了唐镇，林和平正要拐进小路，刘晓国驾着摩托车呼啸而来，林和平来不及躲闪，就被撞翻，连人带单车倒在了路边的稻田里。刘晓国没有要撞死他，只是想给他一个教训，否则林和平不死也要断条胳膊少根腿。林和平摔在稻田里，水稻起了缓冲的作用，他没有受什么大伤。刘晓国恶狠狠地说："王八蛋，你再多管闲事，就撞死你！"林和平觉得小腿疼痛，他从稻田里爬起来，浑身湿漉漉的，他看着刘晓国，眼睛里透露出恐惧和迷惘，还有点倔强。他喃喃地说："杀人要偿命的。"刘晓国冷笑着说："偿命？我家有的是钱，撞死你，大不了赔个 100 万。你给老子记住，别多管闲事！否则，你都不晓得自己怎么死的。"林和平把单车搬到路上，试了试，没有撞坏，便默默地骑着单车走了。

刘晓国也骑着摩托车奔驰而去。

林丽珍在小树林里等着林和平，小树林里没有风，没有奇怪的声音，十分宁静。林丽珍焦虑地说："和平，伤到哪里没有？"

林和平下了单车，说："小腿痛。"

林丽珍说："让我看看。"

她蹲下身说："哪条腿？"

林和平说："左腿。"

林丽珍撸起他左腿的裤管，看到他小腿肚子上有很大的一块乌青，心疼地说："一定很痛吧，我给你揉揉。"

林丽珍的手柔软又温暖，她轻轻地揉着林和平的腿肚子，那样子就像是他的亲姐姐。林和平心里温暖极了，还有一种莫名其妙的幸福感，这种感觉是从未有过的。他的脸上呈现出快乐的微笑，此时，他想，哪怕是被刘晓国撞死，也是值得的。

林和平说："堂姐，别揉了，不痛了。"

林丽珍说："肯定还痛，撞成这样还能不痛？刘晓国也太狠了，他怎么能这样？和平，其他地方没有问题吧，要不我带你去卫生院检查检查？"

林和平说："堂姐，真的没事，我们回家吧。"

林丽珍眼睛里噙着泪水，她的心一定很柔软，林和平想。

他们一前一后骑着单车离开了小树林。

就是脸上被抹臭屎，还被刘晓国用摩托车撞，林和平也没有屈服，还是保护着堂姐林丽珍。刘晓国受到了打击，他想不到瘦弱的林和平会如此顽强，他真想杀了林和平，以解心头之恨，可是他下不了手，杀人毕竟是一件很大的事情，况且，他也没有杀过人，连他那土皇帝般的父亲也没有杀过人。他要想办法让林和平屈服，每个人都有自己的软肋，林和平也有，除非他不是人。事实上，林和平是怕刘晓国的，他提心吊胆，担心刘晓国对他下毒手。只有和林丽珍在一起的时候，林和平才有短暂的快乐，才会保持那种无所畏惧。林和平分不清保护林丽珍是对还是错，但内心驱使他这样做，他必须服从内心。他担心刘晓国对自己下毒手，同时还担心被父亲发现这事，父亲要是知道他在保护林丽珍，说不定也会把他打死。

林和平还没有做好被下毒手或被打死的准备，尽管他曾经也去死过。10 岁那年夏天的某日，林和平被别的孩子欺负，被人打肿了脸。回到家中，游四凤心疼地把他揽在怀里，轻轻地抚摸着儿子红肿的脸，说："和平，是谁把你打成这样的？"林和平不说话。这时，醉酒的林发魁走过来，伸出有力的大手，拎起儿子，吼道："你说，是谁打你的，老子诛死他！"林和平浑身发抖，什么话也说不出来，只觉得天旋地转。林发魁对儿子的沉默恼怒万分，扬起手，一巴掌打在林和平的脸上，很快地，林和平的另一边脸也红肿起来。游四凤一把抢过儿子，把他紧紧地搂在怀里，哭喊道："林发魁，和平是你儿子，不是你的仇人，你怎么下得了手！"林发魁怒吼道："这个没用的东西就是我的仇人，老子上辈子欠了他的，他这辈子是来讨债的，你看他那鸟样，打不过人家还不肯告诉我打他的人是谁，他活着有个屁用，浪费钱财，丢人现眼！"林和平的泪水无声无息地滚落。黄昏，林和平溜出了家门，来到了河边。刚下过一场暴雨，河水暴涨。林和平望着浑黄的河水，内心悲凉，他想到了死。他曾经问过母亲，死是怎么回事，母亲告诉他，死了就一了百了了，什么也没有了。林和平想，死了就不会有人欺负他了，父亲也不会打骂他了，母亲也不会因他而哭泣了，那是多么美好的事情。于是，他决定去死一死。

林和平跳进了咆哮的河里，他在河面上扑腾沉浮。要不是被一个捕蛇人发现，他就真的死了，捕蛇人毫不犹豫地跳下河，捞起了奄奄一息的林和平……他不怕死，怕的是活着的欺凌和磨难。如今，有一个人让他感觉到快乐，从来没有过的快乐，虽然那快乐很短暂，但还是值得他去冒险，活着就是冒险。

那是个星期天，林和平陪母亲去唐镇集市上卖鸡蛋。游四凤是养鸡能手，养了几十只母鸡，每周都可以积攒出两竹筐的鸡蛋，然后拿到集市上去卖，换点钱，补贴家用。他们卖鸡蛋的地方，对面是一家卖手机的店铺。林和平对母亲说："妈，我去那边看看。"游四凤说："别去了，我晓得你想要个手机，等我攒够了钱，偷偷给你买一个，不让你爸知道。"她对林和平说过无数次这句话了，林和平的耳朵都起了老茧，鬼知道她什么时候才能给他买手机。在唐镇中学，没有手机的学生恐怕只有他一个人，就是在这个问题上，他会自卑得抬不起头，同学们嘴巴里常常挂着的微博、微信等，都离他十分遥远，他仿佛是一个活在古代的人，和这个社会格格不入。

林和平没有理会母亲，朝手机店走过去。

看店的是一个丰腴的少妇，粉白的脸肉乎乎的，那双笑眯眯的小眼睛注视着走进店门的林和平。各种各样琳琅满目的手机，刺激着林和平的大脑，他吞咽了一口口水，手痒痒的。他真想抓起一部手机，飞快地逃走。他不敢这样做，只是过过眼瘾，幻想自己能够拥有一部手机。少妇笑眯眯地给他介绍最新款的手机，说到的很多功能，他都听同学说过，却从来没有尝试过。望梅止不了渴，只会让他更加难过。过了一会儿，他转身逃出了手机店，把笑眯眯的少妇扔在了脑后。

林和平走出手机店后，刘晓国诡秘地出现了，他走进了手机店，和少妇在说着什么。

周一早上，林和平来到学校，刚刚停放好单车，那个矮胖子又一次出现在他面前，冷冷地对他说："跟我走一趟。"林和平心里"咯噔"一下，觉得这次凶多吉少。逃是逃不过的,他硬着头皮跟在矮胖子后面,来到了公共厕所后面。刘晓国笑眯眯地站在那里,就他一个人,两手空空,林和平闻到厕所里散发出来的臭味,他断定刘晓国今天不会往自己脸上抹屎。矮胖子把林和平交给刘晓国后,也走了。

林和平和刘晓国面对面站着。

林和平心里恐惧,斗胆说:“你想干什么?”

刘晓国笑着说:“放心,我不会拿你怎么样的,只是想和你交个朋友。”

林和平心里嘀咕,刘晓国凭什么要和我交朋友,从来没有人要和我交朋友,他不就是想让我不要破坏他追求堂姐嘛,还搞得如此郑重其事,要和我交朋友。

刘晓国说:“我从来没有佩服过谁,可是我佩服你,你是个值得我交往的人。为了证明我的诚意,我送个礼物给你。”

林和平有些不知所措,他没想到事情会发展到这一步。

刘晓国从口袋里掏出一个最新款的苹果手机,递给林和平,说:“送给你,你一定会喜欢的。”

林和平的手在颤抖,心里矛盾极了。

刘晓国说:“收下吧,我是真心要交你这个朋友的。”

林和平想起了林丽珍,如果收下手机,那么他就背叛了她。在他迟疑的时候,刘晓国把手机塞进了他的裤兜,然后头也不回地走了。那手机在他的裤兜里,像块烧红的烙铁,烧灼着他的皮肤,也烧灼着他的心。

这一天,林和平都心神不宁。

手机一直放在他的裤兜里,他不敢伸手去触碰。

放学后,他想骑上单车独自回家,可他还是在校门外的老樟树下等林丽珍出来。不一会,林丽珍出来了,她朝林和平会意一笑,林和平就和她一前一后骑着单车回西村了。那手机还在他的裤兜里,执拗地告诉他自己的存在。林和平的脑袋晕乎乎的,内心充满了矛盾。在手机和林丽珍之间，他要作出一个重要的抉择。

林和平没有用那部手机，也没有将手机还给刘晓国，他把手机藏在床垫底下。每天晚上睡觉前，他会取出手机，用手轻轻抚摸它，就像抚摸一件心爱的宝贝；他也会把手机贴在脸上，感受手机外壳的冰凉；他还会把手机放在胸口，让它感受他狂乱的心跳。可是他不敢使用它，他担心一使用它，自己就会崩溃。

一连几天，他还是跟在林丽珍后面，保护着她。

这几天，他没有看到刘晓国骑摩托车追上来，拦截林丽珍。但是，这一天，在手机无情地折磨下，他终于放弃了保护林丽珍，一放学就骑着单车飞奔回家了。就是如此，他还是没有使用那部手机。

林丽珍觉察到了什么。

一个黄昏，林和平坐在河边的水柳下发呆，林丽珍走过来，坐在他身边。林和平闻到了少女的气息，仿佛是绿草清甜的味道。他十分窘迫。林丽珍说："和平，是不是刘晓国又威胁你了？"林和平没有说话，沉默地看着夕阳下缓缓流动的河水。林丽珍说："和平，无论怎么样，我都不会怪你，你是我堂弟，我是不应该让你因为我受刘晓国欺负的。"

林和平一言不发，站起身，回家去了。

他多么想坐在那里，听美丽的堂姐说话，闻她身上青草的气息。都是那该死的手机，让他忐忑不安，让他觉得自己对不起美丽的堂姐。

不久，发生了一件轰动唐镇的事情。

一天晚上，唐镇中学的体育老师朱强肚子饿了，他走出校门，到唐镇街上的李记小食店吃扁食，吃完后，在回学校的路上，被十几个小混混围攻，他奋力抵抗，最终寡不敌众，被打倒在地。他倒在地上，那些混混也没有放过他，还是继续殴打，使他断了两根肋骨、脑震荡，差点丧命。打人者被抓了几个，其他在逃。被抓的打人者供出了主谋，就是唐镇首富刘兆连的儿子刘晓国，他出了 5 万元，让那些混混去殴打朱强。

刘晓国也很快被拘留了，学校也开除了他。

事情的起因和校园里的一则流言有关。流言的内容是：朱强老师和唐镇中学的校花林丽珍师生恋了。这则流言最早出自于那个娘娘腔男同学之口，经过他长舌妇般的渲染，流言在校园里满天飞，似乎一夜之间，学生们都知道了这件事情。

流言传到了刘晓国耳朵里，他气得发抖。自从他喜欢上林丽珍，只要他发现谁对林丽珍示爱，谁就没有好日子过，那些喜欢林丽珍的同学纷纷退出追求的行列，把对林丽珍的爱掐死腹中。刘晓国对朱强老师产生了刻骨的仇恨。他想，怪不得林丽珍不答应做我的女朋友，原来都是朱强在作祟。他越想越气，但又不敢当面找朱强算账，只好找镇上的混混给他出气。

刘晓国被抓和被开除，唐镇中学大部分学生都很高兴，尤其是那些被他欺负过的同学。林和平却高兴不起来，隐隐约约地，他感觉到有更大的危险。那手机他一直没有用，还藏在床垫底下。那手机是祸根，他要找机会还给刘晓国，林和平觉得他很快会被放出来。

出事之后，林丽珍处在风暴的旋涡之中，关于她和朱强的传闻越传越变味，甚至不堪入耳，尽管学校多次辟谣。无论林丽珍走到哪里，背后都有同学指指点点，校花林丽珍仿佛成了淫荡的代名词。林丽珍的定力很好，她似乎没有被流言击倒，依旧我行我素，她的学习成绩依旧是最好的。林和平不相信堂姐的定力那么好，觉得她是装出来的。他还是替堂姐担心，担心刘晓国出来后会变本加厉地追求她，他什么事情都干得出来。

这天放学后，林和平没有着急回家，而是用自己的零花钱，买了点苹果，去卫生院探望朱强老师。出事前，他还希望那流言是真的，堂姐宁可和朱强老师好，也不要随了刘晓国，刘晓国配不上她，他以为有钱就可以拥有一切，狗屁！而且，朱强老师会保护堂姐，那应该是真正的保护。出事后，林和平颠覆了以前的想法，朱强老师保护不了堂姐，刘晓国够狠。他找到了朱强老师的病房,病房里有种奇怪的味道,林和平头有点晕。朱强没料到学生中最不起眼的林和平会来探望自己,除了学校领导和同事,还没有学生来过。朱强有些激动,说:“林和平,谢谢你来看我。”林和平轻声说:“老师,你好点了吗?”朱强说:“放心吧,老师没事的,躺几天就可以出院了,就可以回学校给你们上体育课了。”林和平说:“老师要好好养伤。”朱强摸了摸他的头说:“你要坚持锻炼身体,要让自己强壮起来,未来的路还很长,身体是本钱。”林和平点了点头。他们有一搭没一搭地聊了一会,林和平就告辞了。走之前,林和平红着脸问了朱强一个问题:“老师,你真的喜欢林丽珍吗?”朱强笑了笑,说:“喜欢呀,谁不喜欢美呢,难道你不喜欢?”林和平说:“喜欢。”他说“喜欢”这两个字时,声音很低,只有他自己才能听见。

果然,过了不久,刘晓国就出来了。据说,他父亲刘兆连花了不少钱打点,也给了朱强老师一大笔钱,作为补偿。那几个打人的混混却没有这样幸运,他们都坐牢去了。刘晓国出来两天后,朱强老师也调走了,说是调回城里的中学工作了。他是悄悄走的,没有和学生告别,也没有人给他送行。朱强老师走后,林和平有些失落。

失落只是一种伤感的心情,不知道以后有没有体育老师会让他坚持锻炼身体了。朱强老师走后,每天放学后,林和平会先在操场周围的跑道上跑上两圈,才骑着单车回家,他彻底放弃了保护堂姐。林和平内心的恐惧感日益加深,他害怕刘晓国会对他下毒手。他开始相信刘晓国的话了,只要有钱,什么都可以办到,也许他打死了林和平,也不用去坐牢。他要找个机会把手机还给刘晓国,或许这样会好些,刘晓国不会要他的命。他把手机带在身上,准备伺机还给刘晓国。

有人说,刘晓国出来后,变了一个人,每天坐在家门口的竹椅上,呆呆地朝学校张望。的确如此,林和平出了校门,就看到坐在家门口的刘晓国。林和平心里紧张极了,他第一个念头就是把手机还给刘晓国,这样，自己就和刘晓国没有瓜葛了。他骑着单车慢吞吞地来到了刘晓国面前。刘晓国脸色惨白，眼神迷离，不像从前那么神气了。就是这样，林和平站在他面前，还是腿肚子发抖。刘晓国看了他一眼，脸上一点表情都没有，也不说话。林和平战战兢兢地说："刘晓国，我是来还你手机的，手机还是新的，我一直没用，不敢用。"刘晓国突然笑了，笑声很响，十分瘆人。林和平在他的笑声中想逃，又迈不动脚。刘晓国笑完后，冷冷地说："你走吧。"林和平没有走，他要把手机还给刘晓国。他把手伸进了裤兜，裤兜竟然空空的，他吓出了一身冷汗。放学后，他跑步时还摸过裤兜，当时手机还在，怎么就没有了呢？手机丢了，这对林和平而言，是天大的事情，那手机几千块钱，他用什么来还？林和平愣了会，骑上单车，返回校园。

林和平找遍了跑道和操场，也没有找到手机。

天黑了，他还是没有找到手机。

他颓然地坐在操场的草地上，泪水无声无息地滚落。

林和平把手机丢了，像是把心给丢了，他欠下了一笔债，这笔债不知何时才能偿还。连续几天，林和平都郁郁寡欢，跑步也懒得跑了。他恨自己当初没有把手机还给刘晓国。他突然有种奇怪的感觉，他对堂姐的美丽产生了厌恶的情绪。他想，美也是会害人的，因为堂姐的美，朱强老师挨了打，还离开了唐镇中学；自己也被卷进来，脸上被抹屎，还被摩托车撞，手机丢了，欠下了债；刘晓国也因为堂姐的美，犯了事，被学校开除；或许还有什么林和平不清楚的事情。

可是，美有什么罪？堂姐与生俱来的美又有什么过错？

又是一个傍晚，林和平懒洋洋地蹬着单车回家。快到小树林时，刘晓国驾着摩托车疯狂地冲出来，与林和平擦身而过。林和平感觉到了什么，用足了力气，踩着单车，飞快地进入了小树林。他看到林丽珍的单车歪倒在小树林里的路边。此时，小树林里没有风，却有哭声从树林里传出。林和平听出来了,那是林丽珍的哭声。他明白了,一定是刘晓国干了什么坏事,他没有变,还是一匹凶恶的狼。林和平浑身发冷,他从小就害怕哭声,现在不仅仅害怕哭声,还害怕刘晓国。

他想逃离小树林,又觉得这样不妥,无论如何,林丽珍是他的堂姐,他不能一走了之。他把单车停放在路边,朝着哭声寻找过去。林丽珍坐在一棵乌桕树下哭,头发散乱,身上的花布连衣裙也十分凌乱,脖子下的领口被撕破了。林和平站在她面前,心里难过极了,他恨自己没有坚持保护她。他什么话也说不出来,也不知道说什么好。林丽珍抬起头,眼泪汪汪地看着他,哭声停止了。她哽咽着说:“你是不是收了那流氓的一部手机?”林和平面红耳赤,像个罪人般低下了头。林丽珍站起来,说:“没想到你是这样的人,和你爸一样,都是见利忘义的家伙,我以为你和你爸不一样呢,我鄙视你!”说完,林丽珍就跑了出去。林和平愣愣地站在那里,羞愧难当。

可以断定,刘晓国凌辱了林丽珍。

可是,这事情无声无息,很快就过去了。知情者说,那天林丽珍回家后,把在小树林里的事情告诉了她父亲,她父亲带了几个人,去了刘晓国家,进去时,他们还怒气冲冲,出来时,他们都笑容满面,他们和刘兆连完成了一笔交易,刘兆连的金钱封住了他们的口,这事情自然就按下来,不了了之了。她父亲和林发魁一样,也是见钱眼开的家伙,在这年月,有几个人不爱钱?

林和平心里十分内疚,他觉得对不起堂姐,不敢靠近她,他们的关系恢复到了从前。林和平还是会记起她温柔地给自己揉小腿肚子的情景,也会记起她身上青草的气息,那短暂的快乐他也许会记一生。

事情的逆转使林和平措手不及。

林丽珍竟然和刘晓国好上了。每天早上,林丽珍走路到小树林,刘晓国驾着摩托车来接她去上学,快到学校门口时,她从摩托车后座上下来,走进学校。放学后,刘晓国会在她早上下车的地方等她,然后载她回家。林和平经常会碰到他们，他们根本就不搭理林和平，林丽珍看见林和平后，会故意紧紧地搂住刘晓国的腰，朝他冷笑。

林和平发现，林丽珍的脸色日益苍白，没有了往昔的甜美，像是被风暴摧残过的花朵，她越来越不好看了。林和平内心忧伤，曾经那个美丽高傲的堂姐已经死了，他在心里给过去的堂姐筑了一座坟墓，那份美丽和纯洁埋葬在那里。

暑假开始后，林和平变得百无聊赖。孤独的他除了帮母亲做些活外，平常时间都是一个人坐在河边的水柳下，凝望着流动的河水，胡思乱想。有时，他真想林丽珍坐在旁边，他呼吸着青草的气息，听着她柔软温存的话语，那该有多快活，可这是不可能的事情了。

西村就像一个牢笼，囚禁着他的肉体，也囚禁着他的心灵。

他想逃出这片山地，却又无能为力。他厌恶这片山地，人与人之间的关系复杂而市侩，充满了铜臭。他厌恶父亲，厌恶他喝酒后的臭嘴，厌恶他的穷凶极恶；他厌恶母亲，厌恶她的逆来顺受，厌恶她的哭泣；他也厌恶自己，厌恶自己的懦弱，厌恶自己的弱小，厌恶自己的一切，厌恶一切的一切。

他想象自己变成了一只鸟，不，是变成了一只山鹰，在宽广的天空自由翱翔。

可是，他什么也不是，只是一个平凡的忧郁少年。

林和平没想到父亲会死，而且死得那么惨。

那天傍晚，夕阳还没有落山，还在西山顶上挣扎，独自坐在河边的林和平突然听到村子里传来嘈杂的声音，许多人在大呼小叫，还有撕心裂肺的哭喊。林和平从杂乱的声音中分辨出了母亲悲伤的哭喊声。

林和平站起来，飞快地跑向村子。

林和平家门口围满了人，他明白，家里出事了。他有点懵，手足无措。有人看到他，说："大家让一让，和平回来了。"人们往两边分开，让出了一条道，林和平缓缓地走进家门。院子里，血肉模糊的林发魁躺在一块旧门板上，他的头和脸稀巴烂，分辨不清眼睛和鼻子。游四凤跪在丈夫的尸体旁边，疯了似地哭喊着："我的心肝哥哟，你怎么舍得离开我呀！心肝哥——"她凄惨的哭喊让许多在场的人落泪。很奇怪的是，林和平站在父亲的尸体前，竟然没叫喊一声，也没有落泪。像往常一样，他阴沉着脸，看着死去的父亲。他也没有安慰母亲，母亲的哭喊竟然打动不了他。

游四凤见儿子回来，从地上爬起来，拉着儿子的手，说："和平，快给你爸跪下。"林和平一动不动，还是阴沉着脸，仿佛是在面对酒后的父亲。游四凤说："和平，快给你爸跪下呀，跪下呀。"林和平还是无动于衷。游四凤见儿子不跪，哭得更加伤心了："心肝哥哟，你这一走，天远路长哪，留下我们孤儿寡母，以后的日子怎么过哇——"哭着哭着，她瘫倒在地，两个族里的女人走过来，蹲在地上，陪着她哭。满脸泪水的林发星走到林和平旁边，手放在侄儿的肩膀上，说："和平，你爸死了，你都不哭，不孝啊。"他的手用力地在林和平的肩膀上按下去，林和平两腿一软，跪在了地上。就是如此，林和平也没有哭，只是低下了头。

林发魁的死和他喝酒有关。

一般情况下，林发魁不会在中午的时候喝酒，采石场的工人基本上都不会在中午喝酒。这天中午，林发魁因为一点小事，和工头吵了一架，中午吃饭时，他喝了半斤白米烧，同在采石场做工的弟弟林发星劝也劝不住。结果，下午工作时就出了大事。开山爆破时，指挥人员吹着哨子、摇着手中的红色旗子示意工人们躲起来，大家赶紧往安全的地方躲藏。林发魁也听到了哨声，但他喝了酒，脑袋发懵，竟然没把哨声当回事。大伙都在朝他叫喊，让他躲避，指挥人员发现他没有躲，拼命地吹哨子，猛烈地摇晃手中的旗子。炸药的引线已经点燃，放炮的人也已经躲起来了，要回去剪断引线已经来不及了。林发星呼喊着哥哥的名字，他要冲出去把哥哥拉到安全之地，被几个工友强行摁住了。他冲出去,危险万分。林发魁朝弟弟傻笑,根本就感觉不到危险。炸药很快爆炸了,乱石飞溅,一块大石头飞落下来,正好砸在了林发魁的脸上,林发魁当时就一命呜呼了。

天热,林发魁的尸体到半夜里就有了尸臭味。

林发星和嫂嫂商量,尽快地让哥哥的尸体入土为安。游四凤在巨大的打击下,已经痴呆了,林发星说什么,她都点头。林发星就自作主张,决定天亮后,就拉哥哥的尸体去火化,然后把他的骨灰埋入坟地。

林和平一夜未眠,他默默地坐在厅堂的一角,为父亲守夜。他的目光时不时地瞟向被白色尸布遮盖住的父亲的尸体,满脑子都是父亲被砸烂了的脸,他想吐又吐不出来,没有语音可以形容他莫名其妙的情绪。对于悲伤过度痴呆了的母亲,林和平找不到任何合适的语言安慰她,他什么也说不出来,只能用一惯的沉默对待悲恸的母亲。他不知道自己的沉默是对还是错。很多时候,对和错又有什么区别,生和死又有什么区别,如果可以交换,林和平宁愿自己躺在父亲躺的地方,让他活着,继续做他的工,继续喝他的酒。

送葬的时候,林和平还是没有哭,叔叔抽了他两耳光,他也没有哭,他哭不出来。送葬完了后,叔叔带着家族的人和一些工友吃白饭时,林和平偷偷溜出了家门,他不喜欢这种古怪的热闹。他独自来到河边,面对着呜咽的河水发呆。天上一弯残月,俯视着大地,俯视着孤独的少年林和平。林和平的眼中流出了泪水,他轻轻地抽泣,喉咙里像堵着一块海绵,吞不下去,吐不出来。泪水很快模糊了双眼,他哽咽着说:“爸,你不是喜欢喝酒吗?还有那么多酒等你喝,你为什么要走?爸,你不是喜欢酒后骂我打我吗?你有种活回来,我让你骂个够,打个够呀!爸,你真没种,怎么说走就走了哇——”说完这番话,林和平号啕大哭起来。那些在夜里鸣叫的夏天的虫豸一下子安静下来,它们似乎在聆听林和平悲恸的哭声。

父亲死后，林和平才知道采石场的老板是刘晓国的父亲刘兆连，刘兆连有很多生意，采石场不过是一桩小生意。刘兆连没有露面，只是在出殡前，让他的手下送了个花圈和 2 万块钱过来。游四凤不要他的钱，要他还一条人命。林发星代她把钱收下了，他认为这是刘老板的一点心意，赔偿费后面再谈。

办完丧事，林发星就开始谋划赔偿的问题。他想和嫂子游四凤商量，可游四凤沉湎在悲伤之中，还是一副痴呆样，根本就谈不了事情；林发星觉得林和平不懂事，更没法谈。于是，他找来了几个族里的男人，商量此事，虽然说商量，可基本上还是他说了算。商量的地点在林和平家，他们要当着游四凤的面说这事，定下来的方案才合乎道理。林发星认为此事要趁热打铁，时间拖久了就不好说了。有人提出来，说林氏家族在整个唐镇，也就西村这百十号男丁，是小姓，而刘家是大姓，人多势众，而且刘兆连富甲一方，来硬的肯定不行，该怎么办？商量下来，他们拿出了两个方案：一是尽快上门和刘兆连谈判，如果他给出合理的钱数，事情就了了；二是如果刘兆连仗势欺人，那就请律师打官司。

林发魁入土后的第三天，林发星打听到刘兆连在家，就带着族里几个精壮汉子，前往刘家。虽说林家人少，可还是要有点威风。林发星还联络了几个平时和哥哥比较要好的工友，他们答应过一起去刘家谈判，最后他们都没有来。林发星给他们打电话，他们都不接，好像突然就人间蒸发了。

出发之前，林发星要林和平一起去。

林和平本来就反感他们讨论如何要钱，况且他还欠刘晓国一个手机，根本就不想去参加谈判。林发星说："你去也得去，不去也得去，没有选择，能不能拿到赔偿费，关系到你和你妈以后的生活。"林和平很无奈，跟着他们去了刘家。刘家的洋楼前面停着两辆轿车，一辆宝马，一辆奔驰，平常刘晓国驾驶的红色摩托车也停在那里。

刘家大门开着，他们站在门外，林发星往里探头探脑，说："刘老板在家吗?”

从里面走出一个富态的半老徐娘,她说:“你们找谁?”

林发星认得她,她是刘兆国的老婆范秀秀。林发星赔着笑脸说:“我是西村的林发星,林发魁的弟弟,我们想找刘老板谈谈我哥的赔偿费。”范秀秀警惕起来,她眯着眼睛说:“我没听老刘说过这事儿呀。”林发星说:“这事情刘老板心里清楚,你让他出来,我们跟他谈。”范秀秀翻了翻白眼,说:“他不在家。”林发星说:“刘老板肯定在家的,他的奔驰车都停在外面。”范秀秀说:“我告诉你,他不在家,你这人怎么回事,他是坐朋友的车走的。”林发星又要说什么,范秀秀蛮横地抢先说:“你不要说什么了,快走吧,赔偿费不是已经给你们送过去了吗,还来要,我们家又不是银行,快走吧,以后不要再来了。”说完,她将大门关上了。

林发星愣住了,他没有想到会是这样的结果,敢情刘兆连送来的那2万块钱就是赔偿费,这是打发要饭的呀,难道一条人命就值2万块钱?这太没天理了。林发星缓过神来,说:“她一个妇道人家,说话不算的,我们要找到刘兆连,和他谈才有用。”

一个族人说:“我看这事情悬,刘兆连明摆着不想见我们,还有什么好谈的,我看还是回去吧,别在这里浪费时间了。”

林发星瞪了他一眼,说:“你别在这里灭自己的威风,这赔偿费我要定了,我哥不能这样白白死了。”

那人不说话了。

林发星说:“我们不能走,就在这里守着,我就不相信他不出来。”

林和平站在那辆红色摩托车旁边,伸出手去摸摩托车后座,他感觉到了某种温度,那应该是林丽珍的体温。林发星他们说什么,林和平一句话也听不进去。他担心刘晓国从家里走出来,逼他交还手机。这是他欠刘晓国的,但他搞不清楚刘兆连欠不欠自己的。

等了一个多小时,刘家一点动静都没有。

林发星有点着急了,不停地擦额头上的汗。他说:“这样不行,刘兆连知道我们在外面等他，他不可能出来。你们过来——”几个族人的头凑在一起，林发星细声地说着什么。林和平没有听到叔叔的声音，觉得他特别古怪，像个阴谋者。林发星说完后，他们就分头躲了起来，林发星拉着侄儿的手，说：“你跟着我走。”林发星带着侄儿躲在唐镇中学大门口的老樟树底下。他不停地探出头，观察刘家的动静，还说着话：“这棵老樟树有年头了，还没有枯死，人要像老樟树那样不会死就好了。”林和平冷不丁地冒出一句话：“该死时就死吧，活那么长做什么，活着受苦，还不如死了好。”林发星说：“你懂什么生死。”林和平说：“你懂?”林发星说：“我什么也不懂，我只晓得要从刘兆连那里拿回赔偿费，这样才能保障你好好读书，免得以后没有出息，像我们一样做苦力。你爸死了，你们家的顶梁柱倒了，光靠你妈怎么能行？我也不可能永远帮你，我也要养家糊口。所以，这赔偿费很重要，你晓得吗，很重要!”林和平无语了。

又过了一个多小时，刘家终于有了动静。林发星看到刘家大门打开了，刘兆连和他儿子刘晓国从里面走出来，他们上了那辆奔驰车，不知道要去哪里。车刚刚开动，林发星没命地冲了过去，拦在了路中间，奔驰车猛地停在了林发星面前。他的身体和奔驰车的距离不到一尺。车停下来后，和林发星一起来的族人才跑过来，围住了奔驰车。

刘兆连对儿子说：“原来他们没走，还挺有计谋的。晓国，赶快给派出所张所长打电话。”

刘晓国用手机拨号时，刘兆连打开车门，从车里钻出来。油头粉面大腹便便的刘兆连，底气十足地对林发星说：“林发星，你挡住我的路了，滚开!”林发星赔着笑脸说：“把你拦在这里，实在不得已，我没有其他目的，也不敢得罪你刘大老板，我是想和你谈谈我哥的赔偿费。”刘兆连摸了摸油光发亮的头发，说：“不是给过你钱了吗，你还来要，收条还是你签的字呢。”林发星说：“一条人命呀，就值 2 万块，你也太不仁义了。”刘兆连冷笑了声，说：“那你想要多少?”林发星说：“最少 100 万。”

刘兆连笑了:"100万!告诉你,你这是敲诈,是犯法的。我们先来说说事情是怎么发生的,林发魁要是不喝酒,他就不会死。我们的规章制度写得清清楚楚,不能醉酒作业,他眼里哪有什么规章制度,他连自己的命都不珍惜,还能怪谁?因为他的死,我的采石场停产整改,我还得负责任,给安监局交罚款。采石场停产一天要损失多少钱,你算过吗?我没有要你们赔钱就不错了,你还敢来和我谈赔偿费?人死为大,我能够给你们2万块钱,够意思了,你还说我不仁义!滚吧,不要再来烦我了!"他说话的气势压到了林发星,林发星有点心虚,说:"那50万,怎么样?"刘兆连斩钉截铁地说:"一分钱都不给!"林发星面红耳赤:"你,你不给,我上法庭告你。"刘兆脸冷冷地说:"你随便告吧,我倒要看看吃亏的是谁。"

这时,派出所张所长开着警车来到现场。

现场已经围满了人,唐镇人素来喜欢看热闹。走江湖、卖狗皮膏药、耍猴的,他们会围过去看;有人吵架,他们也要围观……围观是他们的乐趣。张所长带着两名警员来到了林发星面前,他问明白情况后,对林发星说:"你可以到法院起诉刘老板,但是你这样兴师动众地要钱是不对的,快带你的人回去吧,不要再闹了。"林发星急了:"我哥不能白白死了!"张所长说:"我告诉过你,你可以上法庭告刘老板,你不要把普通的民事纠纷搞成敲诈勒索,你再不走,我可要铐你回派出所了。"

林发星发现那几个族人都不见了,低吼了一声,悻悻而去。

围观者很快散了,有些人觉得事情没有闹大,唉声叹气。

林和平一直站在老樟树下,懵懵懂懂,无所适从。

夜深了,林和平又听到母亲在嘤嘤地低泣。母亲的哭声撕咬着林和平的心,那种无可名状的悲恸和无助,以及对未来生活的忧虑及恐惧,林和平不能感同身受。父亲之死,他也悲伤,他努力地记起父亲对自己的好,哪怕一点点,然后无限放大,用来抵消他从前对父亲的恨。

他觉得父亲是个可怜之人，他十分害怕自己会成为父亲那样的人。此时，家是个坟墓，林和平在母亲的哭声中艰难地喘息。他想，这样下去，自己会窒息而亡。

林和平蹑手蹑脚地离开了家。

他来到河边，坐在那棵水柳下，凝视着奔流不息的河。天上没有星星，也没有月亮，夏天的夜不是那么黑，有种迷蒙的光亮，可以看到河对岸不远处黑黝黝的群山。在各种虫豸青蛙此起彼伏的鸣叫声中，林和平更显得落寞孤单。他的心情十分凌乱，什么都想，也什么都没有想。未来怎么样，他一无所知，他只想尽快逃离这个让他无休无止地忧伤的地方。

突然，他闻到了一种特殊的气息——青草的气息。

他扭头看了看，发现林丽珍已经坐在旁边了。微光中，林丽珍的笑脸朦胧。这不是真的吧，他已经好久没有接近她了，他伸手摸了摸林丽珍的手，感觉到了温暖。他的心跳加快了，赶紧缩回了手。他对林丽珍的感情十分复杂，复杂到一片空白，什么都说不出来。

林丽珍说："和平，你不要太悲伤了。"

林和平说："我爸死了，你爸是不是特别开心？"

林丽珍说："没有，他也难过，出殡那天，他还想去给发魁叔送行，但怕刺激到你妈，就没有去。这几天，他总是说，不应该和发魁叔结怨的。"

林和平无语。

林丽珍说："我找你，有件事情。是刘晓国让我来找你的，他知道发星叔去找他爸要赔偿费的事情，他爸铁定不会再给你家钱了，他就把摩托车卖了，让我把卖摩托车的钱给你，就当赔偿费了。给，这是 15000 元，刘晓国的一片心意。他说，以后你有什么困难，他会帮助你的。"

林和平说："我不要他的钱，我还欠他一部手机，我不想再欠他什么了。你告诉他，等我以后赚钱了，一定会还给他的。"

林丽珍说："手机的事情我晓得，他不会要你还的，这钱你收着吧，他是真心实意的，他和他爸不是一路人。"

林和平说："你当初不是说他流氓吗？他不是强暴过你吗？"

林丽珍无语了。

沉默了许久，林丽珍才说："我原谅他了，他现在慢慢地变好，他说以后听我的话，再不干坏事了。他爸托了人，让他开学后到城里的三中去读书，他答应我好好读书，以后我们一起去上大学。"

林和平说："你相信他？"

林丽珍轻声说："相信。"

林和平说："我不信。"

林丽珍说："你信不信没有关系，我信就行了。"

她把那装着 15000 元的信封塞到林和平手中，站起来，说："我该回家了，太晚了，你也早点回家吧，还是那句话，不要太悲伤了。对了，刘晓国还让我告诉你，让发星叔不要去告状了，告不赢的，他爸打点好了关系。"林丽珍走后，林和平突然对着河水喊叫："我悲伤，悲伤个狗屁，我不要你们可怜我，也不要你们的施舍，不要你们的臭钱！"他要把装钱的信封扔进河里，可迟疑了一会，还是没有扔。

林和平没有把刘晓国的话转达给叔叔，叔叔去不去打官司，都和他没什么关系。他也没有把那 15000 元钱交给母亲，而是把钱藏在了床垫底下。游四凤渐渐恢复了常态，生活还得继续，该喂鸡就喂鸡，该下地就下地，该做饭就做饭……忙碌会让她悲恸的心充实一些。只是在夜深人静时，她还会低泣，在泣哭中睡去，泪痕留在了脸上。

林发星到底还是放弃了和刘兆连打官司，他私下里问过一些朋友，那些朋友都劝他不要这样做，官司要是打输了，得不偿失。可是，林发星还是不死心，觉得哥哥白死了，也觉得对不起嫂子和侄儿，他担心自己以后要照顾孤儿寡母，得花很多精力和钱。出力倒没有什么，重要的是钱，他自己养家糊口都困难，哪会有什么钱资助哥哥的遗孀和侄儿。

这天晚上，林发星又叫了两个死党到家里来商量赔偿费的事情。游四凤对林发星说："发星，我看这事就算了，我不想看到再有什么不好的事情发生了，你哥已经走了，你一定要好好活着。刘家势力大，我们惹不起，你收手吧。我都看破了，你有什么放不下的？都是命，命中注定是你的，跑也跑不掉，不是你的，怎么强求也来不了。"

林发星说："嫂子，你去睡吧。你不用操心，我可以搞定的，不管怎么样，我哥不能这样白死了。"

游四凤没再说什么，林发星性格倔强，她心里十分明白。她叹了口气，进了自己的房间，关上了房门。这个晚上，她没有哭出声，只是默默地流泪，直到睡沉。林和平躺在床上，他很奇怪为什么母亲没有在今夜哭泣，他心里平静了许多，也没有到河边去。

叔叔他们的声音很低，林和平听不清他们在说什么。子夜时分，他们才离去。林和平隐隐约约地感觉到，有什么不好的事情要发生。林和平知道，叔叔在特殊情况下，是不按正常路数出牌的。

父亲头七的这天上午，游四凤带着小叔和儿子，到山上林发魁的新坟前祭奠。他们在林发魁的坟前摆上鸡、鱼、猪肉，还倒了三杯水酒，又点了三根蜡烛、一束长香，插在鸡、鱼、猪肉前面。游四凤眼泪汪汪的，让儿子跪下，给亡者的坟墓磕头。在游四凤和小叔做事时，林和平冷冷地看着他们，心想，死去的父亲真的能够享受这些祭品吗？

林和平跪下来，给父亲磕了三个头，然后站起来，躲到一边，默默地看着母亲和叔叔下一步的行动。他们还备好了纸扎的小人和冥钞，还有纸扎的电视机、房子、小汽车等，边说着话边把那些东西在坟前烧了。林和平想，父亲活着的时候，没有在洋房里住过，也没有开过小汽车，也不曾拥有过大把的钞票，他在另外一个世界里就能够拥有这些吗？林和平表示怀疑。

祭奠完后，他们就下山了。走出一段路后，林发星又转身跑回到哥哥的坟前，说："哥，你放心，我一定会给你讨回个公道，我不会便宜刘家的，我要让他们付出代价！"

回家后，已经是晌午了。

林发星离开了他们，游四凤要下地劳动，走之前，交代儿子："你哪里也不要去，在家里好好温习功课。"游四凤希望儿子好好读书，将来考上大学，做一个有作为的人，不要在乡下受苦受难。林和平看着母亲，心里七上八下，他怕辜负了母亲，心里对学习又万分排斥。游四凤走了后，林和平看了会书，书中的字渐渐模糊，他气恼地扔掉了书本，走出了家门。他朝通向河边的小路一路狂奔，来到了河边，气喘吁吁地站在那里，双眼迷惘。他不想再待在这个有痛苦记忆的地方，也不想好好读书，他只想变成一只自由自在的山鹰，在广阔的天空翱翔。说实在的，林和平早已厌倦了学校，厌倦了此地的生活，厌倦了这里的人们，他们小气、唯利是图，以前好像不是这样的，不知为什么现在越来越自私和功利。对这一切，林和平都格格不入，他是为了父母才去读书的，现在父亲死了，他只为了母亲读书，要是考不上大学，母亲一定会伤心透顶。想到这里，林和平就万箭穿心，生不如死。为别人活着是世界上最痛苦的事情，哪怕是自己的亲生父母，他想逃离。

突然，林和平听到了隐隐约约的嬉笑声。

他的目光搜寻过去，发现河流下游的一个拐弯处，有两个人在河里戏水。好奇心驱使他朝下游走去。林和平靠近那个河湾时，怕被戏水的人发现，就躲在河边的篙草丛中，偷窥。那河中嬉戏的是一男一女，竟然是刘晓国和林丽珍。看得出来，他们特别开心，也特别恩爱，戏水的过程中，还不忘抱在一起接吻。林丽珍穿着粉色的游泳衣，显得特别珠圆玉润，特别美丽。他尽量不去看刘晓国健美的身体，那身体让他厌恶。可是他无法躲避，刘晓国始终和林丽珍粘在一起。他们快乐的样子让林和平羡慕、伤感，而又莫名其妙地愤怒。他一直认为纨绔子弟刘晓国配不上堂姐，堂姐应该和朱强老师那样的白马王子在一起，或者是更好的男子，而不是刘晓国。林和平内心对堂姐也有种复杂的感情，如果她天天在自己身边，他会闻到她身体上青草般清甜的气息，感受到她的温暖；他或者也会好好读书，也许真的能考上大学，做一个有出息的人，安慰母亲和他的死鬼父亲，但那是不可能的事情。

林和平在篙草丛中看着他们，眼睛里噙着滚烫的泪，内心十分酸楚，也十分恼怒。他的手摸到了一块鹅卵石，他抓起那块鹅卵石，想朝刘晓国砸过去，砸得他头破血流。可他不敢，他归根结底还是个懦弱的少年，而且，他也是个善良的少年，不会去伤害任何人，他宁愿自己受到伤害。

不知过了多久，他们上岸穿好衣服离开了。林和平还躲在闷热的篙草丛中，大气也不敢喘一口。

这一天对于林和平来说，是多么难熬。

夜深了，他才从河边默默地回家。

他知道母亲一定很着急，但他无法顾及母亲的感受，正如游四凤无法体会到儿子的感受。她不了解儿子的内心，她认为只要供儿子吃穿，供他上学，把他抚养成人，就尽到了责任。她根本就走不进儿子的内心，不能和儿子真正地交流。

快到村口时，他又看到了林丽珍和刘晓国，他们正在村口的一棵泡桐树下吻别。村道昏红的路灯像炭火一样，却也能够让林和平看清他们。一股热血冲上脑门，林和平在地上摸起一块石头，他还是想把刘晓国砸得头破血流，可他还是没有那种勇气，眼睁睁地看着他们分别后，手一松，那块无辜的石头自然地落在地上。他在暗处，看着林丽珍依依不舍地走进村子，一步三回头，刘晓国一直站在树下，挥着手，目送她回家，直到她进了家门，他才转身离去。

刘晓国转身走入黑暗之中，泡桐树以外，就没有路灯了。这时，林和平想起他为什么不驾着摩托车离开了，他的摩托车已经卖了，卖摩托车的钱还压在自己的床垫底下。卖掉了摩托车的刘晓国，只能步行回家。他离开村口后，要走上一段路，穿过小树林，走过一座桥，才能到达通往镇上的大道。林和平突然有种不祥的感觉，仿佛在今夜，刘晓国会出什么事情。

林和平蹑手蹑脚地跟在刘晓国后面。

进入小树林后，一片漆黑，刘晓国打亮了手电，边走边哼着歌。再黑的夜晚，对林和平来说，都不在话下，他像其他村里人那样，习惯了夜路，就是闭着眼，也不会走错路。

刘晓国走到小树林中间时，停了下来。林和平吓了一跳，以为刘晓国发现了自己，赶紧躲到路边的一棵乌柏树后面。此时的小树林十分宁静，一丝风也没有，也不会有奇怪的声音。刘晓国站在小路边，把手电筒夹在腋下，然后从裤裆里掏出那截猪尾巴一样的东西，嗤出一泡急尿。原来他是在撒尿，林和平心里松了一口气。不一会儿，林和平心里的一块石头又提到了嗓子眼上，他也觉得尿急了。他看到一条黑影从林子里闯了出来，用一根木棍在刘晓国头上猛击了一下，正在拉裤子前门拉链的刘晓国闷哼了一声，歪歪斜斜地倒在了地上。手电筒掉在地上，手电筒的光束射进幽暗凄清的林子里。林和平睁大了眼睛，张大了嘴巴。事情发生得太突然了，林和平一点心理准备都没有。

林子里又闯出了两条黑影，他们手忙脚乱地把刘晓国装进了一个麻袋。

他们是谁，到底在干什么？林和平疑惑。

林和平听到了其中一人的话语："快点，赶紧把他抬走，要是被人发现，那就前功尽弃了。"

他们慌慌张张地抬起装着刘晓国的麻袋，没有走小路，而是进了树林，朝山上的方向走去。最后面的一个人，也就是说话的那个人没有参与抬装着刘晓国的麻袋，走进林子后，又跑回来，捡起刘晓国掉在地上的手电，然后又进入了林子。

林和平听出了那声音，他心里十分明白，那是叔叔林发星的声音。

他觉得很冷，在这酷暑的日子里，他也觉得寒冷，浑身颤抖。鬼使神差，他也进了小树林，跟在了他们后面。

他们把刘晓国抬进了山上一个隐秘的洞里。

他们解开了麻袋，把还处于昏厥状态的刘晓国弄了出来。刘晓国瘫在地上，满脸都是血，那是从砸破的头上淌下来的血。山洞里潮湿而沉闷，林发星用手电照了照刘晓国的脸，说："他不知死了没有，要是死了，就麻烦了，怎么下手那么重？"林发星的一个死党弯下腰，把食指放在刘晓国的鼻子底下，过了一会儿，说："死不了，还有气息。"林发星脱下了刘晓国身上的 T 恤，把它撕成几条布条，包扎好刘晓国的头。然后，他们又用准备好的绳索捆住了刘晓国，怕他醒来后逃跑。林发星喘着粗气说："现在该怎么办？"

死党甲说："用刘晓国的手机给刘老板打电话，让他送 100 万到指定地点，我们就放人。"

死党乙说："他会相信我们吗？"

死党甲说："怎么不会相信，我们可以用刘晓国的手机拍张照片发彩信给刘老板，他不信也得信。"

死党乙说："他要是发现是发星哥做的，就麻烦了，我们就是拿到了钱，也逃不掉的。"

林发星说："不可能发现是我做的，你们给他打电话就可以了，我的声音他熟悉，你们的声音他没有听过，他不会怀疑我的。"

死党甲说："事不宜迟，赶紧办吧。"

说完，他从刘晓国的裤兜里摸出了手机，说："发星哥，刘老板的手机号码告诉我。"

林发星说出了一串阿拉伯数字。

死党甲拨电话时，死党乙站在一边牙关打战，两腿发软。林发星对他说："你害怕了？"死党乙说："难道你不怕？要是事情败露，要坐牢的。"林发星冷笑道："要是成功了呢？我说过的话算话，如果拿到 100

万,我们三个人每人 20 万,剩下的 40 万给我嫂嫂和侄儿。”

死党甲说:“你们别说话了,刘老板的手机是通的。快接听呀!王八蛋!”

刘兆连终于接了电话:“喂,你小子半夜三更不回家,打个鸟电话呀!”死党甲装出凶神恶煞的样子,说:“干你老母!谁是小子?你给老子听清楚了,我绑了你儿子刘晓国,你乖乖听我的话,什么事情都没有,否则,你儿子连全尸都难保!”刘兆连说:“你是谁呀,是不是晓国让你打这个电话的,他以前用过这个办法骗我的钱,我不会上这小子的当的,你让他接电话。”死党甲说:“放屁,谁是你儿子的朋友,老子是绑匪,你赶紧准备好 100 万,准备好了打这个电话,我会告诉你把钱放在什么地方,收到钱后,我会告诉你刘晓国所处的位置。”刘兆连沉默了一会说:“我不相信你能把晓国绑了,他自己不绑人就烧高香了。”死党甲说:“你不相信,我发照片给你看。”他手忙脚乱地拍完照片,照片传过去后,刘兆连陷入了更长时间的沉默。林发星脑门上冒出了一层汗珠,他十分紧张,死党乙更加受不了了,躲到了一边。刘兆连终于再次开口,他的语气平静:“没错,照片中的人是我儿子,他是不是死了?我明白地告诉你,我儿子活着,你一分钱也休想从我这里拿走,我儿子要是死了,你也一分钱都拿不到。我这个儿子是什么样的货色,你应该清楚,我都希望他死,他活着就是个败家子,丢人现眼,我有三个儿子,不会在乎他一个的,你说,他这样的烂崽能值 100 万吗?他一分钱都不值,他死了倒好,还可以替我省点钱,省点心。你爱怎么办就怎么办吧,随便你,你也不要再打电话来了,我不会接了。对了,请你告诉林发星,他一分钱都拿不到,等着坐大牢吧,别用这种下三滥的手段,对我刘兆连不管用,你们好自为之吧。”

刘兆连挂断电话后,死党甲呆若木鸡。

林发星颓然地坐在地上,脸色死灰。

死党乙走过来,焦虑地说:“这可如何是好?”

死党甲缓过神来说："这老家伙发现是我们做的了，他根本就不在乎刘晓国的性命，我看一不做二不休，把刘晓国杀了，找个地方埋了。他们没有证据，我们死活不承认，谁拿我们也没有办法。"

林发星说："不行，不能杀人，我看我们现在赶紧逃吧，去江西山里躲过风头再说，那老家伙一定报警了，再不跑就来不及了。"

林和平跌跌撞撞地回到家里，母亲早就睡着了，他把自己关在房间里，大口地喘着粗气，他不敢相信晚上发生的事情是真实的。他回到家里不一会儿工夫，就听到了警车呼啸的警笛声。村子嘈杂起来，他不敢开门出去看，缩在床上瑟瑟发抖，仿佛他也是绑架刘晓国的罪犯。

又过了好大一会儿，林和平听到了剧烈的敲门声。

游四凤被敲门声吵醒，以为是儿子没有带钥匙，唠唠叨叨地出去开门。她打开门，看到的是荷枪实弹的警察，她睡眼惺忪，不解地问："发生什么事情了？"派出所张所长说："你知道林发星在哪里吗？"游四凤说："我不晓得呀，晚上他没有到我家里来。"张所长让两个警察进去搜查。一个警察推开了林和平的房间门，说："你看到林发星了吗？"吓得发抖的林发星摇了摇头。警察进入房间，每个角落连同床下，都检查了一遍，没有发现林发星，就出去了。林和平担心警察会掀开床垫发现那15000元，结果警察没有那样做。警察没有在林和平家搜到林发星，走了。临走前，张所长阴沉着脸对游四凤说："你小叔子犯大事了，你要知道他在哪里，赶紧到派出所报告，如果他和你联系，你要让他来投案自首，那样可以减轻他的罪行，否则就等着把牢底坐穿吧。他是跑不掉的，我们迟早会抓住他。"

游四凤关上家门后，便瘫倒在地，喃喃地说："这如何是好，如何是好？"

三天后，搜救人员在那个山洞里发现了刘晓国的尸体。

得知刘晓国的死讯，林和平惊恐万分，感觉是自己杀了刘晓国。好几次,他在村里看到憔悴而落寞的林丽珍,就想带她去那个山洞里把刘晓国救出来的。可是,他没有那样做。林和平在家里待了两天都没有出门,他羞于见人,觉得自己没有办法在这个地方待下去了,他要逃离这个地方。这个晚上,母亲一直在哭,母亲的哭声加剧了他逃离的念头。天蒙蒙亮的时候,母亲的哭泣声停止了,她一定是沉睡过去了。他从床上爬起来,掀开床垫,他看到了那个装着15000元钱的信封。让他惊讶的是,他还看到了那个崭新的手机,原来它没有丢,他记得那天上学前将它取出来放进裤兜里了呀。他没有惊喜,默默地拿起手机,塞进了裤兜。如今,刘晓国死了,所有的债务都一笔勾销了。他走出房门,来到母亲的房间门口,默默地站了一会,弯下腰,把装钱的信封放在了门口,然后出了家门,骑着单车离开了西村。

穿过小树林时,他听到了乌柏树叶在风中发出的怪声,仿佛有人在低语,又好似有人在哭泣。事实上,的确有人在哭泣,那就是林和平美丽的堂姐林丽珍。她见有人来了,停止了哭泣,当她发现来人是林和平时,问了一句:"和平,你要去哪里?"见到她,林和平有些心虚,讷讷地说:"我要离开西村,离开唐镇,到很远很远的地方去。"林丽珍说:"为什么?"林和平说:"没有为什么,就是想离开,我已经无法待在这里了。"林丽珍说:"我们一起走吧,我也不想待在这里了,如果待在这里,我会忧伤而死。"林和平默默地点了点头。

他们一起上路了,俩人各自骑着单车,一前一后出了小树林,拐上了大路,沿着通向外面世界的国道,一直奔驰而去。阳光重新照耀唐镇山地的时候,他们已经离开了唐镇地界。他们不知道要去哪里,也不知道未来会怎么样,反正他们再也不想回到唐镇的乡村了。林和平闻到了青草清甜的气息。他心底会永远保守着一个秘密,就是除了林发星和他的两个死党之外,只有他知道刘晓国在那个隐秘的山洞里。

(原载《中国故事》2014年第7期)

墙上的鱼

1

房间里有股淡淡的香味，郑和十分熟悉这种香味，这是从他老婆杨眉的胴体上散发出来的香味。杨眉带着奶味的体香在空气中妖娆地飘动。郑和像从前一样对杨眉的体香欲罢不能。当初，郑和认识杨眉不久就和她上了床，等他发现有几分姿色的杨眉其实是个脾气暴烈的女人时，已经太晚了——杨眉怀上了他的孩子。他们结婚不久，那个孩子就呱呱坠地了。尽管婚后的郑和饱受着杨眉坏脾气的折磨，但他对杨眉的体香一直是那样的着迷。在这样一个心情十分不错的夜晚，郑和闻着杨眉的体香，内心有了冲动。他想，自己已经很长时间没有上过杨眉的身体了，便试探性地把手伸向躺在旁边的杨眉。

杨眉没睡，如果睡着了，她会发出细微的鼾声。她也许还在兴奋着，尽管搬家很累，但住上梦寐以求的新房无论如何也是兴奋的。郑和把手伸向杨眉时，他想，杨眉是否也充满了某种期待。

杨眉的肤肌像蛇一样冰凉。

郑和的手停在了杨眉的胸部。

杨眉没有动静，她是否默许了郑和？

郑和轻轻地捏了一下杨眉的乳房。

杨眉尖叫了一声，狠狠地踹了郑和一脚，愤愤地说："滚你妈的，你别以为你有钱买了房子就可以对老娘为所欲为！"

郑和触电般地收回手，他心里窝火，但是他没有发作，在杨眉的心目中，他还是那个窝囊废。他哀叹了一声，他的心沉入了一片黑暗。

杨眉的体香还在弥漫。

他想象着最初和杨眉恩爱的时光，眼窝里积满了冰冷的泪水。白天里，看着杨眉搬进新家时喜悦的模样，他以为他的幸福生活将重新开始。没想到，杨眉并没有给他信心。

2

郑和天一亮就起了床，他没有睡懒觉的习惯，尽管他一夜都没合眼。以前和丈母娘住在一起的时候，他也要很早起来熬粥，为一家人准备早餐。现在也如此，他要为老婆孩子准备早餐。他在穿衣服和洗刷的过程中，一直在考虑老婆孩子早餐的内容。因为昨晚渴盼已久的欲望没有得到满足，他心里头一直不爽快，喉头像卡了块鱼骨头一样难受。他想，还是出去买点油条豆浆打发掉这一顿算了。其实，老婆孩子更愿意吃他熬的粥。

杨眉还在沉睡。郑和瞟了一眼她露在被子外面的胳膊，心里痒痒的，像有猫爪子在抓在挠，甚至还有些疼痛。他真想把她粉白的胳膊咬含在嘴里。郑和吞咽了一口唾沫就出了房门。

这个家一切都是新的，墙壁白得晃眼。

他一出门就看到客厅正面的墙上被画上了一条鱼。

那条鱼线条简单，说不上是什么鱼。

他本来想在这面墙上挂一幅油画什么的，现在却被一条鱼占据了。

这一定是他儿子郑小宝的杰作。他不知道这鱼是什么时候被画上墙的，一定是昨天夜里，昨天晚饭前还没有的。郑和看到这条鱼污染了雪白的墙，加上内心的不爽，他顿时恼怒起来。

郑和推开了儿子的房门，把骨瘦如柴的儿子郑小宝从被窝里提溜出来。睡眼惺忪的郑小宝疑惑地看着满脸肃杀的父亲。他从父亲扭曲的猪肚脸上看到了什么，说："爸，你想干什么？"

儿子平静的问话彻底激怒了郑和，郑和一巴掌打在了郑小宝的脸上："我想干什么，老子想揍你！"

郑小宝结结实实地挨了一巴掌，"哇"地大哭起来。

郑小宝的哭声让郑和乱了方寸，他十分清楚，杨眉要是听到儿子的哭声，她不会饶了自己的，但他没有办法制止儿子的痛哭。这一巴掌的确打得太狠了些，郑小宝的半边脸很快红肿起来。

郑和还没缓过神，体态丰满穿着粉红色睡衣的杨眉已经出现在他面前。他心里"咯噔"了一下，一场战斗显然是不可避免了。杨眉的攻击能力，郑和心知肚明。

一场混战的结果是郑和的脸上身上留下了数十道深深浅浅的抓痕，有些抓痕还渗出了黏黏的血水。

战斗结束后，他们发现儿子郑小宝不见了踪影。客厅墙上的那条鱼还在那里，仿佛一切都和它无关，它的存在似乎显得合情合理。

这天是星期六，杨眉和郑和都不知道郑小宝去了哪里。

他们婚后林林总总的战斗伴随着儿子郑小宝的成长。他们战斗时，眼中根本就不存在郑小宝这么一个孩子。每次发生战争，郑小宝都会悄无声息地离开现场，等战火平息后才合理合法地出现。所以，和往常一样，这次郑小宝的消失并没有引起郑和夫妇的重视。

郑和坐在客厅里呆呆地看着墙上的那条鱼，他脸上和身上的抓痕隐隐作痛。他有些后悔当时冲动地打了儿子一巴掌。

窗外的天空一片阴霾。

不一会响起了雷声。

他叹了一口气，决定去饭店看看。几天前，他从一个朋友手中盘下了一个饭店，现在正在装修。这样，他郑和算是有了自己的事业。

他出门时，老婆杨眉还在睡觉，他觉得杨眉有时真是个没心没肺的东西。

郑和坐在通往饭店的出租车上，突然想到了一只耗子。他自己曾经就是一只耗子，在深圳的大街小巷窜来窜去。一个曾经一文不名的人如今有了100多平米的新房，还将拥有一家中档的饭店，郑和内心无论如何也有了些底气。

一切或许才刚刚开始。

郑和的脸上有了一丝笑意。

3

杨眉并没有睡着。

她也听到了雷声。要是往常，她听到雷声自然就会想到暴雨。暴雨会让她莫名地焦躁不安，因为暴雨会让她全家陷入水中。现在，她已经从母亲的家中搬出来了，那一下暴雨就进水的低地里的平房应该说已离她远去。

昨天晚上，当郑和的手伸过来时，她的心收缩了一下，她动过那个念头，但她没有迎合郑和。郑和带给她的伤害并不是一套新房可以弥补的。她和郑和之间的裂缝需要时间来修复。儿子郑小宝也11岁了，她还能怎么样，自己转眼间就人老珠黄。况且，郑和还算是个老实人，至少他还知道回来，而且是在他有钱之后回家。

杨眉压根就没想到郑和会回来，而且会带回一箱子的百元大钞。杨眉对郑和回家那天的情景还记忆犹新。

那是大年初一的早晨。

樟木市的天空飘着冷冷的微雨，据说在大年三十的深夜还下过雨夹雪。

杨眉正在沉睡。

早起的母亲在厨房里忙着什么，中午，她散布在这个城市的一些亲戚会上门做客。

那天郑小宝也起得很早。

郑小宝起床后就在厕所里拉屎，厕所就在厨房的旁边。郑小宝进去后老大一会儿不见出来，老太太就在厨房里对着厕所说："小宝，是不是拉稀了？"

她话音刚落，郑小宝就出来了。郑小宝没有理会外婆，他坐在饭桌旁发呆。远处传来鞭炮的响声，郑小宝的眼珠子在墙角堆放的各种烟花爆竹上转了转，就动了心眼。

老太太边用抹布擦手边走出来。她看着有点迷瞪的郑小宝，叹了口气："唉，你那没出息的父亲有三年没回家了吧？也不知道他有没有死在外头。"

郑小宝一听她提起父亲，就觉得无趣，他很少想起那个他称之为"父亲"的人，那人在或不在对郑小宝而言都是一样的，空洞而且冷漠。郑小宝知道，在郑和离家出走后，外婆就没有说过一句郑和的好话，她好像忘记了郑和以前的一切好处。

郑小宝站起来，走到墙角。拿起了一小捆"二踢脚"，往门外走去。

他一开门，就看到一个人。

他微微地张了一下嘴，手上的那一小捆"二踢脚"掉在了地上。

那人就是离家三载的郑和。

郑和知道站在自己面前的就是儿子郑小宝。

可他没想到郑小宝竟然这么瘦。他清楚郑小宝的瘦和自己有关，三年里，他没有往家里寄一分钱，他眼睛一热，叫了声："小宝！"

郑小宝扭身回了屋，郑和提着一个沉重的皮箱跟了进来。

老太太见到郑和脸色就变了，她叫道："哪来的野鬼，滚出去！"

郑和赔着笑脸叫了一声："妈——"

老太太气不打一处来："谁是你妈？滚，滚得远远的！"

这时,散乱着头发的杨眉走了出来。她见到丈夫的第一反应就是冲上去在郑和憔悴的脸上狠狠地掴了一巴掌。

那响亮的一巴掌让老太太收了声。

郑小宝空洞的目光看着他们,一切好像在他的预料之中。

郑小宝没有料到的是,父亲郑和没有像从前那样进行不自量力的还击,尽管当时火药味已经十分浓郁。

郑和默默地把皮箱放在了饭桌上。所有人的目光于是聚焦在了皮箱上。郑和颤抖着手打开了那个皮箱,像是打开了一扇期待已久的门。

所有的人都呆了:满满一皮箱的钱!

郑和没有说话,他坐在一旁,点燃了一根烟。

老太太一生也没见过这么多钱。

郑小宝走上前,用干瘦的手摸了一下皮箱里的钞票,他喃喃自语:“这些钱是真的吗?”

杨眉竟然流下了泪。

在此之前,她还在做那个梦,梦中,郑和死了,他的鬼魂凄凉地站在杨眉的面前泣哭,杨眉怎么赶也赶不走。

4

郑和在饭店里感觉良好。他在饭店里走来走去,这里瞧瞧,那里看看,监督着工人们装修,一点也不觉得累。

暴雨是在中午开始下的,下了整整一下午。郑和还是想到了丈母娘,他打了一个电话回家,家里没人接。郑和知道杨眉又去守着她那个破音像店了。

那是个没有任何营业执照的地下小店,经营一些盗版碟,甚至还有毛片。这些年来,杨眉就是靠这小店养家糊口的。他从深圳回来后,曾劝杨眉把小店关了,让她和自己一起把饭店经营好。杨眉没吃他这一套，她说："你搞你的饭店，我卖我的碟，别以为你现在有俩臭钱我就可以任你摆布！"郑和现在根本说服不了这个女人，只好由她去。

郑和把电话打到了杨眉的小店里，老半天杨眉才接电话。

"杨眉，你看这雨下得猛，是不是去把妈接来住，老房子一下雨就进水。"

"郑和，收起你的怜悯吧，我妈习惯了那种生活，就是天上下刀子，她也不会搬来住！她说不和我们一起住，你怎么使劲也没用的，她那脾气你又不是不知道！"

"这——"

"这什么这，还有什么事？没事就挂了，我还要做生意。"

"你那里的生意真那么好吗？"

"好不好都不关你的事，你别闲吃萝卜淡操心。"

杨眉把电话撂了。郑和看着店外的雨，突然想到了那条墙上的鱼。

5

其实，郑和跟杨眉都未曾想到儿子郑小宝会在这个雨天里失踪。晚上，他们回家后就没有发现郑小宝。杨眉做好饭后，两口子就沉默着等待儿子回家。新房里一切都那么不真实，仿佛只有墙上的鱼才是真实的，它在那里自由地呼吸。

等待的过程令人窒息。

杨眉打破了沉寂，她说："这孩子不会不回来了吧？他和我讲过，不喜欢住这么高的楼房。"

郑和审视着杨眉说，那么，他会去哪里呢？孩子的性格古怪和我有关系，我没尽到一个父亲的责任。

他们说的话似乎都很平静，其实谁心里都波澜起伏。

杨眉说："我们分头去找吧，你先去我妈那里看看，我去亲戚朋友家找。”

郑和说:“好吧。”

他们就出了门。来到街上,天上还飘着细雨,到处都湿漉漉的。他们各自打了一辆的士离去。

6

郑和的丈母娘家里果然进了水,郑和赶到时,老太太已经把水排干了,正在用干拖把吸地。

郑和在丈母娘家住了几年,往常,这活都是他来干的。尽管丈母娘不喜欢他,经常恶语相向,骂他是没本事的乡巴佬,但他内心还是感激她。他的父母都在乡下,他在城里参加工作和杨眉恋爱后,是丈母娘收留了他,给了他房子住,否则,他当初都不知道结婚后该住哪里。

老太太见他进来,挖苦道:“你来干什么,放着那么好的高楼大厦不住,还想回来住我的猪狗窝呀!”

郑和脸上堆着笑:“妈,你还是搬过去和我们一起住吧,也有个照应。况且,这房也该拆了。”

老太太用拖把沾着地上的水,没好气地说:“我这穷命,哪住得惯你的金窝银窝!”

郑和知道这样和老太太说下去,到天亮也没有结果,他就直说了:“妈,小宝来过吗?”

老太太有些激动,说:“那也是个白眼狼,有新房住了,还来我这里干什么?”

郑和急了:“小宝他真没来过?”

老太太白了他一眼:“你以为我会把他给藏起来?”

郑和搓着手说:“这可怎么办?小宝他会去哪呢?整整一天了,连个消息也没有。”

老太太变了脸色，说："你，你们把我的小宝怎么了？才搬走一天就不见了人，在我这里十多年也没丢过。你，你们把我的心肝小宝怎么了？"

郑和不能说墙上的那条鱼，也不敢说他给小宝的那一巴掌，更不能说早上和老婆的那场战斗。老太太要是知道小宝失踪是因为这些，非得和郑和拼老命不可。

郑和只好离开。

他出门后，老太太追出来说："郑和，你要是不把小宝找回来，我就撞死在你面前！"

郑和仓惶而逃。

老太太的一个邻居站在门口，用古怪的神情看着他，那是一个肥胖的女人。

走出老太太居住的贫民区，郑和站在车水马龙的街道上不知所措。这个城市那么大，他该到哪儿去找自己的儿子郑小宝呢？

7

杨眉撑着花雨伞从一个小区里走出来，她在大舅家里没有找到郑小宝。偶尔的，郑小宝会到大舅家和他的小儿子一起玩电脑游戏。杨眉知道性格孤僻的郑小宝希望拥有一台属于自己的电脑，但他从没向杨眉提过，这个信息她还是从大舅的小儿子那里得知的。郑和回来后，曾当着杨眉的面对郑小宝说，你需要什么礼物，你喜欢什么就买什么。郑小宝用直勾勾的目光看着陌生的父亲，什么也没说。杨眉还以为儿子会向郑和提出要买一台电脑。杨眉原打算搬完家后让郑和给郑小宝买电脑，但她没想到郑小宝会在这个时候失踪。

想起这些，杨眉心里隐隐作痛。

在这湿漉漉的夜里，她该到哪里去找自己的儿子郑小宝呢？在大舅家里,大舅说她这样挨家挨户找也不是个事,就用电话询问了所有亲戚,答案就是一个:郑小宝不在他们家。

杨眉觉得身上有些冷。

那冷是从她心底升起来的。

当初,宋方出国时,她的心寒冷过。说实话,要不是因为宋方出国离开她,她不一定会嫁给和她在同一个工厂里工作的技术员郑和。

宋方是她的初恋情人,说好了和她结婚的,没想到飞了。他走时没有和她打招呼,只是给她留下了一封绝交信。那时,杨眉和郑和一样都住在厂里的集体宿舍。悲伤欲绝的杨眉不敢在人前表露自己的情绪,夜深了,她悄悄地躲在女厕所里边看信边流泪,流着流着就抽泣起来。

那天深夜,恰好郑和闹肚子,他刚在男厕所蹲下来,就听到了隔壁女厕所里传来的抽泣声。在昏暗的灯光下他的寒毛倒立起来,厂里的人都传说女厕所里闹鬼。他在惊恐中拉完了屎。刚走出厕所门,他就看到女厕所那边杨眉魂一般地飘了出来。借着门口的灯光,他看清了是杨眉后,他塞在嗓子眼儿上的心才吞下去。杨眉为什么会哭泣?她为什么不往集体宿舍的方向走?带着疑问,他跟了上去。

杨眉显然没有注意到郑和。她朝厂子的一个角落里走去,那个角落有几棵乌桕树,平常老有一些乌鸦在这里叫。郑和看到杨眉从一棵树下拿出了一根绳子,她在清亮冰冷的月光下把绳子攀上了树枝,然后在绳子上打了一个活结儿,站在了叠起的几块方砖上……郑和的眼珠子都快迸射出来了,他没等杨眉踢掉那几块方砖,就大叫一声冲了过去,抱住了杨眉。

杨眉怎么也没想到郑和会突然出现。在此之前,杨眉没有注意过这个衣着简朴的技术员,她像许多城里姑娘一样,眼界很高。她其实不想死,但又找不到活下去的理由。从厕所里出来前,她就有一个想法:如果她在上吊时有人救她,她就活下去,没人救她,她就一死百了。郑和的出现使她获救,也使她走近了郑和。她扑到郑和的怀里痛哭了一阵儿后,就决定忘记那个叫宋方的男人。

救下杨眉的郑和抱着痛哭的杨眉不知所措，他只是喃喃地说，好死不如赖活。也许是为了有效的忘却，也许是感恩，也许还有别的也许，杨眉迅速地跟郑和好上了，并很快就和他上了床，而且怀了孕。怀孕后他俩就顺理成章地结了婚。其实，杨眉自己也弄不清这孩子究竟是宋方的还是郑和的，在郑和走之前，她也和他上过床。杨眉也算是坦诚的女人，在新婚之夜，她对着抚摸着她隆起的腹部的郑和说出了内心的疑虑。她没想到，郑和温柔地对她说："我能够得到你就很知足了，你不要想那么多，这孩子就是我们的，和其他人无关。"杨眉的泪水流了下来，那一刻，她觉得自己是天下最幸福的女人。她的确度过了一段最幸福的时光。休产假的那段日子，郑和给了她无微不至的关怀，她不但享受到了当母亲的快乐，也享受到了做妻子的幸福，她曾不止一次地想，无论以后发生什么样的事情，她都会跟着郑和过一生。

杨眉的手机响了。

是郑和打来的，郑和在电话里说小宝没有在老太太家。杨眉接着就破口大骂郑和："你这个王八蛋，都怪你！要是找不到小宝，我就掐死你！"郑和说："你别骂了，你就是掐死我也无济于事，现在是要想办法找小宝！"

杨眉挂掉电话后，手微微地发抖。她无法控制自己的情绪，许多时候，她因为一些小事无端地和郑和发完火后，都会自己骂自己："你怎么会有这样的坏脾气呢？"

她突然想到了小宝的老师张雪琴。

她坐上了一辆出租车，手上握着那个手机。

手机被她握热了，这个手机是一个男人给她买的。

8

现在就回家显然不合适，可郑和根本就不知道儿子会到哪里去，也许就那么地人间蒸发了。这些年,儿子的一切对他而言是一片空白,杨眉的一切同样是一片空白。

瘦弱的儿子无疑是他的一块心病。

郑和在街上漫无目的地走着,他希望走着走着就能看到儿子瘦弱的身影。他以为,只要有钱了就能重新得到一切。人在困境里的想法有时候十分简单。

走着走着,郑和突然想,老太太会不会故意把小宝给藏起来了?刚才去她那里时,他根本就没有进入老太太的房间,还有他以前和杨眉住的房间,小宝也许就在那其中的一个房间里。

郑和猛然折回身,往老太太家狂奔而去。

他来到老太太的家门口,发现门已经关上了。

他趴在那里,从门缝里往里瞧。

他正瞧着,突然他的背被人重重地拍了一下。

他惊惧地一回头,发现是邻居那个肥胖的女人,人家都叫她“胖嫂”。胖嫂笑了声,说:“郑和,你鬼鬼祟祟地想干什么?老太太出门去了。”

郑和说:“她去哪了?”

胖嫂笑笑说:“谁知道,你们一家人又发生什么事了?有钱有房了还不好好过日子,瞎闹什么劲!”

郑和实话实说:“小宝失踪了。”

胖嫂“啊”了一声,说:“怎么会呢?那孩子平常不太言语,可是很乖的呀!”

郑和十分茫然。

胖嫂说:“你有没有去河边找?我有好几回下班回家,看见小宝一个人在河边的长廊上溜达。”

一听胖嫂的话,郑和又飞快地朝河边奔去。

郑和对胖嫂的话不能不信,这个女人虽说平常口舌多,但她说的话有其真实的一面,比如杨眉的一件事。

郑和从深圳回来没几天，他就完全知道杨眉对自己的感情变味儿了。从前无论他们因为什么吵架打架，只要摸黑俩人在床上干完那事儿，一切就烟消云散了。这次不一样，一连几天，杨眉虽说让他上了床，但根本就不让他碰。他等待着，只要杨眉不和他离婚，他就还有机会，他觉得自己这三年欠她太多了，他要慢慢找机会补偿。在深圳的日子里，他想过杨眉会不会去找别的男人。打破的牙往肚里咽，就是她找男人，他又能如何？刚回家时，他以为杨眉一直为他守身如玉，没料到，不到几天，事情就显山露水了。那天，他出门不一会儿，许多人看他走过后就在窃笑私语。他路过胖嫂家门口时，胖嫂把他拉进了家。他说："胖嫂，你要干什么？"胖嫂"啐"了他一口："你以为你现在有钱了，老娘就瞧得起你了？呸！"胖嫂从他的背上揭下了一张纸，他一看，纸上画着一只乌龟。郑和的脸一下子变得通红，他的血像被点着的汽油燃烧起来。胖嫂冷笑了一声："小心你家的红杏出墙哦！"胖嫂的话让郑和的火烧得更旺了，他拿着那张画着乌龟的纸怒气冲冲地回到了家。他知道，这乌龟是儿子郑小宝画的，这家里的墙上贴满了郑小宝画的鸟呀鱼呀的动物。

恰巧杨眉和她妈出门了，郑和一进屋就对正在做作业的郑小宝吼道："小宝，你怎么能这样作践你爸？"

小宝头也没抬，他直呼郑和的名字："郑和，你别那么大声，你没权利这样和我说话！"郑和呆了。是的，儿子陌生了，不是从前那个和他亲密无间的儿子了。

他长叹了一声，燃烧的火苗慢慢地熄灭了。杨眉回来后，他想质问她，是不是有男人了，是不是已经给他戴上了绿帽子，但他没有那个勇气问。一整天，他一声不吭。晚上，睡下后，他听到自己女人的手机响了一下，他发现杨眉轻手轻脚地下了床，穿好衣服之后就出了门。郑和也以最快的速度穿好衣服跟了出去。郑和不知道儿子郑小宝也跟踪过杨眉。郑小宝也是在一个深夜发现母亲浓妆艳抹地出了门，他毫不犹豫地跟了出去。他发现母亲来到了河边，在一棵柳树下和一个男人抱在了一起，然后，杨眉和那个男人去了一栋楼里……那天晚上杨眉没有回家。第二天她回家后,发现郑小宝坐在家门口,用空洞的目光看着高远的天空,杨眉和他说话,他好像没有听见。从那以后,郑小宝总是听不见母亲的话语。他好像梦游般活着。郑和像儿子郑小宝一样跟着杨眉,当然,有不同的细节。杨眉刚到街上,一辆摩托车就停在了她面前,她上了车,摩托车飞驰而去。郑和马上叫了一辆出租车,追了上去。在出租车上,郑和的两个眼珠子盯着前面的摩托车,像要射击出去。无论怎么样,杨眉还是自己的老婆,他就这样眼睁睁地看着她和别人跑了,他心里憋着一口恶气。摩托车直接开到了一栋居民楼前,郑和也下了车,他在一个角落里看着自己的女人和一个高个子男人进了楼。过了一会儿,那四层楼上一间房里的灯亮了,窗帘很快就拉上了。郑和看着那亮着灯、窗帘紧闭的窗口,他不知道里面在上演什么剧目,他只知道自己浑身都在冒汗,浑身都在发抖。他蹲在那里,手在地下摸索,他摸到了一块砖头。他紧紧地握着那块砖头,就像是握着一团炸药,他要毁了一切。他往那楼道口走去。他上楼的脚步十分缓慢,可他手上的砖头早已飞出去了,他似乎看到了飞溅的鲜血。他终于来到了那门前。他在门前站了约摸一刻钟,他低下了高昂而愤怒的头,快速地下了楼,他把砖头朝一个无人的地方狠狠地砸了过去,恶狠狠地骂了声什么,然后朝河边狂奔而去。站在河边,他还是浑身冒汗,他的头热得像一块烧红的烙铁。没有人会相信,在这寒冷的正月,会有个人跳进刺骨的河水里,然后落水狗一样爬上来,凄凉地回家。回到家里,他发现杨眉已经躺在床上了,他看着若无其事地躺在床上的杨眉,大口大口地喘着粗气,他想质问杨眉,但他开不了口。那时,他想,自己现在死了,杨眉也绝不会正眼看他一下。他只能自己照顾自己,灰溜溜地钻进了被窝。他听到了杨眉的一声长叹。

9

张雪琴老师到杨眉家家访过，她说郑小宝学习好，但就是不爱说话，性格孤僻，但她还是喜欢这个孩子。杨眉去了张雪琴家，张雪琴也不知道郑小宝的去向。张雪琴是个热心的人，她马上就要去学校找。她们一起来到街上，张雪琴对杨眉说，你去别的地方找，我去学校找，有消息我会打电话给你，你那里有消息也要及时通知我。杨眉十分感动，张雪琴走后，杨眉的手机响了。

是他，崔大庆，他在这个时候打电话来干什么，不是说好了这段时间先不联系了嘛，怎么又来电话了？杨眉的心情很坏，她对着手机说，崔大庆你有什么事？快说吧！什么？想我，想你妈个头，我可没想你！崔大庆，你他妈的没事就挂了，我告诉过你，我们还是断了，先分开慢慢淡了就好了！放屁！我知道你就是想和我睡觉，除了睡觉，你还能干什么！可怜你？谁可怜我！滚！

杨眉挂了电话，她真想把手机砸了，崔大庆就是那个买手机给她的男人。说实话，这些年，崔大庆帮了她不少忙，要是没有他，她会活得更艰难，但她自己也付出了代价。崔大庆虽说不是她可以托付终身的人，但就这三年来说，他对她却十分重要。

三年前，在郑和不辞而别之后，杨眉觉得自己一下子被击垮了。郑和在时，无论怎样她都有个依靠，现在，她只能靠自己了。人总得活下去，杨眉伤心过后就挑起了家庭的重担。刚开始，她通过熟人介绍，到盗版碟批发商那里批了些碟，晚上时在街边摆地摊卖，一天也能收入个10块20块的。可好景不长，没几天，她的地摊就被樟木市文化局文化稽查队给抄了。抄她摊子的人就是文化稽查队的队长崔大庆。那晚的崔大庆显得如狼似虎，他带人收了她的摊儿后就扬长而去。杨眉不依不饶，她大声骂着崔大庆他们，说他们是土匪强盗，不让下岗工人活了！

她一直跟在崔大庆他们后面,边骂边要索回盗版碟。

崔大庆在稽查队的门口堵住了不顾一切往里冲的杨眉。他恶狠狠地说:“你再撒泼,就把你关起来,没见过像你这样的女人!”杨眉才不怕他:“你有种就关我,反正活不下去了!”崔大庆没办法,只好来软的:“你先回去,明天再说好不好?”杨眉说:“不行,我要你现在就还我碟!”崔大庆没有办法,还她碟是不可能的,可她一直闹下去也不是个事儿。于是,崔大庆从兜里掏出了50块钱给她,说:“你回去吧,这算是我给你的赔偿,别人可没这待遇。”杨眉想了想,收起了那钱,默默转身走了,边走边抽泣着,骂道:“郑和,你这个王八蛋!你一走了之,让我在家受人欺侮!”

崔大庆追了上来,说:“你等等。”杨眉抹了抹眼泪,说:“你还想怎么样?”崔大庆说:“如果你愿意,我想请你帮我照顾一个人,一天给你20块钱。”杨眉看着崔大庆,什么话也没说,只是点了点头。崔大庆要她照顾的就是她的老婆。他老婆肺癌晚期,在医院里住着,需要一个人照顾。杨眉第二天就去了,看着病床上躺着的枯槁的女人,她觉得自己十分幸福,没病没灾就是最大的幸福。那个将要离开美好人间的女人对杨眉说了不少话,都是说崔大庆的好话,说他有情有义,自己对不住他,拖累了他。杨眉想,如果郑和不走,他要是得了癌症,她也会好好待他,她愿意被他拖累,但仇恨他离去。

杨眉没想到崔大庆会对她产生那种想法。那天,杨眉回到崔大庆的家里帮他老婆熬鸡汤。鸡汤快熬好时,崔大庆回来了。他进了厨房,看着在忙碌的女人杨眉,他突然从背后抱住了她,嘴巴凑在了她洁白的脖子上,他颤抖地说:“杨眉,你真香。”杨眉大声说:“混蛋,你放开!”崔大庆的力气出奇得大,他非但没有放开,反而把她抱进了卧室。他把她压在了床上。杨眉也不是那么轻易就会被制服的,她挣扎着一脚踢开了他,爬下床就要往外冲。就在这时,崔大庆跪在了那里,抱住了她的脚,他哽咽地说:“杨眉,你可怜可怜我,我真的想要哇!”接着,男人痛哭起来,杨眉浑身颤抖着,她也流泪了。郑和走后,她没有和哪个男人这样近距离地接触过，也没有哪个男人帮助过她，向她表示过好感。现在，崔大庆的痛哭让她心里顿时产生了同病相怜的感觉，她站在那里有些麻木了。

男人站了起来，又抱住了杨眉，杨眉一动不动，她心里在骂着，郑和，你这王八蛋，你在哪里？……从那以后，只要崔大庆和她做那事，她心里就骂郑和，一直骂到高潮，一直骂到自己热泪横流。崔大庆的进入是艰难的，到达的高潮也是无与伦比的。崔大庆在妻子死后就帮助杨眉开了那个小店，崔大庆要娶杨眉，但杨眉没有答应，无论郑和是死是活，她都要等他回来。她还和崔大庆约法三章：郑和一旦回来，他们的关系就立即终止。崔大庆口头上答应了她。有时，杨眉在崔大庆的再三哀求下也动过心，她想嫁给崔大庆。可是，只要她有这个想法，当天晚上她就会整夜地做一个梦。她梦见郑和死了，郑和的鬼魂一直在追着她，她怎么也摆脱不掉。

10

这条叫樟江的河穿城而过，河两边是杨柳依依的长廊。要是不下雨，这里会有不少人，并且大部分都是成双成对的恋人，这里是樟木市恋人的天堂。当初郑和跟杨眉就在这里度过了一个又一个缠绵而又甜蜜的夜晚。过去的三年间，在一些寂寞的夜里，郑和会想起他和杨眉那短暂的恩爱的时光，那是他内心的珍藏，是他活下去的重要理由。他是杨眉的一剂良药，他治疗好了杨眉的旧伤。在那些花前月下的日子里，他呵护着杨眉，就像呵护着一朵受伤的花，那时的杨眉是柔弱美好的。他在那时失去了对未来的判断力，在孩子生下来后的一段时间里，也是如此。他根本就没有料到生活其实就是一个巨大的陷阱，他没有品味出爱情的滋味就深陷其中了。有孩子后，生活起了变化，比如钱不够用，杨眉开始有了火气，争吵不可避免地来临。作为男人，郑和经常这样告诫自己，要有气量，不要和自己的老婆过不去。因此，每次吵架他都是以失败告终。奇怪的是，郑和并没有为此失去信心，他心里一直有个幻想，以后有钱了，日子就会像从前一样舒心，幸福就会像花儿一样开放。如果说他们婚后几年的日子在以吵架为乐趣中可以维持下去的话，那么，他们夫妻俩双双下岗之后，他才真正陷入了一个可怕的黑洞。

郑和在长廊上走着。

他边走边喊着儿子的名字，“小宝——”

没有人回答他，他听到的是河水咆哮的声音。因为暴雨，上游的山洪冲刷下来就会有咆哮的声音。

他全身湿透了。

他不知道自己出门时带的伞跑哪去了。

或许他根本就没带伞。

郑小宝刚学会走路那阵儿，郑和经常在和杨眉吵架后带小宝到河边玩耍，小宝看到河里的游鱼时，会发出一种古怪的声音。小宝看游鱼时眼神非常迷离。小宝在看他们夫妻俩吵架时的眼神也是非常迷离的，他曾经捕捉到儿子的眼神，儿子的这种眼神也是他心痛的一种因素。它像一根针，经常深深地扎进他的心里。现在，郑小宝失踪的罪魁祸首就是他郑和，他有不可推卸的责任。他当初离家出走就是个错误，最起码他没有尽一个父亲的责任。他和儿子感情的疏远就是因为他的出走。儿子不会考虑他在深圳的艰难困苦，就像不在乎他带回了多少财富一样。

如果说在深圳的岁月里，郑小宝的目光是一根刺痛他的针，那么，杨眉娇艳如花的笑靥是他疗伤的药。在那些艰难的日子里，他尽量地忘记杨眉凶恶的母老虎的模样，他一次一次地将她柔美的笑靥如放电影一样重现，他会回忆着那些美好的细节在凄风苦雨中甜蜜地入眠。比如杨眉生完孩子时的那次欢笑。杨眉说她想吃乡下的土鸡汤了，城里的饲料鸡炖出的汤肥腻而无味。郑和一下班就搭晚班车往几十里外的乡下赶。回到家后，他提了两只土鸡就往回走，可是那时没有班车了。为了让妻子尽快地喝上土鸡汤,他从乡下走回到城里。那时,天已经快亮了。他没来得及休息,就杀了鸡,把鸡炖在了锅里。那应该是一个美丽的清晨,杨眉一醒来就闻到了土鸡汤的浓香。她看着眼睛熬红的郑和,笑了,那笑容真美,让郑和一生也忘不了。她轻轻地对郑和说:"你一辈子都会这样对我吗?"郑和肯定地点了点头。在深圳的三年里,他也有过欲望。他会想起杨眉香软的肉体和她迷人的体香。他寂寞的心在油锅里煎熬。黑暗中,他一次又一次地想着杨眉手淫,用自慰来解决自己身上人性的问题。他也想过去找一个女人,哪怕一个廉价的妓女,但他没有那个勇气。几次冲动着要去,但都被杨眉的笑容击垮了,他做不到放弃对杨眉的迷恋而进入另外一个女人的身体。一次,他和一个同是沦落的人坐在一个街角,看着街上来来往往的活色生香的女人,那人在谈论他的老婆,他说他老婆在老家有个相好的,每次回家,老婆和他做完爱后,都会说他比她相好的厉害,他有一种满足感。郑和说他是混蛋。他笑了笑,说:"谁又不是混蛋呢?我又能怎么样?女人不是用来思念的,你不在时,她也需要安慰。"郑和无言了,那个晚上,他第一次梦见杨眉被别的男人压在身下,杨眉快乐地呻吟着,而且说:"你真厉害,比我丈夫强!"郑和看着那情景毫无办法,自己全身的血管要爆了,也动弹不得,喊破了嗓子也没人听见。他醒来时浑身冷汗,黎明前的黑暗压迫着他,他用手狠狠地抓住自己的头发,嘶哑地干号起来,一直到天明。

在这个湿漉漉的雨夜里,郑和怀着一颗湿漉漉的沉重的心,不知该往何处寻找自己的骨肉或找回曾经的爱。

11

每次和崔大庆约会,杨眉都怀着复杂的心情,负罪感、快感……交织在一起。她知道郑和如果不死在外面,就一定会回家,她的等待相当的困难。精神和肉体的折磨让她在黑夜中忍耐。她恨郑和又爱郑和，她渴盼他回来又害怕他回来。每次和崔大庆约会完，她在回家的途中都会想起一个被生活击垮的男人头发散乱、衣衫褴褛、疲惫地在空旷无助的街上行走的情景，那像流浪的老狗一样的郑和会击中她内心最柔软的部位。那时，她怎么恨也恨不起来了，她甚至恨自己的粗暴赶走了郑和。如果郑和不用政府发的那200块钱去买彩票，或许她不会对他暴怒，或许他也不会走。她弄不明白郑和为什么会把他们一家一个月的生活费全买了彩票。那天晚上，郑和回家后就迫不及待地打开了电视机，他不吃也不喝，满脸苍凉地盯着电视机。她说的话他一点都听不见。他是不是傻了？当看到电视上福利彩票摇奖时，他的眼睛明亮起来，他从口袋里掏出了一沓彩票，双手颤抖地等待着。郑和的目光随着电视节目的结束黯淡了下去，他无力地坐在那里，手上的彩票滑落到地上。杨眉看着那些彩票，知道那200块钱就这样打了水漂。刚开始时，她只是喃喃自语："郑和，你怎么能这样？你怎么能这样？"她的泪水淌了下来，随即，她无法控制自己的情绪了，她操起一个椅子，朝郑和砸了过去……郑和的头上流出了血，他呆呆地望着她说："你杀了我吧！"杨眉扔掉了椅子，她抱住了郑和鲜血直流的头，哽咽地说："你怎么能这样说话，你是男人啊——"她不知道男人心中也有痛，也会有撑不过去的时候。

在此之前，郑和虽说没啥本事，但也不是那种十分有魄力的男人，但他在杨眉心中还是根主心骨。杨眉母亲的那场大病就说明了许多问题。一个贫穷的家庭如果有人生病，而且是大病，那无异于落井下石。杨眉因为家中无钱而烦躁不安，她还和郑和吵，骂郑和没有本事。郑和当然也会生气，他说："我是没本事，你当初怎么不找个有本事的！"杨眉气得扑上来抓挠他。他带着伤痕出了家门。郑和两天后才回来，他把一大沓钱给了杨眉，杨眉问他，这钱哪来的？郑和说："你问那么多干什么，娘们，快送医院去吧！"许久以后，杨眉才知道这钱是他回乡下去找亲戚朋友凑的。让杨眉难以释怀的是，为了给老太太治病，他三天两头去卖血！看着日益消瘦的郑和，杨眉揪心，她温柔地靠在郑和的胸膛上，一肚子话却一句也说不出来。郑和抚摸着她光洁柔滑的背，轻轻地说："一切都会过去的。"

一切都会过去的。

杨眉来到了老太太家，她发现老太太的家门紧锁。这时，胖嫂又出现了，她对杨眉说，你妈出去了，刚才你老公来过，他去河边了。杨眉一听她的话，就走了，她没有搭理胖嫂。因为胖嫂的嘴巴，现在街坊邻居都知道她偷汉子。她恨胖嫂。胖嫂是在杨眉和母亲的一次吵架中得知杨眉和崔大庆的事情的，母亲说杨眉的不是，杨眉一怒之下和母亲吵了起来，来劝架的胖嫂自然就知道了这事，再经过她一渲染，事情就变得极具可听性，而且适于传播。母亲说郑和还是她丈夫，要她检点。杨眉接受不了母亲的话，对于母亲，她不知怎么说才好。母亲说郑和不好，杨眉也来气，母亲替郑和说话，杨眉更来气。

杨眉来到了河边。

她在细雨飘扬的河边找到了郑和。

郑和无奈地对她说："没有，河的两边的每个角落我都找遍了，没有。"

杨眉咬着牙说："郑和，你这混蛋，儿子要是找不回来，我就和你没完！"

郑和叹了口气。

他们一起往家的方向走去。

走到家门口时，他们看到了老太太。老太太站在楼门口的空地上等着他们，她撑着一把黑布伞。那把黑布伞已经陈旧了，郑和记得这是他在厂里当技术员时获得的奖品。老太太见了他们就说："你们回家去等消息吧，我到派出所报过案了，他们有消息会打电话给你们。什么事都悠着点，以前说'贫贱夫妻百事哀'，现在你们有钱了，就好好过吧，怎么折腾也就那么几十年，唉！"

说完，她就走了。

杨眉和郑和都挽留她，她头也不回地走了。

郑和追上去要送她，老太太对他说："郑和，回吧，我还走得动，我那女儿脾气犟，你往后多担待点，我不多说了，你回吧！"

郑和看着老太太消失在黑夜的风雨之中。

12

回到家里。杨眉去洗澡。

盥洗室里传来哗哗的水声，坐在客厅里沉默的郑和心乱如麻。今晚，他绝对没有和杨眉做爱的欲望。

他木然地看着墙上的那条鱼。

那条鱼在哗哗的水声中鲜活起来，郑和突然想起许久以前带儿子去河边看游鱼的情景。儿子那鲜活的眼神完好如初。郑和心痛了。

13

郑和和杨眉躺在一张大床上。

他们并排躺着，像两具尸体，一动不动。

他们都在黑暗中睁大着双眼。

卧室墙上的挂钟嘀嗒嘀嗒响着，一切如此寂静。

郑和的一声叹息打破了寂静。

紧接着，郑和自言自语起来。

他在说一件事，一件好像和妻子杨眉无关的事情，他的叙述平静极了。

"我知道我是个无能的人。不能让你和小宝过上幸福的生活是我的罪过。在一次我们打架后，我的膝关节被你踢伤了。我是一拐一拐离开家的，离开家时，你睡得很香。我去看过小宝，他躺在一张小床上，睁着眼睛。我坐在他的床边，摸着孩子的头，我说，小宝睡吧！小宝一动不动。我没有告诉孩子我要离开了，走出他房间时，我听见孩子在说，爸爸，你和妈妈不要再吵架了好不好？我转身看了他一眼，什么没说就走了。我想，我去深圳赚很多钱回家后，就一定不会和你吵架了。我万万没想到深圳并不是遍地都是钞票让我捡。我捡过垃圾，在工厂里打过工，一切都那么不如意。除了勉强能维持自己的生活，我连返家的路费也没有，我不敢让你们知道我的困境和对你们日益揪心的想念。我就这样像只耗子一样在深圳过了三年。我没想到，大年三十的那天早上我会发，那是一笔横财。你不是问过我那笔钱是怎么来的嘛，你的猜测是对的，凭我，根本就赚不了那么多钱。那的确是笔横财。那天早上，我在街上游荡，我来到一个垃圾桶的前面，垃圾桶的垃圾中露出了皮箱的一角，我扒开垃圾。垃圾很臭，我已经习惯这种恶臭了。我把垃圾扒开，提出了这个皮箱。皮箱很沉，我左顾右盼，看没人发现，就飞快地回到了住处。那是比狗窝还要糟糕的住处。我迫不及待地打开了皮箱，我没有想到这是一箱子钱……我回来了，我真的回来了，我以为一切都会好起来，哎——”

郑和说完了。

一切又归于寂静。

郑和觉得身上有点热，那是他大腿的部位，他把手伸向了大腿。

那是一只手，是杨眉的手放在了他的大腿上，她的手今天出奇的温热，而不是冰凉。

他紧紧地握住了她的手。

接下来的事情有些出乎郑和的预料。

杨眉的身子朝他压了过来，那是充满弹性的身体。他紧紧抱住了她。她完全地为他舒展地打开了，没有一点拘束和犹豫……他们进行了一次持久的战斗，不过，这次战斗中没有人受伤。他们俩都流着泪完成了这次肉搏。完事后，郑和一个人来到了卫生间，他看着镜子里眼睛血红的自己,心里怪怪地难受,他以为杨眉在高潮后会对他说:“你比崔大庆强!”但是她没有说。郑和突然发现镜子中的那个人变成了崔大庆,他浑身颤抖着,他想把镜子砸碎。他没有那样做,他阴险地笑了,他用奇怪的声音对镜子里的崔大庆说:“崔大庆,我比你强!你从今往后再也不能得到杨眉了,杨眉永远是我郑和的!崔大庆,你去死吧!”郑和在这些日子,一直想去找崔大庆,现在,他觉得没有必要去找他了。镜子里的崔大庆消失了,重新出现了郑和的脸,不过,那脸已经扭曲了。他的双瞳里流下了两行冰凉的泪水。

14

天亮了,郑和悄悄地起来熬粥,妻子杨眉还在沉睡。她的面容安详,仿佛什么也没有发生。郑和羡慕杨眉能够沉睡,能睡也是一种福气。他就没有睡着,他和杨眉做完爱后就一直在想一些莫名其妙的问题,他甚至想杨眉和那个男人做爱是什么样的情景,但是更多的是想这么多年来的酸甜苦辣以及儿子冷漠的目光。他希望电话铃声突然想起,有人会告知他儿子的消息。他穿好衣服后,走到了床前,他俯下身,在杨眉光洁的额头上吻了一下,这一吻让他的心颤抖了一下。

等杨眉起来,他已经把粥熬好了。

郑和以为杨眉的态度会从昨夜后改变,但是他错了,杨眉没有给他好脸色。杨眉一出来,郑和就笑脸相迎,他讨好地说:“眉,吃饭吧,我已经做好了。”杨眉还是冰冷着脸,她没好气地说:“你还吃得下饭呀!”杨眉说完就坐在客厅的沙发上,愣愣地看着墙上的那条鱼。郑和见她这样,也没有再说什么,他知道杨眉的脾气。他没有再提吃饭的事情,尽管他自己已经很饿了。

郑和迟疑了一会儿,也坐在了沙发上,他和妻子一样,出神地看着墙上的那条鱼。

他们一直坐着，气氛十分沉闷，郑和几次想开口说些什么，可话一到口中就缩回去了。

那条鱼也一直和他们对峙着，它不知道他们内心里想的问题，又好像洞察了一切。

到了中午，电话铃终于再度响了起来。在此之前，电话铃响过几次，那是他们的亲戚们打来安慰或者问询的电话。这电话会是谁打来的呢？他们相互看了看对方，他们谁都希望自己赶快接这个电话，可他们谁也不主动去接。电话响了一会儿后，杨眉突然朝他大声吼道："死人，快接电话呀！"

郑和这才赶紧拿起了电话。

杨眉看着郑和接电话的神情就知道事情不好。郑和的神色由惊喜变成绝望，放下电话后他整个人就倒了下去。

杨眉惊叫了一声，她过去抱着郑和的头，大声说："郑和，你说，到底怎么啦！"

郑和醒转过来，他的第一句话是："小宝，小宝他死了！"

杨眉没有晕倒，她只是说："郑和，这不可能，我们的儿子不会死，不会！"

原来，那电话是公安局打来的，说是在河下游的一个乡村发现了一个少年的尸体，那个尸体的特征和报案的小宝十分相似，让他们赶快前去确认一下，尸体现在放在樟木市火葬场的冷库里。

他们什么话也没有了，打了个的士往火葬场奔去。

郑和仿佛被什么东西掏空了身体，显得虚弱无力。

杨眉在车上流下了泪水，她和郑和紧紧拥抱在一起。

15

郑和和杨眉走出了火葬场的大门，天空出现了阳光。郑和说："天晴了。”杨眉说:“是呀,天晴了。”他们的脸上有了红润,他们看到的那个少年的尸首并不是他们儿子,所以他们内心有了一种喜悦。他们相信自己的儿子还活着,还在这个城市或者另外一个地方活着。这当然是他们最美好的愿望,在没有找到儿子之前。在回家的路上,杨眉的手和郑和的手相握着,像从前在河边恋爱时那样相握着。郑和想,如果找到儿子,幸福生活就会开始!

他们一进家门,呆了!

他们分明看到儿子搬了个凳子站在上面,在用彩笔描绘那条墙上的鱼,父母亲的回来他根本就不在乎,他好像根本就没有发现他们。郑小宝十分认真地描绘着那条鱼,那条鱼被他描绘得丰满而且色彩分明。

杨眉目瞪口呆了一会儿后就大怒了,她冲了过去,一把抓下了郑小宝,大声说:“你这个小王八蛋,你究竟跑到哪里去了,你吓死我们了!”郑小宝用陌生的目光看着她,他好像什么也没有听见。杨眉气坏了,她狠狠地给了小宝一耳光!郑和也暴怒了,他过去推开了杨眉,说:“你不要打我儿子!”杨眉冲过来和郑和扭打在了一起,她说:“他不是你的儿子,他是我儿子,我就要教训他,你他妈的管不着!……”郑小宝没有理他们,他们怎么打仿佛已经不重要了,他还是站在凳子上,描绘那条鱼。

(原载《福建文学》2003 年第 10 期)

七条命的狗

七条命的狗(一)

当初陈一炮那愤怒的一枪要是把童年时代的老合打死,也就真的省下了许多枝节,也就没有后来那些让人牵肠挂肚的故事发生了。

入冬之后,老合一直哼哼唧唧,不是说腰痛就是说睾丸痛,迟暮的老合是一根枯木,他的血慢慢地被风干,他的肉一点一点地被销蚀,只剩下一口气和一把老骨头了。在这个寒冷的冬天,水曲柳乡村的男女老少都听见了老合没有节制的呻吟。有人说,老合活不过这个冬天了,该给他准备一副棺材了。

我也听到了老合的呻吟,那是一种漫长的垂死挣扎的声音,是老合自己和自己打仗发出的受伤的哀叫。

我找到了老合的儿子小合。

我认认真真极其严肃地对小合说:“小合兄弟,你应该带你父亲到医院去检查检查,该吃药就吃药,该住院就住院。老合要是就这样死了,你他妈的就是杀人犯!”

小合很奇怪我会说这样的话,他冷笑了一声。小合好像是个没心没肺的人,“管他做什么,老合是一条有七条命的狗,他死不了!”小合说这句混蛋话时,眼睛血红血红的,好似涂了一层脏不拉叽的狗血。我听得出来,小合希望老合早点死。

水曲柳乡村里的人都认为,狗有七条命。但老合毕竟不是狗,他是一个人。人和狗是有区别的,人就是再无奈再落魄,也不是狗。

村长大头

我在这寒冷的冬天回到故乡水曲柳乡村,并非有什么重要的事,躲到这远离喧嚣城市的闽西山村,只是为了清静地写完一部题为《狗尾巴草》的长篇小说。我的几个兄弟都在外面,家里挺清静。年迈的父母知道我在写作,一般情况下不来打扰我,只是想方设法地让我吃好。

村长大头在我回到水曲柳乡村的第二天晚上来到了我家。他喝了酒。他满口酒气地和我父亲说话,说话声音不大,却很有力气。我走出了我的房间,在厅堂里看到了满脸红光的村长大头。

村长大头 60 多岁的人了,还霸着村长的位置。不过,他的身体好,壮实着咧,加上吃得好,也没有什么大的操心事,看上去才 50 出头的样子。不像老合,60 多岁的人,早就成了一根枯木。

“侄子,你回来也不说一声,刚才喝酒时小合才说。”大头的眼珠子发着亮光。

我没说什么,说实在的,我这个人好恶感很强,我讨厌的人,权势再大我也绝不会向他低头,我只相信感情的东西,要是有情分,讨饭的也可以成为我的好友。这也许是我多年在外只靠文字谋生而没有发迹的原因。

我知道村长大头来看我只是一种客套,我也不想和他说话,他客套完自然会走,或者回去喝他的老酒。

果然,大头看我态度冷淡,说了几句就走了。走时还说,过两天请我吃白斩鸡喝老酒。我不相信他的鬼话,他说了一辈子的鬼话,他骗不了我。

大头走后，母亲数落我："这么多年了，岁数也不小了，还是那么没礼貌。人家村长来探望你是看得起你，你这样冷落人家，说出去村里人会说你骄傲。"

父亲没吭气，父亲的无言让我想起了一件往事。

那是我 8 岁那年的事。

我记得那是个阳光灿烂的下午，我正在水曲柳乡村小学学校里读书。离学校不远的河滩上传来的嘈杂声让同学们无心读书了。那个年代会突然发生一些预想不到的事情，那喧闹的嘈杂声无疑让我们感觉到又发生了什么事。

一下课，我就往河滩上跑去。

我看到了让我在水曲柳乡村的许多日子里羞愧难当的事。

我父亲被捆绑着。他愤怒的脸上毫无血色，他挣扎着。他挣扎一下，当时是大队民兵连长的大头就踹他一脚。父亲沙哑的声音喷出了火："大头，你凭什么踢我？"大头说："我踢的就是你，你是个贼！"

很多看热闹的人说："木生怎么会偷生产队的地瓜呢？"

我没有勇气出现在那种场合，我躲在一棵古老的乌柏树后面看着父亲被人呵斥，被人痛打，被人推推搡搡地押往生产队的队部。我恨大头，他打我，还绑我父亲，可我那时又不能不恨父亲，他怎么能去偷生产队的地瓜呢？我躲在乌柏树后面流着屈辱的泪。

突然，我看到了老合。

老合冲到大头面前，大声说："大头，你这个狗杂种，快把木生放了！"

大头对手下的民兵说："把老合扔到河里去。"

那几个年轻力壮的民兵不由分说地把老合扛起来，飞快地走到汀江边上，他们齐声喊着："1，2，3……"把老合毫不客气地扔进了滔滔的江水中。老合不停地扑腾着，他浮出了水面，还是大声说："大头，你是个狗杂种，你快把木生放了，他爹不行了！"

我一听这话，顾不得什么了，就往家里狂奔。回到家里时，我看到奶奶和母亲在伤心地哭。爷爷已经咽气了。后来，我才知道，爷爷临死前想吃一条地瓜，可没有如愿。从那以后，我就知道，有的愿望一生也不会实现，哪怕是最简单的一个愿望。

老合的仇

老合和村长大头有仇，这是水曲柳乡村众所周知的事情。

回到水曲柳乡村，我去看望了老合。

老合枯槁地坐在背风的墙角晒太阳。

他木然地看看我。我怀疑他认不出我来了，我想和他说话，可他的无言击中了我心中最柔软的部位，我什么也说不出来了。这时，小合看到了我，他说："阿闽，来来，进屋喝茶，别理他，他是一条有七条命的老狗，他死不了。"我盯了小合一眼，说："去你妈的！"

小合没想到我会骂他，他讪笑了一下就不见了人影。这小子闪得可真快。

我正转身要走，突然听到老合说："阿闽，你还在汕头工作吗？"

我回过头，发现老合的眼中跳跃着一丝微弱的火苗，不过那火苗很快在他浑浊的眼中熄灭了。我说我不在汕头工作了之后，他又开始了呻吟，我怕听到这种声音，它像法鼓和丧钟在我的耳畔敲响，让我无法安宁，无法进入一种超然的写作状态。我匆匆离开老合。

我早就知道老合不是水曲柳乡村的人，他的老家在流过水曲柳乡村的这条江的下游的潮汕。几十年了，他没有回过那地方。

回到家里，我坐在书桌旁，看着金灿灿的阳光从窗口游进来。阳光是无数条温暖的蛇，在这寒冷的冬日缠绕着我。我想着一些与写作无关的事情，或在想念远方的某一个具体的人的眼睛，那是一双纯洁的没有受过伤害的眼睛，她不知道伤害过老合的一些事情。

我想象着那个人在远方的都市快乐地穿过一条条街道的样子，那条可爱的小辫子在阳光下幸福地晃动的样子让我着迷。

就在这时，母亲慌张地走进来，气喘吁吁地对我说："阿闽，快，你快去看看，老合在村长家门口耍赖，谁劝他都没有用，你快去劝劝他！”

我一激灵，马上奔出家门。

远远的，我看到村长家的那栋小洋楼前围着许多村民。我奔跑过去。我挤进去，有人对老合说：“阿闽来了。”老合站在村长的家门口，他抹了一把鼻涕，大声说：“毛泽东来了，我也不怕！邓小平来了，我也不怕！”接着，他冲着村长家大声说：“大头，你这个狗杂种，你害了我一辈子。”

“村长在家里吗？”我问一个村民。

那个村民说：“在家里，刚才还看到他露了一下脸。”

我又问：“村长干嘛不出来？”那个村民说：“村长和老合有仇。”

我走上前，扶着老合：“叔，回家吧。”

老合终于看清了我，他拉着我的手，满脸凄惶和愤怒：“大头害了我一辈子哇！”

我说：“叔，回家吧，消消气，过一段时间，我带你去汕头。”

他摇了摇头，讷讷地说：“大头和我有仇，过去他拐走了火秀，现在又要谋去我的儿子，是大头这天杀的教小合对我不孝顺的。”

火秀

深夜，冷月如霜。事实上，窗外的那片天地间，也正在降着霜。我感觉到了彻骨的冷，这个时刻，我不相信这个世界有温暖的地方，这是一种寒冷逼迫我产生的错觉。村庄里偶尔传来的狗吠声让我总感觉到有什么事情会发生。这是寂静的夜。

在这寂静的夜里，我想起了水曲柳乡村的女人火秀。火秀在乡村四季妖娆的风中活着，平平淡淡地活着，她和老合往昔的那场轰轰烈烈的爱情已经找不到一丝影子了。岁月的河水总是冲走一些忧伤的泡沫，又总是带来一些新鲜的泡沫。

火秀年轻时的样子已经成为一幅黑白老照片了，从这幅斑驳的黑白老照片中可以看到她清秀脸蛋的大致轮廓。奇怪的是，她那双杏眼却异常清晰,在水曲柳乡村迷蒙的背景中熠熠发亮。

老合当初也许就是被火秀那双眼睛迷住了,我父亲在一次醉酒后说起了火秀,他用了一个形象又生动的词来形容当初火秀的目光,他说火秀年轻时的目光像闪电。我弄不懂我的农民父亲为什么会用这么一个词来形容火秀的目光。由此可见,火秀年轻时的确是一个让人迷恋的女子。

我应该在这深夜还原一些事实的真相。

老合闯进水曲柳乡村是因为他看到了那条向南流淌的江。那时他才 13 岁,13 岁的老合身材高挑,脸上常脏不拉叽。按火秀的话说,老合那时的脸是个粘着鸭屎的鸭蛋,满头发黄的头发是个鸡窝。

13 岁的老合从何而来,当时的水曲柳乡村的人不得而知。过了两年多,在山里当土匪的蛮牛向解放军自首回到水曲柳乡村之后,才解开老合的身世之谜。

老合看到了那条向南流淌的江,他少年的眼中燃起了一束火苗。然后他看到了渡口的船。渡口的那艘老船点燃了 13 岁少年老合心中由来已久的某种欲望。他以最快的速度来到了渡口,发现船上没人,他一阵窃喜。于是,他就开始解那粗实的缆绳。缆绳系得很紧,很结实。等老合把缆绳解开,他身上快没有力气了。

少年老合接着就使劲地推船,他要把船推到深水间去,然后坐上船,让船儿带他回到他想回去的地方。推船的过程中,少年老合的心乱跳。

他怎么也推不动那船。

这时,他回头往水曲柳乡村看了一眼,他看到一个满脸胡子的粗壮男人,执着一根长长的撑船的竹篙朝他奔跑过来。那人满脸凶恶,嘴巴里吐出叽里咕噜含混不清的声音。

少年老合吓坏了。

他弃船而逃。他在河滩上狂奔。他知道,要是那凶恶的粗壮男人手上的竹篙劈在他头上,他的小命就没有了。他知道死亡是怎么一回事,他小小年纪就目睹过许多人的死亡。所以,他知道在危险的时刻逃跑。

那凶恶的粗壮男人扔掉了手中的竹篙朝少年老合扑过来。那时的少年老合就是一只弱小的失去母鸡庇护的小鸡仔,而那男人就是一只狂猛的黑老鹰。男人轻而易举地抓住了少年老合。少年老合看着喘着粗气的男人,大声说:“我要不是肚子饿了没有力气了,你休想抓住我。”少年老合眼中的倔强之火让那凶恶的男人放松了抓他的手。男人叽里咕噜地不知道说了些什么。少年老合知道了,这是个哑巴。少年老合坐在了沙滩上,他不理哑巴了。哑巴踢了他一脚,朝他指手画脚地叽里咕噜了一阵后就回到了渡船上。哑巴是水曲柳乡村撑渡船的船公。

少年老合躺在河滩上,阳光刺得他眼睛发痛,他干脆闭上了双眼。他的计划没有成功,他心里沮丧极了。他不知道自己该干什么。他闭着眼睛还想着那条船。

少年老合竟然在暖洋洋的阳光下睡着了。

水曲柳乡村的一个小姑娘走近了少年老合。她走在阳光下的河滩上,像一朵在山野上盛开的野菊花。她就是火秀。

火秀到河滩那边拔兔草。拔完了一竹篮子的鲜嫩的兔草,她就走近了少年老合。老合躺在河滩上死了一般。

火秀在他面前蹲下来,用一根草须去撩拨少年老合的眼睛。老合睁开了眼,他看到了火秀那秀气的小脸蛋。老合一看到火秀那双眼睛就愣了。

少年老合傻傻的样子逗得火秀“咯咯”笑起来。火秀清脆如玉的笑声拨动了少年老合的每一根神经。在过去几年的岁月里,少年老合从没有接触过和他年龄相仿而又如此大胆接近他的乡村小姑娘。

“你叫什么名字?”

火秀的声音柔美极了。

少年老合没有回答。

“你从哪里来?”

火秀的声音依然柔美。

少年老合还是没有回答火秀。

火秀有些失望，她站起来，挎着一竹篮的兔草往村子里走。那时，乡村的上空迷蒙着一层蓝色的炊烟，老合闻到了炊烟中松香的味道。他从河滩上爬起来，跟在了火秀后面。

火秀说："你跟着我干什么？"

少年老合说："我饿了。"

火秀说："你饿了跟我有什么关系？"

少年老合说："你问了我那么多问题，我应该回答你的，可是我饿坏了，我不想回答你。我要是吃饱了，我就会一五一十地告诉你的。"

火秀不理他了，加快了脚步。少年老合也加快了脚步。火秀说："喂，你这个人怎么这么赖皮，我不理你了，你还跟着我干什么？"少年老合说："我饿坏了。"火秀气坏了，她气鼓鼓地穿过乡村细碎的石子路，走进了自家的门。少年老合站在火秀的家门口，他不敢跟进去了。但他在火秀的家门口大声说："我要饿死了，我要饿死了！"老合的叫声吸引了许多村里的孩子，他们围着这个陌生的少年，把他当成了耍把戏的猴子。火秀的母亲问火秀："谁在门口叫唤？"火秀说："是个小要饭的。"火秀的母亲说："橱柜里还有两条地瓜，你拿出去给他吧，免得别人说我们欺负要饭的。"火秀拿着两条地瓜送出去给了少年老合，说："快走吧。"

少年老合留恋地看了火秀一眼，捧着地瓜又走向了河滩。在他走向河滩的时候，村里的孩子们朝他扔土坷垃和瓦片。当时我父亲也在那群孩子中，不过据说我父亲没有用土坷垃或者瓦片扔少年老合。相反地，他看到少年老合孑然的背影时，眼中凄迷极了。当时扔得最凶的是大头，要不是火秀对他说："欺负一个外乡人算什么好汉！"那么，大头还会扔下去的。据说，大头从小就喜欢火秀。据说，我父亲也喜欢过火秀，但老实巴交的父亲从不敢说，他怕自己说了，大头会带人打他。

少年老合坐在汀江边上，吃着地瓜。

天渐渐地黑了下来。

渡口的那条船也黑了下来。

少年老合吃完地瓜，看着黑暗中的河水发呆。他听到了水曲柳乡村里的狗吠，他还听到遥远的地方传来的枪声。他听着流水的呜咽，他的泪水流了下来。

他伤心极了。

他是一个没有家、没有父母的孩子。

他流着泪。

然后，他就号啕开了。

没有人理会他凄凉的哭声，只有河水把他的哭声带走，可他的遥远的亲人无法听到。哭着哭着，少年老合就躺在河滩上睡去了。他哭累了，哭不动了，只好沉睡过去。

黑暗中，有一个人走近了少年老合。他抱起少年老合，一步一步朝渡船走去。他把少年老合放进了船舱，给少年老合盖上了破烂的薄被。他点亮了一盏油灯，他那满是胡茬的凶恶的脸上漾起一股柔情。他把一块破布浸湿后拧干，轻轻地擦去了少年老合脸上的污垢。油灯下，出现了一张清秀的略带英俊的脸，他久久地凝视着少年老合，脸上露出了笑容。

就这样，少年老合成了水曲柳乡村孤独的哑巴艄公的儿子。

从那以后，火秀就常往渡口跑了。火秀常常偷偷地给少年老合带去一些地瓜、花生之类的食物。火秀喜欢看少年老合饿死鬼一样狼吞虎咽吃东西的样子，她的眼中会窜起鲜艳的火苗。

这让大头又嫉妒又愤怒。

可他拿少年老合没办法。哑巴艄公的坏脾气在水曲柳乡村是出了名的，谁要是敢欺负少年老合，那哑巴就敢要他的命。谁也不敢捅这个马蜂窝，谁也不想让哑巴艄公把灾难送到家中。

少年老合的到来，给大头带来了一生的痛苦，但给哑巴艄公带来了几年快乐的时光，尽管后来哑巴艄公的死成了一个永远解不开的谜，但水曲柳乡村的人们都认为哑巴艄公的死是愉快的，因为他有后人老合为他延续香火。

火秀被少年老合的兰花弄得神魂颠倒,后来大头三番五次骑在火秀身上打着火秀的屁股狂叫:“当初老合那小子在兰花上下了咒,迷翻了你,你知道吗? 傻蛋!”可火秀不信。

兰花是自由自在在山林深处生长开放的仙子。谁也弄不清少年老合为什么是个种植兰花的高手。这小子到水曲柳乡村一段时间之后,就在渡口种上了几十盆兰花。兰花开放的季节,坐渡船的人身上都会染上兰花的香气。少年老合培植兰花的技艺让水曲柳乡村的人惊异不已。人们一直记着他在那几十盆兰花之间来回巡视的模样。后来人们说,老合要是一直把兰花养下去,他的老年就不会那么贫苦,他的儿子小合就不会那么恨他。

当初的火秀的确被兰花迷倒了。

人们在那段岁月中,只要闻火秀身上的味道就能闻到兰花的香气。

少年老合是一个精灵。

他把兰花种植在河滩上,他把爱情种植在一个姑娘的心里。那姑娘就在兰花的香味中长大成人,少年老合也在兰花的香气中长成了一个英俊的青年。

沉没的船

在上海,我认识一个女孩子,她叫蓝猫。蓝猫爱花,她在她的阳台上种了许多花儿。她是一个懂花语的女孩,常常一个人面对花朵和花交谈。她会把自己的喜悦、欢乐、痛苦、忧伤告诉她心爱的花儿。花儿在她的诉说中会有变化。比如说欢乐之事时,花朵就会微微地张开;说伤感话题时,花朵就会微微地闭合。原来,花也是有心灵的。我不知道当初的老合和火秀懂不懂花语,会不会和花儿交谈,但我想,喜欢花的人总是美好的,无论他们的命运是多么的坎坷。

老合在水曲柳乡村的灾难应该是在哑巴艄公死后开始的。假如说和哑巴艄公在一起的时光是老合的花季的话,那么哑巴艄公死了之后,他就进入了他一生中漫长的雨季。

在这里,我应该提一下蛮牛。蛮牛当土匪是因为他好吃懒做。他向解放军自首之后,基于他没有血案,就被放回了水曲柳乡村。他一回到水曲柳乡村,一看到老合就大惊失色,大声喊着:“鬼,鬼!”大白天哪会见到鬼,等他静下神来,就道出了老合的秘密。他对村里人说,老合叫合佬牯,是从潮汕被贩卖到闽西来的,他是土匪头子陈一炮的儿子。乡村里的人大惊失色,但很快又平静下来,毕竟陈一炮死去那么多年了,况且老合成了哑巴艄公的儿子,一切并不是那么可怕。但对外乡人的歧视已经埋在了水曲柳乡村人们的内心。

哑巴艄公是在一个夜晚落水而死的。

那个晚上,老合和村里的年轻汉子上山去猎野猪,整个夜晚没有回家。他临上山前,安排好了哑巴艄公的一切。他告诉哑巴艄公,今晚就不用到渡口去了,在家休息。解放之后,他们分到了两间泥屋,不用在渡船上过夜了。老合安排好哑巴艄公,就和村里的年轻汉子们上山去了。老合对哑巴艄公好,全村人都是知道的,村里大都说哑巴艄公好福气,死也甘心了。这是村里人的说法,至于哑巴艄公死得甘不甘心,只有哑巴艄公自己知道。哑巴艄公有一个毛病,那就是爱酒如命。只要一闻到酒香,他的口水就会流出来。谁要是给他酒喝,让他去打谁,他就去打谁。哑巴艄公只要一喝酒,就要撑着渡船从这边到那边来回不断。在撑的过程中,他在酒意中会感受到快乐,心中的积郁也会在这种辛苦劳作中消失。自从老合到来之后,他喝酒有了节制,也知道攒钱了,他曾经打手势让过渡的人给他酒,现在是要现钱,他说要挣钱给老合讨老婆。就在这个夜晚,哑巴艄公又闻到了酒香。糯米酒的香味从门缝里丝丝缕缕地传了进来。哑巴艄公使劲地用鼻子吸了一口气,他的脸一下子变得生动起来,他走出了门。他很准确地找到了酒香的来源,就在门左边的一个角落里,放着一个小陶罐。他捧起了小陶罐,乐颠颠地进了屋。喝完酒,他门也没关,就朝渡口那个方向摸去。

哑巴艄公就这样死了。他从渡船上落了水,他喝得太醉了,他要是不喝那么醉,是不会被淹死的。他和水打了一辈子的交道,最后还是死在水里,或许,这是最好的结局。那个晚上,老合和村里的年轻人一无所获,第二天回来却从下游横坝下的水草丛中抬回了哑巴艄公的尸体。那尸体还散发着酒的丝丝余香。老合没哭出来,两颗泪珠在他的眼眶里滚动了许多日子也没有像雨一样落下来,可他人生的雨季却无情地开始了。

他接下了哑巴艄公的衣钵,在渡口撑渡船。这时的老合还不叫老合,村里都叫年轻的老合:“合佬。”“合佬”这个词本身就包含了水曲柳乡村的人对潮汕人的某种歧视,他们还把潮汕方言称为“合佬话”。

老合成了一个英俊而又健壮的汉子。

按理说,老合这样一个年轻汉子和出落得丰满秀美的火秀是天成的一对、地配的一双。可因为老合是合佬,他们的相恋遭到了火秀父母的强烈反对。火秀的父亲有一次拿着一把锋利的砍柴刀来到渡口。老合站在渡船上,手里紧握着沉重的竹篙,他像一棵挺拔的年轻的桉树,他看到了火秀的父亲手中那把锋利的砍柴刀,砍柴刀的刀锋在阳光下闪着寒光。火秀的父亲站在那里,他不敢靠近老合,他知道真的惹火了老合,老合手中那根竹篙的威力是砍柴刀无法相比的。

但火秀的父亲还是举起了砍柴刀,他用砍柴刀指着老合,高声叫道:“合佬,你给老子听着,以后不许你和火秀来往,如果被我发现你们再来往,我就砍死你!”

说完,火秀的父亲转身就走了。

他害怕老合发火,他害怕老合追上来和他打斗,他越走越快,后来竟然小跑起来。

老合那时就是一棵年轻而又挺拔的桉树,看着火秀父亲的表演,他没有恼怒,也没有必要恼怒。他只是冲着天上那个太阳冷笑。

长大后的火秀和老合的来往由少年时的无所顾忌,转入了隐秘的地下活动。年轻姑娘的羞涩已经在火秀身上表露出来,她不会像从前那样无遮无拦地走到老合养的兰花之中,和老合一起侍弄兰花了,但她心中的兰花没有凋谢,而且其幽香一天比一天吐露得更浓郁。水曲柳乡村的人还是能从火秀的身上闻到让人心醉的花香。

当然,大头也能闻到。

据我父亲讲,当时火秀的身上的确会散发香气。父亲说,他闻过火秀身上的香味后就整夜整夜地睡不着。

大头和火秀狭路相逢时,满脸挤成了一个柿饼,皮笑肉不笑的样子。火秀不用正眼看他,在她眼中,这个大头佬是个混蛋,尽管他是水曲柳乡村的民兵连长,一个不大不小的头面人物。火秀知道,大头曾在一些场合咬牙切齿地说:"她火秀死也是我的人,我要一上火,就把合佬一枪崩了。"火秀听到这种传闻后,对大头更加不屑一顾了。火秀从大头身边走了过去,火秀看到了大头神气活现地背着那杆半自动步枪。在她眼里,那是一根烧火棍,合佬没犯法,你凭什么要把他一枪崩了!火秀走过去之后,大头闻到了她身上的那股异香。他气得要死,牙咬得嘎嘎响。他往地上淬了一口:"他娘的!"他不是恨火秀,而是恨老合。老合是他的眼中钉、肉中刺,他不知道为什么命运会安排一个老合来和他作对。奇怪的是,大头是那么地鬼迷心窍,多少好姑娘介绍给他,他都不要,他要的就是火秀。他经常在没有人的山野狼般号叫,那叫声令人毛骨悚然,号叫成了他发泄的一种方式。

他要想办法收拾老合。

他并非要置老合于死地,他只要达到一个目的,那就是让老合放弃火秀。那样,他们就相安无事了。老合绝不是那种人,他觉得什么都可以拱手相让,包括自己的生命,但自己深爱的人怎么能拱手相让呢?

一个夜晚,老合送完最后一个渡船的客人,停泊好船之后就走向回家的路。他在河堤上遭到了伏击。他被一条麻袋套住了。他的眼一黑,拳脚棍棒雨点一样落在他身上,他想喊喊不出来,喉头堵着一块软体物件。他听到有人边打边呵斥他:"狗杂种,你别以为我们收拾不了你,我警告你,你以后再纠缠火秀,就打死你,把你扔到深潭里喂王八!"老合心里憋了一口气,努力辨认着这是村里谁的声音,但他根本就不知道这是谁的声音。可他还是听到了一个细微的声音:"喂,同志们,别把他打死了。”这是大头的声音，他死也记得大头的公鸭嗓发出的声音，哪怕大头把声音压得再低。

那伙人打完他之后就扬长而去。

老合受了重伤。

他不知道自己是怎么爬回家的。

第二天，他卧床不起。本来，他和火秀是偷偷地在山野或者河滩的小树林里约会的，他受伤之后，火秀大摇大摆地走进了他的家，对许多疑惑的目光，火秀毫无表情。

火秀给老合熬伤药。

伤药是苦涩的，老合不觉得苦，他觉得火秀在身边，什么也无所谓了。火秀看着老合大口大口喝汤药的情景，她伤心透了。

老合喝完药之后，笑着对火秀说：“秀，大头打不败我！”

火秀抹了一下泪，说：“你要小心点，他不会善罢甘休的。昨天，我看他请了很多外村的民兵喝酒，我就知道他没安好心。”

老合说：“我不怕！“

火秀叹了口气。

老合拉着火秀的手，火秀的脸刷地红了。

火秀的脸就像秋天山野熟透的山果。老合的手和火秀的手紧紧地相握，老合的眼睛里燃烧着火焰。

那天，火秀回家之后，看到了大头。

大头人模狗样地坐在她家的厅堂里，火秀的父亲在和大头商量着什么，他还不停地往大头的茶杯里续茶。大头常常背在肩上的那杆半自动步枪放在一旁。也许大头在那个年代里做了许多亏心事，他要用那根“烧火棍”来壮胆。

火秀一进屋，父亲就朝她怒喝了一声：“你死到哪里去了！”

火秀没说话。

火秀的父亲气坏了，他把茶杯砸在了地上。火秀平静地对父亲说：“茶杯是要用钱买的。”火秀的父亲被她这句话噎住了。他瞪着火秀，气喘如牛。

大头站起来,背起枪走了。

经过火秀身边时,他又闻到了那股迷香。火秀对他说:“大头,你不得好死!”

大头溜了,他心想:“火秀,咱们走着瞧!”对老合的仇恨让大头的头脑常常处于一种迷糊的状态。他一出火秀的家门,就看到一只狗匆匆而过,他不知道从哪里冒上来一股邪火,朝那条狗“砰”地开了一枪,枪打在狗腿上,中弹的狗惊叫着一瘸一瘸地逃窜而去。

水曲柳乡村的人都听到了那声枪响。

人们知道,老合要遭殃了。

老合是在暮秋的一天被大头抓去批斗的,他被五花大绑,胸前挂了一块沉重的木牌,木牌上写着:“合佬是土匪的狗儿子。”“合佬”两个字上面打了个红叉。

人们以为大头要抓老合去枪毙,村里人说:“大头公报私仇。”可谁也不敢当着大头的面说。大头没有枪毙老合,他也没权枪毙老合。他批斗老合,是要杀他的锐气,要他屈服,要折磨他,要他让出火秀。

那是一段暗无天日的时光。

老合三天两头被抓去毒打和批斗,人们没有看到老合眼中的火苗慢慢熄灭,反而,他眼中的火苗越烧越旺。

火秀心如刀割。

她对老合说:“老合,你要了我吧,生米做成熟饭后,大头就会死心。”

老合摇了摇头,他说他要明媒正娶。可谁敢去当他和火秀的媒人呢?老合考虑了好几天,他要自己登门去向火秀的父母求亲。他还没有行动,大头就开始行动了。

老合坐在渡船的船头,往事像云一样在天空中飘过来荡过去。

他想对着缓缓南流的江水大声地吼叫。

他想吼出血来,吼出泪来。

这时，他看到火秀急匆匆地朝他奔跑过来，满脸泪水的火秀告诉了他一个消息，大头家的媒人登门了，而且，火秀的父母答应了大头的求亲，收了大头家的聘金。

大头先发制人。

老合愣了。

他大叫一声跳进了滔滔的江水中。

他拼命地扑打着江水。

江水是无言的。

火秀在船上，她哭喊道："合佬，我跟你走！"

许多年以后，我父亲对我说，在相当长的一段日子里，老合在打造一条船。老合无言地打造一条船。村里的人以为老合是在打造一条新的渡船，没有人知道他造船的目的，也没有人问他为什么要打造一条新船。父亲说，他知道老合为什么要造那条船，只不过他没有说而已。父亲和老合一直是好朋友，但爷爷不让父亲过多地接近老合。

老合打造船的目的，就是要带着火秀离开水曲柳乡村，回到汀江下游的故乡。其实老合一直想打造一条船，他要坐着一条崭新的船头涂满红色的大船回到他的故乡。

可是老合没有如愿。

新船下水的那天，对老合而言是个节日，他特地买了一挂长长的鞭炮，火热地放了一阵。鞭炮声吸引了村子里的许多孩童，他们听到鞭炮声，心中就有一种平凡之中的喜悦。就像我在许多年后在一个城市的酒吧里和一个女孩面对面喝着啤酒，听着现代音乐时，突然想起水曲柳乡村的鞭炮声，我的脸上就会绽放出泥土一般质朴的笑容。

火秀远远地看着放鞭炮的老合，脸上涌起一股潮红。那时候，乡村姑娘的脸就像阳光下的向日葵。向日葵有种恒久的美，她身上流动着阳光的血和森林中的泉水。

今夜，她要和老合私奔，坐着那条崭新的大船，穿过千重山万重山，到达一个陌生的地方和老合幸福地生活。她相信那是她的天堂，有许多盛开的鲜花围绕着她，她应该是鲜花丛中美丽的新娘。

迷醉的火秀没想到一切美好的想象就在这个夜晚变成了河水中流走的泡沫。事后，她很后悔，不要让老合打那条船，早早地离开就好了。是老合坚持要打造一条船，他说，他是坐船来的，他一定要坐船回去。

那个深夜，月亮很圆。

清冷的月亮是个巨大的冰块，释放着冷气。水曲柳乡村涂满了冷月光，江水在月下缓缓流淌。江水是一个冷漠的证人，但他不会说话，他在那里不停地流淌着，不知流了多少年了，他见过不知道多少人间的悲欢离合，可他就是不说。

他们刚上船，就听到了纷至沓来的脚步声，听到了杂乱的呵斥声，他们看到火把影影绰绰从村里飘闪过来……老合和火秀呆了。他们掉进了一个巨大的冰窖。

大头喝令民兵把老合捆绑起来，押到了大队部。他被吊在大队部的房梁上，大头让民兵把他扒了个精光，用一根开叉的竹条不停地抽打着他。大头站在一盏明亮的嗞嗞作响的汽灯下对老合说："你想逃，你想想，你逃得了吗！我早就掌握了你的动向，你做新船就是想叛变，想逃到台湾去，你这狡猾的土匪崽！"老合被打得皮开肉绽，几次痛得昏死过去，又被冰凉的水泼醒过来，至于大头给他强加的叛逃的罪名，他一句也没有听进去。

他只是喃喃地呼唤着火秀的名字，这更让大头妒火中烧。最后，大头亲自拿起了竹条，他唤一句火秀的名字，大头就狠狠地抽他一下。

第二天，大头一伙把老合押到公社里去了。

大头一回到水曲柳乡村，就在那条新船的底部凿了一个洞，他凿一下就咬牙切齿地说一声："让你逃！"他把那条老合亲手打造的船沉进了一个深潭里。

老合在公社里关了一段时间后，被放回到了水曲柳乡村。他一回到家，就发现院子里的那些兰花都枯萎了。他满脸苍桑。他回乡的第一天就上了山，他出门时，门也没关，他光棍一条，没什么东西是怕被别人偷走的。他一回到水曲柳乡村，就得到了一个消息，火秀答应嫁给大头了。听到这个消息，他显得很平静。他要上山采兰花，他要重新种植他的兰花，他要让火秀身上散发出兰花的幽香，无论她嫁给谁。

那天晚上，他很晚才从山上回家，他采来了许多兰花草。他一进屋，就点亮了煤油灯。他突然听到了一声心碎的叫声："合佬——"他看到火秀赤身裸体地躺在他那张破烂的床上，火秀全身焕发出一层圣洁的白光。那层白光灼得老合的双眼发痛，他呆呆地看着火秀美妙绝伦的胴体，他想流泪。他知道，过两天，这具胴体就要被放在一个祭坛上了。火秀用心碎的声音说："合佬，来吧，我给你，这是你的，干干净净的，我洗了七遍，来吧，合佬！"合佬无法面对火秀了，他打开门朝村外狂奔而去。

火秀大喜的那天，有人听到一个人在渡口边的渡船上唱山歌，歌声凄惨而又婉转，歌声在夜色中飘了很远很远。人们才知道，原来老合是个优秀的歌手。不知道新婚的火秀有没有听到那啼血的歌唱，她听到了又能怎么样呢？

老合不知道，在火秀的洞房里，上演了一场厮杀。

火秀死活不让大头爬上她的身子。

喝了酒的大头暴怒了，他像一头豹子，撕掉了火秀身上的嫁衣。他扑在火秀的身子上，低吼着："火秀，你这个烂货，你中了合佬的魔咒了，你知道吗！"火秀无言，她使劲地推开了大头。大头一次一次地扑上去，火秀一次一次地推开他。最后，他没有力气了，躺在一旁号啕着。男人的号啕声让火秀长叹了一声。"断子绝孙的大头！"火秀心里恶狠狠地骂道！

第二天早晨，新媳妇火秀起了个大早，她一出门，就发现大门口摆着一盆兰花。她心里怦然一动。她抱起了那盆兰花，把它放在洞房里最醒目的地方，放在窗边阳光可以照得到的地方。白天里，只要经过大头家门口的人，都可以看得见那盆兰花。

老合家的院子里又种满了兰花。大头气极了，他让人把老合家的兰花全部砸碎踩烂。老合发现火秀新房的那盆兰花没有被毁,他心安了。从那以后,他就再也没有种植兰花。

很奇怪,那盆兰花一直没有败,几十年后,那盆兰花还旺盛地活着。老合也没再打扰火秀,火秀却很快地败了。结婚几个月后,她就从一个年轻的姑娘变成了一个满脸沧桑的农村少妇。谁也不知道,每个晚上,大头骑在她身上时,她心里就会想着老合,她会把身上的那个人当成老合。她会说:“大头,你该断子绝孙!”她一生给大头生了三个女儿,没有给他生一个儿子。很奇怪的是,她的每一个女儿都出脱得美丽动人,给水曲柳乡村带来了些许亮色。老合知道,她的三个女儿都是兰花的精灵。

人贩子和日本鬼子

我在这个寒冷的冬天无法将我的长篇小说《狗尾巴草》进行下去。有些时候,我在寒冷的风中产生了逃离水曲柳乡村的念头,我对汕头那个地方突然有了一种无法说清的牵挂。我在那里工作过,真想回去看看。小合有一次来找我,他神秘兮兮地对我说:“阿闽,我有一件事求你。”我问他什么事。他压低声音附在我耳朵边上要说什么。我不客气地对他说:“小合,你离我远点,有什么见不得人的事!”他讪笑了一声说:“没什么没什么,就是有一件小事。”“说吧!”我显得极不耐烦。他说:“村长说了,想请你写一篇文章,在省报发一下。”小合的意思是,他们打听到省里最近有一笔扶贫款下来,如果我写一篇文章,把水曲柳乡村说得穷一点,扶贫款相对会向这里倾斜一些。我马上就拒绝了。回村有些日子了,我对村长一帮村干部侵吞扶贫款的事有些耳闻,我不想帮他们干一些昧良心的事。小合很不高兴地走了。小合是村里的文书,是村长脚下的一条狗,有人说,小合是村长的干儿子,什么都听村长的,还是村长培养的什么狗屁接班人。

小合已经不是我童年时代的好朋友小合了,他变了。我想,小合当初要是被那个女人贩子拐走了,那小合就或许不会这样了。

小合小时候是个机灵的孩子。

机灵的孩子也会有上当的时候。贫困有时就是一团迷雾,它让人看不清一些事物的本质。而且贫困是具有腐蚀性的,它会消解人的思想和意志以及人最本质的一些东西。

那个中午,我一放学,就看到小合朝河滩的小树林里跑去。我一下子产生了一种好奇心。本来,小合每天一放学就和我在一起玩的,今天怎么一放学就独自往河滩上的小树林里跑呢?我随后跟了过去。我躲在一棵树后面,看到了这样一个情景:一个漂亮的穿得很好的女人递给小合一把糖。那糖是玻璃纸包着的,我从来没见过那样高级的糖。小合听那女人说了些什么之后,女人就牵着小合的手往河的下游的方向走去。我当时有种强烈的感觉,小合要离开我了,要离开水曲柳乡村了。我不明白为什么一把糖就可以把机灵的小合拐走。我要制止小合离开,我折转身,跑向了渡口。我对着渡船上的老合大叫:"叔,小合被人拐跑了。"老合跳下船,问我:"往哪里去了?"我往下游的方向指了下:"那里。"

老合就朝下游的方向跑去。我一直跟在他后面,不过,我跑不过老合,我只是远远地跟着他。

当我像个跟屁虫一样追上老合时,老合已经挡住了女人和小合的去路。小合很奇怪地看看上气不接下气的老合说:"老合,你别挡住我,我要跟阿姨到县城里去享福。"我一直弄不明白,小合从小一直就直呼老合的名字,而不叫他一声"爹"。

老合气坏了,一脚朝小合踢过去:"享你妈的什么鬼福!"小合被踢倒在地上,"哇哇"地哭了起来,我过去扶起小合说:"小合,别哭。"小合还在哭。

老合不理小合了,他朝那漂亮的女人一步一步地逼过去。那女人的脸一下子白了,她想说什么又说不出来,我只看到她的神色慌乱极了,她的嘴唇在颤抖,她的全身都在颤抖。我突然有点可怜这个漂亮女人。老合的双拳捏得紧紧,我真害怕老合会一拳把这个女人砸扁。我看到漂亮女人的双腿一软就朝老合跪了下去，她哀叫道："大哥，你饶了我吧。"老合是个男人，我一直认为老合是个男人，他是不会打女人的。果然不出我的所料，老合说："滚吧！滚得远远的，别让我再看见你。"那女人爬起来，一溜烟跑了。

老合叹了口气。

他看着不停地哭着的小合，给他擦去了泪水。老合把小合抱了起来，轻声地说："小合，别哭，爹不该踹你。"小合就不哭了。老合看了我一眼，蹲了下来说："上！"

我就爬上了他的背。他背着我，抱着小合，朝远远的乡村走去。

在走向乡村的过程中，老合给我们讲了许多事。他说，他小时候，一个人独自在河边玩，就被从一条大船上走下来的两个人贩子骗上了船，那船就载着童年的老合来到了闽西山区。听说汕头变得富裕了，可他不知道他的生身父母在何方。那时，我才知道，老合是被人贩子拐到闽西山区来的。原先，他一直没说，他告诉我们，人贩子是可恶的，要不是人贩子，或许他不会那么坎坷，不会在水曲柳乡村被人欺侮。

我牢记了老合的话。

小合却对老合的话不以为然。

许多年后，小合还在怪我和老合，他说，要不是我和老合，他早就离开水曲柳乡村，和那漂亮女人到城里去享福了。

我对人贩子有种本能的厌恶。

我知道，老合对人贩子也有种本能的厌恶。我不但知道老合恨人贩子，还知道他恨日本鬼子。他说，要不是日本鬼子攻占了汕头，他也不会被人贩子拐走，是日本鬼子害了他的一生。老合一生并没有崇高的爱国主义精神，大道理他也讲不出来，但他知道什么叫作仇恨。他知道一种最简单的因果关系。

在这里，我要说童年记忆深刻的另外一件事。

我和老合其实都没有见过真正的日本鬼子。日本鬼子攻占汕头之前，他的父母亲就举家搬到了韩江边上的乡村里生活，以躲避日本鬼子。而我生在20世纪60年代,日本鬼子践踏中国国土的时候我还在某一棵植物的叶片上沉睡。当我小时候问我母亲我从哪里来时,我母亲会说,你是从石头缝里蹦出来的。我不信,说,我不是孙悟空,我不会从石头缝里蹦出来。母亲告诉我,那么你是从一个果子里来的。我问,为什么?母亲就说,我吃了那个果子,就怀上了你。这回,我信了,我看着母亲安详的笑脸,我相信日本鬼子侵略中国时,我还没有变成那枚果子,我还躺在一片树叶上沉睡,在等待着蜕变。

所以,我和老合都没有见过日本鬼子。可我们在电影中见过日本鬼子。小时候的露天电影让我记忆犹新,让我更记忆犹新的一次露天电影当然和老合有关。

那次放的电影是《平原游击队》。李向阳当然是我们心目中的大英雄,尽管这部电影看过无数次了,我们还是早早地来到了河滩上,等待电影的开始。电影在我们的等待中刚开始不久,就发生了一件流血事件。

这件流血事件是老合制造的。

老合看到电影荧幕上的日本鬼子,心中就有一股无名火升上来,仿佛一切都是日本鬼子造的恶。他捡起了一块鹅卵石,朝荧幕上的日本鬼子愤怒地砸了过去。后来据老合的坦白交代,他不止一次地砸荧幕上的日本鬼子了。但这次出了问题,那鹅卵石反弹回来,落在了大头的头上,血顷刻就从大头的头上流淌下来。人们抓住了老合。老合被人抓到了大队部。大头说,这是蓄意谋杀,要把老合送去法办。老合一声没吭。后来,他说,他恨的是日本鬼子,当年,他心里也恨大头,但他没把后面那句话说出来,因为他真的没想要把大头的头砸破。那场电影就没有再放下去,村民们都骂老合是神经病。被大骂作神经病的老合反问大头:“大头,你难道不恨日本鬼子?”大头哑口无言。这时,大头的女儿进来对大头说:“妈让你回家。”一听这话,大头心里的气就泄了一半。一提火秀,他对老合就恨不起来了,只好作罢。

老合朝日本鬼子扔石头的事后来有没有再发生过,我不得而知。

但我十分清楚，老合没有再制造流血事件。

虽然说大头没有上纲上线把老合送去法办，老合还是赔了大头一只公鸡。这让老合的老婆翠姑很生气，她逢人便说："该死的老合，把留来过年用的公鸡一石头砸没了。"

大伙都笑老合，一石头砸掉了一只大公鸡，真是英雄好汉。老合说："解恨比吃十只公鸡也来得痛快。"

翠姑

我这次回水曲柳乡村，根本就无法见到翠姑，她早在几年前就去世了。有一天，我在山野闲荡时，看到了一堆芳草萋萋的坟，那块石碑上刻着翠姑的名字。这个被埋藏在水曲柳乡村山野的女人，勾起了我无尽的感伤。我不知道翠姑喜不喜欢兰花，但我知道在我的记忆中，老合没再养过兰花，她身上也没有兰花的香味。况且，她是个奇丑无比的瘸腿女人。小合对翠姑是没有感情的，他甚至恨她，他不相信自己是翠姑生的，他不相信自己是翠姑身上掉落的一颗果子。以至翠姑死时，小合都没有出现。他那时在深圳打工，老合让人给他打了几次电话，他都无动于衷。老合对我父亲说："小合是一条忘恩负义的狼。"

我父亲对我说，翠姑死时是没有遗憾的。我问，为什么？父亲说，老合对翠姑真好，谁也不会像老合那样对待翠姑的，老合是个有情有义的人。老合对火秀有情有义，我深信不疑，但要说老合对翠姑有情有义，我表示怀疑。假如老合真的对翠姑有情有义，他为什么不给翠姑养一盆兰花，让翠姑的生命中也充满兰花的香气呢？

我父亲给我讲述了翠姑死前的事情，以证明老合有情有义。

翠姑是水曲柳乡村最平凡的一个女人。谁也不知道她从何而来，只知道她在一个冬天被老合带回了水曲柳乡村，和老合住在了一起。也没有人问她从何而来，她是个丑到了极致的女人，没有人想接近她，只有老合和她生活在一起。她是个可怜的女人，可她脸上从没有表现出让人怜悯的神色。

她一拐一拐地穿过了岁月的迷雾。我永远记着她在老合当艄公的日子里,每天中午提着一个竹篮一拐一拐地走向渡口给老合送饭的情景。我觉得那是一种美,这种美留在我不灭的记忆之中。我想以后有机会,我会为这个女人单独写一本书,不像在这里对她仅仅是轻描淡写——作为老合的陪衬。

实际上,她是老合的某种寄托和依靠。

翠姑在晚年时得了一种怪病。这个女人慢慢地在乡村的风景中枯萎下去,如一盏慢慢熄灭的油灯。

老合不忍心让这盏陪伴了他几十年的油灯熄灭掉。他把枯槁的女人翠姑带去了县城。临行前,翠姑的脸上浮起了微笑:"老合,我知道你是个好人,你就让我去吧,不要在我身上耗掉钱财了。"

老合怒道:"你懂个屁!"

他背着她,走向了小镇上的车站。

一个老头背着一个老女人的情景是让人难忘的,至少火秀看到了那情景,她心里是复杂的。老合把她带到了县城里。在县城里的那家最大的医院里住了一段时间,一个戴眼镜的医生对老合说:"你把她带回去,给她准备后事吧。有什么好吃的给她多吃点,不然,她快吃不上了。"老合给医生跪下了,说:"医生,你救救她吧,让她多活几年。"

医生很感动。

他很少看到这样感情笃深的老夫妻,这样珍视一个垂危老妇的老男人十分罕见。医生动情了,说:"唉,我也想救活她呀,可实在没有办法,她已经是晚期的晚期了。"

老合只好把翠姑背回来。

在小镇的车站下了车,天上飘起了迷蒙的细雨。微雨中的远山空蒙一片。老合把自己的外衣脱下来,蒙在翠姑的头上。翠姑的呼吸是微弱的,老合能够感觉到翠姑呼出的热气在他脖子周围流动。只要翠姑还有一口气,他老合绝不会放弃。

"老合,你随便把我找个地方埋了吧,我不想再拖累你了。"

翠姑的话游丝般飘进老合的耳里。

老合怒道："闭上你的臭嘴，你再这样说，我就自个儿把自己给活埋了，活着鸟意思！"

翠姑不说话了。

翠姑知道老合一生从没和她说过一句温柔的话，可她感觉到了老合的心中是有她的。她喜欢老合粗声粗气地骂她，呵斥她。她喜欢半夜的时候老合在黑暗中发狂地把她摇醒，疯狂地和她做那种事，然后老合像个婴孩一样卧在她松软的怀里低泣，老合的泪水滚烫滚烫地浸润了女人翠姑的心灵。这一切那么快就消失了，像水一样悄然地流逝了。这时候的翠姑，哪怕是过去岁月的一点点甜，她都会拼命地回忆着、品味着，不让它离开，把它藏在内心，直到自己死去。人死了，就一了百了了，她希望自己来生变成火秀。那样，她会更满足，更幸福，更加甜。不，不要变成火秀，还是做翠姑吧，翠姑可以和老合一生相守，而火秀不能。

翠姑笑了，笑得很累又很舒心。

老合没有看到翠姑的笑。

翠姑是老合的救命恩人。

可水曲柳乡村的人们谁也不知道翠姑救过老合。连我父亲也不知道，我是在那个寒夜做了一个梦，梦见了老合。老合在我梦中神色凄惶，我看见他手上捧着一束刚从山野上采来的兰花草。他凄惶地对我说："阿闽，我从来没爱过翠姑，可我欠她的，真的，我是畜生，我不是人，我对不起苦命的翠姑。"我惊讶极了，说："老合，你没搞错吧，翠姑怎么救过你的命呢？"凄惶的老合给我讲了那件他一生都没有公开的秘密。"我想到过死。"老合就是这样开始叙述的。他的叙述异常的零乱，我稍作了一下整理，如下：

老合想死，他不想活了。每天深夜，他看到火秀的新房里还亮着灯，他的心就在油锅里煎熬着。他用头去撞墙，撞得"嘭嘭"作响。他低吼着，用手抓自己的胸脯，把胸脯抓得血肉模糊。孬种！

你不是男人，你连自己心爱的人都保护不住，你算什么男人！你要是男人，你就去把大头杀了，把火秀夺回来，带她离开水曲柳乡村。他真的在许多个深夜提着一把砍柴刀摸到大头的家门口。老合提刀的手在发抖。他终究没敢冲进去，他恨自己。每次回到家里，他都想用刀把自己劈死。老合转念一想，自己是没用的男人，不能死在乡村里，他要死也要走得远远的，不让火秀看到后伤心。他拿着一瓶叫作“乐果”的剧毒农药，奔上了山。老合知道乐果的厉害，有一次，一个村民在池塘里洗装过乐果的喷雾器，结果池塘里的鱼都浮了头，白花花的一片让人心寒。老合知道，乐果可以使他很快地死去。他怀揣着一瓶乐果上了山。在山林的一隅，老合开始了自杀。那天，火秀一起床就发现了异常，她的右眼皮老是跳，她发现兰花的叶片有些打蔫，她吃了一惊，叫了声“不好”。她来到老合家门口，看到的是铁将军把门。老合要死了，火秀预感到了什么。那天，她一天坐在兰花的旁边，守着那盆兰花，守着一个平常的但对她而言是那么珍贵的生命。老合喝完了那瓶乐果，一整瓶乐果哇，足以把老合的小命报销掉。他是在一个有兰花的地方喝那农药的。农药的气味让兰草打蔫了，老合心中叫了声：“我去了，火秀，我在阴曹地府等你，火秀！”他静静地躺了下来。他等着小鬼们来把他的灵魂勾走。他突然听到了森林中一声清脆的鸟鸣。他猛地坐起来。他看到一个衣衫褴褛、奇丑无比的女人站在自己面前。他揉了揉眼睛，这就是来勾魂的小鬼吧！他坦然地对那个丑女人说：“来吧，把我的魂勾走吧，我早就不想活了。”那女人的目光柔和极了，她闻到了浓郁的乐果的气味，她长叹了一声：“汉子，你何苦要寻死呢？”……“你不是小鬼？”老合睁大了眼睛。女人摇了摇头：“我不是鬼，我是人，不信你摸摸我的手，不冷。”老合不去摸她的手，其实，他心里有两个老合在打仗，一个说：“死。”另一个说：“不死。”老合迷茫地望着丑女人。女人悠悠地说：“汉子，你没有理由死呀。如果生活所迫，你四肢健全，到哪里都可以凭力气吃饭；如果为情所困,情为何物,你死了就一了百了了吗?相守着是情,隔江相望也是情,牛郎和织女的故事你听说过吗?可谁也不愿意谁死去呀!你说呢,汉子?”老合突然口中吐出了白沫,他看到一只鸟儿从一棵树上惊叫一声直窜上蓝天,他哀叹了一声:“我不想死了。”他感觉到了肚子剧烈的疼痛。丑女人说:“何苦呢。”她转身一拐一拐地走了。老合哀叫道:“救救我。”人都是怕死的,可有时活着比死更难受,为了那一点点留恋,那生活中一点点甜,谁也不愿真的死去。死是万劫不复的黑暗,只要活着,人就可以看到希望,阳光永远是为活着的人而明亮的。老合心想,自己就这样真的要死了,他感到了从未有过的恐惧。他在濒临绝境的时候,看到那个丑女人又回来了,她手中拿着一个竹筒,另一只手上抓着一把草。那种草老合认得,那是山野里奇毒无比的野草。丑女人让他把这些毒草嚼烂后吞下。老合迟疑了一会儿,丑女人说:“吃下去吧,它虽然毒,但可以救你的命。”老合就抓起那些毒草塞进了嘴巴里。丑女人脸上露出了笑容,那笑容虽说比哭还难看,但让老合的生命中充满了另一种阳光。就这样,老合被丑女人从死亡线上拉了回来。当时,火秀在家痴痴地看着那盆兰花的叶片鲜活起来,她长长地舒了一口气。果然,不久,老合就带回了那个奇丑无比的女人,火秀心如刀割。

梦醒之后,老合消失了。我母亲坐在我的身旁,她说我一直在说胡话,担心极了,我说:“妈,不要紧的。”母亲看我真的没事了,她也笑了。母亲的笑让我想起了在遥远城市里那个女孩的笑,那么灿烂阳光,同样让我在这寒冷的冬日备感温暖。

老合的心在翠姑弥留之际陷入了极度的寒冷之中。那段日子,老合花光了他所有的积蓄,为了找一种偏方他会倾囊而出。他拼命地给翠姑弄好吃的。那段日子,老合的家里充满了苦涩的药味和各种肉香。老合像个孝子一样毫不嫌弃地照顾着垂危的翠姑。我父亲说,他去老合家看过翠姑几次,翠姑的卧房里,没有病人长居的腥臭味,老合把一切都收拾得井井有条，把翠姑洗得干干净净。我问父亲："老合有没有在翠姑的卧房里摆一盆兰花?"父亲说："没有。"在翠姑走的那天上午，翠姑突然对老合说："老合，我想泡一个澡。"老合点了点头，只要翠姑提出的要求，他都会照办。翠姑羞涩地笑了一下，说："老合，我有个要求。"老合问："什么要求?"翠姑说："你能在我的洗澡水里放一些兰草吗?"老合点了点头。老合烧了一大木盆的热水，他在水里放了许多兰花草的叶片。老合帮翠姑脱掉了衣服，裸体的老妇翠姑身上已全是骨头，全身的皮肤都是皱巴巴的。老合心里有一丝感伤。他看到翠姑的脸上浮着羞涩的笑容，他从来没见到过这样的笑容，刹那间，他觉得这笑容竟也迷人。老合把轻得像一只小鸟一样的丑女人抱进了大木盆里。老合用兰草的叶片擦拭着女人的身子，女人发白的皮肤被老合揉擦得通红。女人大口大口地呼吸着，她呼吸着甜蜜的气味和兰草汁散发出的幽香，她知道这种幽香永远也不会进入她的体内，但她很满足了。

"老合，我想告诉你一件事。"

"说吧。"

"我是谁，你知道吗?"

"不知道。"

"我是县长的千金哪！当时追我的人多得数也数不清。后来解放了，县长被抓去枪毙了，我就一直躲在山林里，我怕他们也把我抓去枪毙。老合，你是我唯一的男人。有时，丑也是一种抵御的武器。我知道，没有男人会碰我，除非我父亲在位。那些当初追我的男人，都不是真的爱我。老合，我满足了。"

老合呆了。

洗完那个澡，翠姑就合上了双目，溘然长逝了。老合呆坐在那里良久。他脑海里一片空茫。

这个深夜，月亮又大又圆。我看着这轮红月亮，给蓝猫打了个长途电话。我没有告诉她我因为翠姑而感伤，我只告诉她，今晚的月亮是

1930年以来最圆最大的一次，下一次的大月亮会在下世纪的50年代出现。我不知道我为什么要告诉她这些。我本来想对她这样说："小猫，我只有一个祈望，那就是你能永远做你喜欢做的事，让诗意的花朵尽情开放，并且一直快乐幸福温暖地活着。无论我走到哪里或者在某一条路上突然消失，这个淳朴的源于我心灵的祈望不会消亡。我坚信永恒的挚爱存在于纷乱的人间，真实的感动永远在发现之中。相信没有人比你更美，美是一种质感，不是鲜艳和浮华；相信深夜的啼血和歌哭只为一个人凄美，在你伸手可以触摸得到的地方，有灵魂的光芒闪烁。"可我没说。

陈一炮

提起陈一炮，小合就会暴跳如雷。他不喜欢别人在他面前提起陈一炮。你要是想惹小合发火，不用想别的办法，在他面前提陈一炮就行了。陈一炮让小合在他的童年时代饱受了屈辱。当父亲被抓去游斗时，小合就会像兔子一样惊恐地躲起来。不然同学们也会朝他起哄，骂他是土匪的徒孙。

陈一炮的故事在乡野里风一样被流传着。

在流传中，这位传奇人物的许多事迹都走了样。许多时候，人们把白的说成黑的，把黑的说成白的。但有一点，闽西山野里的人心里是十分清楚的，这位名噪一时的土匪头子其实是位劫富济贫的人。但他的许多恶行让山野的人感到恐惧。在那年月，谁家的孩子要是大哭不止，只要说声："陈一炮来了。"孩子立马就止住了哭声。我小时候对陈一炮这个人物抱着一种疑惑的态度。当过土匪的蛮牛把所有的罪行都推给了陈一炮，他说是陈一炮逼他当土匪的。为了让人们感觉到陈一炮的可恶以及陈一炮养儿老合的可恨，他和大头串通一气，撒了许多弥天大谎。他把陈一炮描绘成一个十恶不赦的烧杀抢掠奸的大恶魔。让我不解的是，老合从没有说过陈一炮的一句坏话。所以，我很难断定陈一炮是好人还是坏人。好人和坏人有没有界限，我也很难弄清楚。如果用好人和坏人来界定一个人,那也太简单化了。

历史往往隐瞒了许多真相。

我所描述的陈一炮也许和传闻中的不太一样,但我力求真实地再现一段往事,一段和老合有关的往事。

当初要是陈一炮那愤怒的一枪把童年的老合打死,那也就没有老合一生的坎坷了,也就没有一条始终无法出发的船离开不了水曲柳乡村小小的渡口了。

童年的老合被人贩子骗到了船上,那条船一直溯江而上。老合在迷幻的色彩之中被那罪恶的人贩子带到了闽西山区。上了船之后,在通过山区的一个小镇时,两个人贩子遭到了打劫,他们弃下老合仓皇逃去了。打劫者就是土匪陈一炮。陈一炮看到了眉清目秀的老合,少年老合眼中闪烁着一种金属般的光芒。他挥了挥手中的盒子炮,对手下说:"把这小子带回去给我当儿子吧。"这时,童年老合突然扑了过去,抱住陈一炮的左手狠命地咬起来。陈一炮被老合咬得哇哇大叫,他一脚踢开了老合,对着老合就是一枪。

那一枪差一点就要了老合的命。

子弹擦着老合的头皮飞了过去。老合吓坏了,他看着拿着盒子炮全身颤抖的陈一炮,尿在了裤子上。陈一炮审视着老合:"这小子还行,有种,把他带走吧,这小子做定我儿子了。"陈一炮是个无家无室的人,他为什么动了恻隐之心收留老合,这是一个谜。老合只好跟他走了。老合很小的时候,就听说过打家劫舍、拦路抢劫的土匪,老合心中的土匪当然是杀人不眨眼的,落到了陈一炮的手中,看来凶多吉少。那时他还是个孩子,在这山野里,他叫天天不应,叫地地不灵。这些日子以来,他一直在想念自己的生身父母,生身父母的影像在他的日益想念中渐渐地模糊了。

这里,我要描述一下陈一炮的外貌。

传说中的陈一炮是个五大三粗的汉子,他力大无穷,可以一手夹着一个女人在山野里赤足狂奔 50 里。他跑得比狗还快,他可以轻而易举地追上一条受惊狂奔的狗。他的枪法出奇地准,他可以一枪把在空中飞翔的老鹰撂下来。真实的陈一炮和传说中的陈一炮应该是有差距的。陈一炮长得又瘦又小,留着小胡子,他的小胡子永远是稀稀疏疏的,形成不了浓密的气候。说他跑得飞快也不准确,他只不过在山林里钻得久了,比一般人机灵一些而已。至于他的枪法,从他对老合开的那一枪,就知道他的枪法如何了。如果他的枪法好的话,那么老合的小命早就交代掉了。

老合一直弄不清养父陈一炮的年纪,在他的印象之中,他永远是那一副模样。要不是他拿着枪的话,和乡村里平常的一个中年汉子没什么两样,穿着打着补丁的破衣烂衫,也没有什么好神气的。

老合和陈一炮以及陈一炮的手下们住在一个冬暖夏凉的大山里面的大山洞里。老合在山洞里住了一段日子以后,就和陈一炮亲近起来了,陈一炮对他还真像亲生儿子一样。陈一炮他们过着贫困的日子,可陈一炮把老合打扮得像个富家小公子,给他吃好的穿好的,把老合养得水灵清秀。老合心里一直记着那条江,记着船。他想,总有一天,他要造一条大船回到他的故乡。

老合在山野中成长着。

当他第一眼看到山泉边的兰花时,他惊得口都合不起来了。他被这种植物迷住了。在那山里生活的几年里,他就一直侍弄兰花,把那个山洞弄得幽香四溢。

有一次,陈一炮因为打劫到了一个富户,弄了点钱,买来了好多酒,在山洞里胡吃海喝。那些兰花一沾到油气,叶儿有些蔫,老合忧伤极了。他大声地对陈一炮说:“陈一炮,你们别喝了!”陈一炮看着老合:“小崽仔,你也来喝,来来来!”老合躲开了:“我才不喝你那臭酒呢!”陈一炮哈哈大笑。老合快哭了:“陈一炮,你们别喝了,你们把我的兰花都快熏死了!”陈一炮一听这话,愣愣地看着老合,他的眼睛游动着一股子迷茫。他下令不喝了,那天,陈一炮把老合带出了山洞,阳光照在他们身上。陈一炮对着那迷离的阳光,长叹了一口气。老合不解地望着陈一炮。

陈一炮那一刻变得慈祥,他抚摸着老合的头,轻声说:“孩子,在这山野之中,委曲你了。我知道,你不属于这地方。我知道,你想回家。等以后天下太平了,我一定弄一大笔钱,造一条大船,张灯结彩地送你回汕头,你的生身父母一定会很高兴的。”老合仰起小脸:“那你呢?”陈一炮笑了:“我回来找一块田种。”老合说:“不,我养你。”陈一炮转过身去,用脏兮兮的袖子抹了抹眼睛。老合天真地问:“你怎么哭了?”陈一炮说:“傻小子,我是绿林好汉,怎么会哭呢?是风吹的。”

老合记住了陈一炮的话。

他不愿意陈一炮死去,他要和陈一炮一起坐上那条大船,回到他的家乡去,陈一炮却没有等到那一天。

陈一炮的死让老合伤心了一生。

陈一炮在打劫一家富户时,遭到了伏击。国民党的一个连长被那个富户买通了,那连长带了一个连的兵力伏击了陈一炮。陈一炮一伙人被打得七零八落。

那时,老合正在对着一株兰花发呆。

忽然,他听到了枪声。他跑出了山洞,看到瘦小的陈一炮跌跌撞撞地朝他跑过来。老合大喊一声,冲过去扶住了浑身是血的陈一炮。

“合佬,你,你快跑——”

陈一炮上气不接下气。

老合哭了:“我不跑。”

陈一炮咬着牙说:“合佬,你要是有种就快跑,不然,不然就来不及了!”

炒豆般的枪声传了过来,一阵比一阵紧。这是一个血色的黄昏,老合闻到了浓郁的血腥味。老合不想离开陈一炮,陈一炮从口袋里掏出了一件什么东西塞到了老合的口袋里,说:“我的好儿子,快跑吧,等你长大了,就造一条船,离开这个鬼地方,回你的故乡去!”

陈一炮使劲地推了老合一下,老合跌进了山坡的草丛中。老合爬起来。他看到许多国民党兵朝陈一炮围拢过来。陈一炮暴怒了,他脱光了上身,拍着胸脯朝他们迎了上去,他大声吼道:“你们算什么好汉,有本事打日本鬼子去!”一阵枪声响起,陈一炮倒在了血泊之中。

老合含泪埋葬了陈一炮。

他在山林里游魂般地窜来窜去,后来,他来到了水曲柳乡村。

七条命的狗(二)

我知道从小就幸福地生活在城市里的蓝猫对我描述的乡村往事不一定感兴趣。我却常常在一种状态下在城市和乡村的通道上来回走动。蓝猫好像是活在另一个世界里的人,可她那双眼睛又常常把我从梦幻中拉回到现实中。我只有在最需要把一个故事告诉蓝猫时,才觉得写作是那么的重要。

真的,我没有在这寒冷的水曲柳乡村写完我的《狗尾巴草》,却写了《七条命的狗》,这种结局让我惊异,人生的有些改变常使我目瞪口呆。

老合在这个寒冬濒临死亡。

小合的确是个混蛋。在老合卧床不起之后,他竟然撇下老合去县里要什么扶贫款去了,而且一去就是好几天。老合的呻吟变得微弱了,我和父亲陪在老合的床头。我对父亲说:“我要到县城里把小合抓回来。”父亲制止了我:“你找不到他的,他是一只狡猾的兔子。”我气愤极了,老合躺在床上快咽气了,他竟然跑掉了。就像他母亲翠姑死时一样,他跑得远远的。据说,翠姑死时,他正在一个酒店里喝酒,把一个月的工资全喝掉了,喝完酒,还和一个女人上了床。我对小合的做法无法理解。

小合在外面打工几年之后潜回了水曲柳乡村,投靠了大头。村长大头的三个女儿都考上了大学,这是谁也预料不到的。小合有心做村长大头的儿子,村长大头让小合当了村里的文书。

小合是村长大头的一条狗。

这是火秀说的。

老年的火秀富态起来了,她平静地生活着,她说她要活到一百岁。

火秀一直没有和老合来往。

火秀一直养着那盆兰花。

我不相信那盆兰花能几十年不死,可它真的活着。

老合卧床不起的消息让大头很高兴,他在家里故意大声说:“那条老狗终于要死了!”火秀不温不火地对大头说:“你去看看房间里的兰花吧,看它有没有枯萎,如果打蔫了,枯了败了,老合就死了。”大头果然跑到房间里去看那盆兰花,发现它还好好的,那叶片间,发出一种翠绿的光芒。火秀相信,兰花不败,老合不会死。大头气愤极了,他大声地骂火秀:“你这烂货,你被老合的魔咒迷了一辈子了,还要和我作对。”火秀冷冷地说:“大头,你该知足了。其实你早就该死了。”大头气得要打火秀,火秀把头凑过去:“你打死我好了。”

大头气得一跺脚出了门。我和父亲都不知道那盆兰花的秘密。

我和父亲都认定老合要死了。

那个清晨冷气逼人。瓦楞上、枯草上都铺上了一层霜,池塘里也结了一层薄冰。我一大早起来就朝老合家里走去。老合看到我进去,眼睛突然炬亮起来,我认定这是老合在回光返照了。

我对老合说:“叔,你有什么话要留下来?”

老合的手颤抖地在床头摸索了一会,他摸出一个红布包递给我。

我打开了那个红布包。

我惊奇地发现,那是一根金条。

金条在我的掌上沉甸甸的,冰冷冰冷的。我不敢相信这是一根金条,我觉得这是一块黄色的冰块。

金条就是金条,它不会因为我的疑惑而改变它作为金子的颜色和质量。我从小到大,从来没有见过这么一大块金子,尽管很多时候,因为生活所逼,我幻想得到一块金子。金条让我想起了一些人,这些人不会因为别人的一些不确切的说法或者他在生活中不公平的际遇而改变他的潜质和高贵的思想。

金子照亮了我的眼睛。

金子也照亮了老合黑暗而沉闷的房间。

老合笑了。

他说:“阿闽,你拿着它帮我找人打造一条大船,我要坐船回家。”

他的口齿异常清晰。我没有听错。他继续说:“阿闽,这金条原来有两根,是当初陈一炮用命换来给我的。另一根给翠姑治病花掉了,这根你就拿去给我打造一条船吧,我要回家。”说完这句话,老合就闭上了眼。

我叫了一声:“叔—”

老合好像停止了呼吸。

我父亲来了,他给老合换上了一套干净的衣服,然后让青年人把老合抬到厅堂里,把他放在门板上,给他燃起了长明灯。我父亲到村长大头家,说老合死了,快去把小合找回来披麻戴孝。大头说:“好好好!”父亲说:“要快点!”大头又说:“一定一定!”父亲知道,只有大头才知道小合在哪里。

父亲走后,大头竟哼起了一支流行歌曲的调子,好像是什么《中华民谣》。很奇怪的是,晚年的大头虽然说膝下无儿,却活得有滋有味。这家伙其实很早就没有和火秀同房了,好像是在火秀给他生下第三个女儿之后,他就对火秀的肉体没有了兴趣。这两年,他会经常带着小合到镇上的发廊里去拈花惹草。

“老合还是死了!”他大声说。

火秀进了屋,她看到兰花果然叶子打蔫了。她喃喃地说:“不会这么快吧?!”她的泪水还是淌下来了,她在兰花边上点燃了一炷长香,长久地坐在那里祈祷。

大头临出门时,对着在房间里的火秀说:“哼,想和我斗,斗得过我吗! 看谁早死!”火秀骂了一声:“断子绝孙的大头!”

大头骑着摩托车走了。下午他回来了，他来到灵堂里，对我父亲说："小合不回来，他说老合是一条有七条命的狗，他死不了！"说完，大头假模假式地看了一眼躺在门板上冰凉了的老合，说："老哥呀，你就这样走啦！"

村长大头对我父亲说："你放手操办吧，葬礼要办得隆重一些，花多少钱都由我来出。"

父亲没有言语，他瞧不起大头。

我也没有理他，我也瞧不起大头。

大头灰溜溜地离开了老合的灵堂。

我对父亲说："老合临走时交代了，要打造一条大船。"我把金条给了父亲。父亲看着那根金条，叹了口气，说："老合苦了一辈子，就是有一座金山，又有什么用?!"我说："就按老合的意思办吧。"父亲说："造船来不及了，尸体会腐烂的。"我想了一会，说："不行，就先把老合火化了，把他的骨灰留起来，等船造好之后，就让船把他带走吧。"父亲点了点头，说："只有这么办了。"那个晚上，我和父亲为老合守灵，到了一点多钟时，我和父亲都饥寒交迫了。我让父亲去睡，父亲说让我去睡。我说："爸，我年轻，我来吧。"父亲不和我争了，他打着手电离开了老合的家。

夜是宁静的。

乡村里要是死了人，会更宁静，谁也害怕出门，怕碰见鬼魂。老合的死使村庄更加宁静，因为他儿子小合不回来，我们也不好给他请吹鼓手陪伴老合的灵魂。

我相信老合的灵魂在水曲柳乡村的上空飘飞着。

过了不一会儿，两个哑巴艄公同族的小伙子来了。他们让我回家去睡觉，下半夜由他们来守灵。我说："你们怎么来的?"

他们说："是木生叔让我们来的，还骂了我们一顿。"既然这样，我就回去睡觉了。

我躺在床上，怎么也睡不着，往事像挥不去的影子，一直缠绕着我。

我想给蓝猫打个电话,告诉她一些事情。可我很快就放弃了打这个电话的想法,因为蓝猫说过,她害怕听一些恐怖的事情。想来也是,她正在甜美的梦中,我又怎么忍心打电话给她,告诉她老合死了呢?我希望她每时每刻都快乐,我不想把这让人伤怀的事告诉她。如果我打了这个电话,惊扰了她,那么我会不安的。

我想起了一些与老合的死无关的事情。

记得汕头开什么潮人联谊大会时,请来了海外以及海内的许多人。那些人都是有头有脸的,可就是找不到像老合这样多年流落异乡的潮汕人。我当时心里有点难过。据我所知,在闽西、赣南等客家地区,在抗战时期,有成千上万的潮人流落到这些地方。他们与命运不停地抗争着,没有一刻停止过对故乡的思念。可有谁真正关注过这一群人呢?其实,他们也不需要谁来关注,他们像野草一样在那些至今还未脱贫的山地一岁一枯荣,他们相信,总有一天,会回到故乡。肉体回不去了,灵魂也会飘回去,像天下所有远离故乡的人一样,他们不会忘记自己的根。

我就那样痴痴地想着。

突然,我听到了惊叫:"不好了,老合诈尸了——"

"诈尸了——"

这种瘆人的惊叫让我毛骨悚然,我只听说诈尸是一种让人恐惧的奇异的现象。在这个夜里听到诈尸的声音,我能不毛骨悚然吗!

父亲出去了。

我也要去,母亲拦住了我,说:"阿闽,你可别去。"

我说:"去吧。"

我冲出了门。

我顾不得那么多了,我和父亲冲进了老合的灵堂,那两个小伙子早就跑得没影儿了。我看到老合站在那里,他像没发生过什么事一样看着我们。

父亲说:"老合,你可别吓我们。"

老合说:"木生,你在说什么呀!"

我父亲说:“老合,你死了。”

老合笑了一下,说:“木生,你在说瞎话吧,我怎么会死了呢?!”

我看着老合的脸色渐渐地恢复成常人的那种样子,他那整个冬天的呻吟让我难以置信死去的老合能复活。

可他真的又活过来了。

他说他做了一个梦,梦见他的生身父母了,说完,他叹了一口气。

我呆了。

火秀看着兰花的叶片生动地鲜活起来,她长长地舒了口气。她想,兰花该开花了,春节也要临近了。

第二天,我看到老合在村庄里游荡。

他让我想起了一条遇到活水的鱼。那条鱼原本浮出了水面,鱼肚白都翻过来了,突然来了一股活水,它又活过来了。我弄不明白老合遇到了什么活水,也许,他是一定要坐一条大船回他的故乡的。老合是一根枯木,水曲柳乡村的人谁也不相信老合这根枯木会重新生发出青枝绿叶,但我知道,老合无论怎样,他也会在来生赤条条地回到故乡。

我是在一种复杂心情的驱使下离开水曲柳乡村的。回到上海的好长一段时间里,我都希望,某一天有一条崭新的大船带着欢乐的老合回到他的故乡。在某个晚上,我和蓝猫坐在一个酒吧里喝啤酒,听着现代的音乐。酒吧里的氛围很难让我再次进入到水曲柳乡村,我和蓝猫谈着一些现实中新潮的话题,蓝猫的双眼扑闪扑闪的。这双眼睛让我着迷,我想,无论我到哪里,这双眼睛会活在我的心里。我偶然地往窗外看了一眼,我看见霓虹灯闪烁的大街上,有一个人站在麦当劳的门口朝我挥手。我对蓝猫惊喜地说:“是老合!”蓝猫问我:“谁是老合?”我转过头,看了蓝猫一眼,随即,我又扭头朝麦当劳门口望去,已经没有了老合。

恍如隔世。

这是2004年的第一天了吧?

致命伤

1

朱小亚的头撞在了路边的梧桐树上，起了个乌青的包，伤处还擦破了点皮，渗出了些血水。她到附近仁爱医院的门诊部做了简单的处理，消了消毒，并且上了点药。给她处理伤口的护士有着一双迷人的眼睛，就是朱小亚这样的大美女也被她给迷住了，忍不住多看了她几眼。

护士叫黄倩，她似乎看穿了朱小亚的心思，笑着对朱小亚说："你很漂亮！"

朱小亚觉得伤处十分疼痛，像是有什么东西在往伤口里面钻，她朝黄倩笑笑："你也很漂亮！"

黄倩说："你不用担心，像这种伤不会有什么问题的。"

朱小亚说："谢谢你！看来我们有缘分，要不是我撞伤头，就不会来到医院，也不会认识你，我们交个朋友好吗？"

黄倩笑着答应了她。她们就相互留了电话。朱小亚和黄倩道别后，走出了医院的门，她觉得有点冷，这可是闷热的夏天。在闷热的夏日里感觉到寒冷，并不是什么好兆头。

朱小亚叫了个的士，上车后她就让司机往她居住的绿雅小区驶去。

夜色中的赤板市沉湎在迷离妖冶的灯火之中,她感觉到在街上行走的人都像魂一样飘着,没有重量。的士开出了一段路,朱小亚的手机震动了一下。她看了看,是同事张强发给她的一条手机短消息:“小驴问老驴:‘为什么我们天天吃干草,而奶牛顿顿吃精饲料?’老驴叹口气说:‘咱爷们比不了,我们是靠跑腿吃饭,人家是靠胸脯吃饭!’”

朱小亚笑出了声。的士司机瞟了她一眼,不知道她为什么会笑。朱小亚没有理会的士司机,她把这条手机短消息发给了刚刚才认识的护士黄倩。张强一直在追求朱小亚,但是朱小亚离过一次婚,对男人有种说不出来的恐惧,或者说是不信任,她不认为男人会给自己带来什么安全感。张强对她大献殷勤的时候,朱小亚会觉得厌烦,这让张强十分郁闷,弄不清楚朱小亚心里究竟想的是什么。而朱小亚好像永远也不会告诉他自己心里头的事情,一副拒人千里之外的模样。张强却不死心,还是穷追不舍,不能正面进攻,就改用迂回战术,发个手机短消息什么的,加强自己在朱小亚心中的位置。

给黄倩转发完那条手机短消息后,朱小亚就删掉了它,她从来不保存张强发来的手机短消息,无论它有多么精彩。

回到家后,朱小亚脱了个精光。她喜欢在家里自由自在的,裸体是一件舒服的事情,没有任何的牵绊。况且,她的身体是那么的迷人,就连她自己,也会被自己的美体迷住,有时她站在镜子前端详自己老半天,还朝镜子里的自己飞媚眼。以前她不会这样,自从离婚后,她就无拘无束了。有时,她也会认为自己是不是太自恋了,可想想,自己都不爱自己,那活着真的是没什么意思。

朱小亚洗完澡,对着卫生间里的梳妆镜,皱了皱眉头。额头上贴着创可帖的那个包什么时候才能够消掉呢?虽然黄倩和她说了没事,两三天就好了,但是她还是担心明天上班被同事们看到了,起到不良的效果。这也真是奇怪了,怎么会撞到那棵树上去呢?今天傍晚,她和往常一样,下班后就在办公楼外面的 9 路公共汽车停靠站等车。她站在那棵梧桐树旁,突然,她感觉到被人用力推了一下,头就撞在了树上。等车的人不少,可是却没有人站在她后面，是谁推的她呢？朱小亚百思不得其解。

到这个位于赤板市武进路阳光写字楼15楼的地中海广告设计公司上班是一年前的事情。她上班的第一天晚上回家，也是站在那棵梧桐树旁等公共汽车，当时她没有觉得有什么异常，但是回家之后，丈夫王自亮就用奇怪的目光审视她。她问王自亮："你觉得我今天有什么不妥吗？"王自亮慌乱地摇了摇头说："没什么，没什么！"从那以后，王自亮老是用怪异的目光看她，渐渐地也不和她亲热了。在一次做爱中，王自亮惨叫了一声，从朱小亚的身上翻了下来。惊魂未定的王自亮慌忙穿起衣服，就离开了家。从前的王自亮可不是这样的，就是在和朱小亚做完爱后，他还要抱着她亲个不停，希望重新燃起朱小亚的激情，企图来第二次，第三次……朱小亚感觉王自亮是个永远不知道满足的男人，这给她带来了快乐，也让她疲惫。朱小亚在王自亮离开之后，一直在想一个问题：王自亮怎么就突然对自己失去了兴趣，难道他在外面有了新的女人？不久，王自亮就和她提出了离婚。离婚虽然对朱小亚来说是个打击，但是她不是那种纠缠不清的女人，她很痛快地答应了王自亮的要求。他们办完离婚手续之后，朱小亚提出来一起最后吃一顿饭。王自亮拒绝了她，匆匆逃离。朱小亚生气地朝他离去的背影说："就是有了新的女人，也没有必要这么着急赶回去呀？我就是不明白，你为什么无缘无故地要和我离婚?！我死得真是不明不白！"王自亮好像没有听见她的话，反而跑得更快了，仿佛朱小亚是一场瘟疫！

王自亮究竟为什么和她离婚？和她傍晚下班时头撞在梧桐树上又有什么关系？朱小亚百思不得其解。

2

凌晨2点左右，朱小亚迷迷糊糊地醒过来，她感觉到像是有人在房间里。谁会在她的房间里呢？朱小亚打开了床头灯，她环视了一遍房间，什么人也没有看见。她松了口气，下了床，打着哈欠朝洗手间走去。这时，仿佛有个黑影跟在她后面，她浑然不知道。朱小亚以前很少有夜尿的，大都是一觉到天明。可最近老是半夜就醒来，而且总是醒来后会感觉房间里有人。这是怎么回事？她实在没有办法回答自己。

朱小亚刚刚从坐便器上站起来，她就发现一个黑影朝自己扑了过来。

朱小亚尖叫了一声，她的尖叫声撕裂了夜晚的宁静。可是有谁会在乎朱小亚的尖叫呢？现在的人似乎越来越冷漠和无情了。

朱小亚浑身颤抖，一阵一阵地发冷。那黑影不见了，是不是扑在她的身上和她融为了一体？朱小亚十分恐惧，她回到了床上，用空调被裹住了瑟瑟发抖的身体。她突然想给谁打个电话。王自亮？张强？都不是她想要说话的人。其实，朱小亚没有自己真正意义上可以无话不谈的女友，一直没有。在学校里的时候，因为她漂亮和傲气，很多同性都不愿意接近她，就是有些女同学接近了她，还是很快地离开了她。大学毕业参加工作后，她就和王自亮谈恋爱，也没有交上其他的女友。朱小亚猛地感觉到了巨大的孤独，她躺在床上，不敢关灯了。她不关灯就睡不着觉，今夜，她宁愿睡不着觉也不会关灯了。

朱小亚突然想起了护士黄倩，她想给黄倩打个电话，可和黄倩说什么呢？说她看到了一个黑影，说黑影进入了她的体内？谁会信呢，况且这深更半夜的，你好意思打电话骚扰人家？她才认识黄倩不到一天的时间。朱小亚的情绪糟透了，额头上的伤也疼痛起来，像有什么东西在伤口钻进钻出。

朱小亚还是决定打电话给王自亮。

朱小亚拨通了王自亮的手机，心里庆幸他的手机号码没有换掉。

“喂——”王自亮的手机里传来一个女人的声音，显然这个女人是被手机的铃声吵醒的，说话十分不耐烦，“你谁呀，也不看看什么时候了，打什么电话嘛！”

朱小亚猜这个接电话的人是王自亮的女朋友，她就阴沉地说：“我是朱小亚,别啰嗦,快叫王自亮接电话!"

女人的口气也变得粗野起来:"朱小亚是谁呀?你找王自亮有什么事情?"

朱小亚气不打一处来,咬着牙说:"贱货,别废话,快叫王自亮接电话!"

女人正要说什么,有人抢过了手机,那人对朱小亚说:"小亚,我们不是离婚了吗?你还找我干什么呢?"

朱小亚听到王自亮这样的话,顿时无语了。是呀,她现在和王自亮已经没有任何关系了,还打电话给他干什么呢?还骂他的女朋友,你以为你是谁呀?朱小亚叹了口气,挂了电话。想起王自亮当初苦苦追求自己的情景,朱小亚就觉得心里一阵恶心。当初他说的比唱的还好听,说什么爱她一辈子,说什么为了她做牛做马也愿意,说什么要和她永远不分离……可是,他就那样莫名其妙地离开了她,莫名其妙地和她离了婚。一定是因为那个女人,他有了别的女人就离开了她,男人的话真是不能够相信!男人的话要是能够相信,那么母猪也会上树。

朱小亚还是觉得冷,她不知道怎么坚持到天明。

电话铃响了起来,朱小亚看到来电显示的是王自亮的手机号码,她迟疑了一下,是接还是不接呢?朱小亚听着电话不依不饶的铃声,最终还是拿起了电话:"喂——"

王自亮说:"小亚,你怎么把电话挂了,我的话还没有说完呢!"

朱小亚说:"有什么好说的,我们不是离婚了吗!"

王自亮说:"你是不是碰到什么事情了?"

朱小亚说:"关你什么事情,我就是死了和你又有什么关系?"

王自亮说:"小亚,你不要这样说话,我也是关心你,才把电话打回来,问问你发生了什么事情。"

朱小亚说:"你要我怎么说话?你关心我?笑话,天大的笑话!我发现你现在说谎一点都不脸红。你是让我不要再打电话给你了吧!吵醒了你们的鸳鸯梦了吧!"

王自亮说:“你的情绪很不好,我们明天中午一起吃饭,好吗? 我也有话要和你说。”

朱小亚说:“还吃什么饭,有什么好吃的? 当初离婚时,我想和你吃顿分手饭,你也不给我机会,现在怎么就想起来要和我一起吃饭了?”

王自亮说:“不管怎么样,明天中午我在老地方等你,你来不来,我都会在那里等你的。”

王自亮说完就挂了电话,朱小亚愣愣地待在那里,手上拿着的电话听筒也僵在了耳边。她额头上的那个乌青的包疼痛着,身体也一阵阵地发冷。她好像听到窗外面有人在说话,那说话的声音十分轻微,她不知道说的是什么。

3

朱小亚为了遮住额头上乌青的包,特地戴了顶太阳帽,帽子压得很低,覆盖了她整个额头。她相信,没有人可以看得到她的伤处。朱小亚下了公共汽车,她看了一眼昨天傍晚撞伤自己额头的那棵梧桐树,梧桐树沉默着,不会告诉她任何秘密。朱小亚感觉树干上有一双眼睛在窥视着自己,那是谁的眼睛?

朱小亚走进办公室,发现桌子上的电脑旁边放着一束鲜艳的玫瑰花,几个男女同事都笑着看她。朱小亚没有摘掉帽子,她也不想摘掉帽子,她不希望同事们看到她额头上的包,就像不希望别人看到她的内心一样。平常和她比较谈得来的女同事陆雯走到她面前,笑着对她说:“小亚姐,你不热呀,在办公室还戴着帽子?”

朱小亚也笑了笑说:“不热,不热!”

陆雯觉得朱小亚今天特别奇怪,平常她可不是这样的。每天朱小亚一来到办公室,就喊热,本来凉爽的天有时被她喊了后,也似乎变热了。陆雯不好说太多什么,因为朱小亚身上有种不让人接近的力量。

陆雯说:“不热就好,不热就好。”

朱小亚说:“雯子,这花是怎么回事?”

陆雯摇了摇头说:“我也刚刚到办公室,我来之前,这花就在你的桌子上了。”

朱小亚拿起那束花,看了看,没有发现任何东西,连一张小纸片也没有,她根本就不知道是谁送的花。一个男同事说:“小亚姐,那花是我替你收下的,是花店的人送来的,我问过他,是谁让他送的,但是他没有说,他只是说一个客人让他送的,而且要替客人保密。”

“奇怪了,真是奇怪了!”朱小亚喃喃地说,她的目光在鲜艳的玫瑰花朵上游走。

这时,陆雯回到了自己的办公桌前,打开了电脑,干起自己的事情来了,至于朱小亚和玫瑰花,她不会想太多,很多工作等着她去完成呢。朱小亚的心情和陆雯不一样,她有些迷惘又有些焦虑。额头上的伤疼痛着,好像有什么东西从破损的伤口爬进爬出,奇痒无比。她不敢用手去抓,她有个十分平常的经验:伤口发痒是快好的征兆。朱小亚强忍着疼痛和奇痒,她拿着鲜花走出了办公室。

朱小亚认为这束鲜花是张强送的,他以前也这样干过。朱小亚心里对鲜花有种本能的抵触,她不喜欢谁给自己送花,因为当初王自亮追求她的时候,每天都给她送花,结婚后,就不送了,后来连家里的花也不买了,再后来,他就莫名其妙地和她离了婚。那花就是一种道具,毫无意义的道具。当时,她为这种道具感动过,可现在,她对花一点感觉也没有了,就是谁把全世界的花都摆在她的面前,她也会无动于衷,甚至产生厌恶的情绪。就在朱小亚认定这束玫瑰花是张强送的时候,她内心的厌恶情绪油然而生了。

张强不和她一个办公室。当朱小亚出现在张强的办公室时,张强和在这个办公室办公的同事们都有些吃惊,他们以为朱小亚给张强送花来了,如果是这样,那真是太阳从西边出来了。结果让人们十分失望,甚至有些替张强难过。

朱小亚把那束玫瑰花扔在了张强的桌子上，脸色阴沉地说："张强，我告诉过你多少次了，你不要给我送花，我不喜欢花，也不喜欢你！你以后不要再做这样的事情了，这对你对我都没有好处！"

张强惊讶地看着朱小亚，等朱小亚气冲冲地走出门后，他才反应过来，自言自语道："这花是我送的吗？见鬼了！"他拿着花追了出去。张强来到朱小亚的办公室，站在她面前委屈地说："小亚，这花不是我送的，真的不是我送的。"

朱小亚抬起头，瞪了他一眼说："男子汉大丈夫，做事情要敢作敢当！我本来不想说你什么的，但是现在我要对你说，我瞧不起你！"朱小亚一把夺过张强手中的那束玫瑰花，扔在了废纸篓里，然后故作轻描淡写地对张强说："你可以走了，既然花不是你送的，那么一切和你都没有关系了！"

张强的脸涨得通红，他转身就离开了。那时，所有的人都相信，张强气坏了！

朱小亚的心情十分灰暗。

她根本就没有情绪工作，她看到电脑上自己没有完全设计好的那个平面广告图案，心里烦躁不安！那个图案仿佛是一张扭曲的丑陋的脸，让她恶心。她真想把这个图案删除了，可客户等着要呢，今天要是交不了稿，客户不找她，老板也要找她算账了！她只好硬着头皮把这个平面广告图案设计好，目前，她找不出不要工作的理由。朱小亚的目光偶尔落在了废纸篓上，她吃惊地睁大了眼睛：那束刚才还鲜艳欲滴的玫瑰花怎么突然全部枯萎掉了，仿佛在她的废纸篓里放了很长很长时间了？

4

可以这样说，自从昨天傍晚朱小亚的头撞在树上后，她的心情就变得糟透了。她做完那个平面广告图案，发给客户审稿之后，就到经理那里请了半天假,匆匆赶往医院。她感觉额头上那个乌青的包又痒又痛,要裂开似的。如果不到医院去看看,她会更加烦躁不安的。

那个看上去很有经验的五十多岁的男外科医生替她检查了伤处,告诉她没有什么问题,破损处已经愈合,那个包也在消肿,估计两三天就可以痊愈了。听了医生的话,朱小亚的心情轻松了许多,本来就是很小的碰撞,没有必要如临大敌。她去门诊部的治疗室处理了一下伤处,就戴着那顶太阳帽出了医院的门。今天她没有看到黄倩,也许是她今天休息,来的时候,她还真的希望看到那个美丽的护士。

朱小亚刚刚走出医院的门,她的手机就响了,是她前夫王自亮打来的。朱小亚想起了昨天晚上王自亮说的话,他今天中午要和她一起吃饭。果然是关于吃饭的事情,王自亮说他在嘉伯酒家等她了,让她赶快过去,说是有什么事情要和她谈。朱小亚本来都忘记了这件事情,准备看完医生就回家的。也许是医生说她的伤没有大问题,心情放松了的缘故,她改变了主意,决定去赴王自亮的约。

嘉伯酒家离仁爱医院并不远,坐公共汽车四站地就到了。从公共汽车下来后,到嘉伯酒家还要走大约 50 米的路。朱小亚刚刚下公共汽车,她就看到离公共汽车停靠站几米远的一个垃圾桶前面围了许多人,还有一辆警车停在街旁,警灯还一闪一闪的。又出什么事了?这年头,每天都会有预想不到的事情发生。朱小亚不是那种猎奇的人,但是她还是被吸引了,挤进了围观的人群。她看到一个警察正把一条白生生的纤细的人腿放进一个塑料袋里。朱小亚看到那条人腿,就一阵恶心,不敢再看了。但是她在人们的七嘴八舌中,得知了关于这条人腿的一些情况。原来是一个拾荒者在垃圾桶里翻捡垃圾的时候,发现了这条人腿,拾荒者害怕极了,就报了警。围观的人越来越多,有些人就传出了这样的言论:“有女孩被分尸了……”

朱小亚来到嘉伯酒家时,王自亮已经在那里等了很久了。

王自亮说:“小亚,你怎么了?戴着这顶帽子,不伦不类的!”

朱小亚坐了下来,没好气地说:“我是不伦不类的,你知道是谁让我变得不伦不类的吗?”

王自亮摇了摇头说:“不知道!”

朱小亚说:“王自亮,我发现你越来越会装傻了,不是你,我会变成这样不伦不类吗?”

王自亮笑笑说:“小亚,你完全把责任推到我身上也是不对的,我在离婚前就提醒过你很多次,可你就是不听我的话,我实在没有办法了,我害怕你那样……”

朱小亚说:“你什么时候提醒过我?你提醒过我什么?”

王自亮说:“我就知道你把我说过的一切都忘记了,或者你根本就没有听到我和你说的话。你让我恐惧!这就是你一直想知道的我为什么要离开你,和你离婚的真实原因。”

朱小亚被王自亮说得迷糊了。她根本就不知道王自亮和她说过什么,也许是他在梦中和她说了些什么,他把梦中的话当成现实中的语言了?朱小亚在王自亮点的菜上来后,一点胃口都没有了,她的眼前晃动着那条白生生的腿。王自亮边吃边说:“今天约你出来,没有什么别的意思,我只是想把有些话说明白,我们离婚也有几个月了,我现在也有了自己的生活,你真的不要再在深更半夜来电话了!”

朱小亚看着这个曾经是自己丈夫的男人,那些话从他口中说出来,一点障碍也没有。朱小亚说:“你今天叫我出来,就是为了说这句话,让我不要再打扰你?你想过没有,我们离婚后,我究竟给你打过几次电话?”

王自亮说:“你难道忘记了,你经常深更半夜打电话给我?有时说上两句莫名其妙的话,有时根本就不说话,但是我知道是你,我可以感觉到你呼吸的声音,我听得出来你呼吸的声音。”

朱小亚又被他说糊涂了,自己根本就没有给他打过几次电话,怎么就变成经常了呢?而且……朱小亚觉得王自亮在胡说八道,她对王自亮说:“你怎么这样说话,在你看来,我是个死皮赖脸的人,一直缠着你?”

王自亮说:“我没有那样说,但是我总觉得你有问题。你知道我离开你也是万不得已,我实在无法忍受你了。”

朱小亚说:“王自亮,你说我究竟有什么问题?你为什么要把责任全部推到我身上?明明你在外面有了女人,不说一声就离开了我。我成全了你,和你离婚,可到头来,你却把责任全部推到我的身上。你怎么能够这样?你原来不是这样的人呀!”

王自亮叹了口气说:“小亚,我建议你去看心理医生,真的!我没有害你之心,的确是你让我感到了恐惧,我才离开你的。唉,现在说这些也没有什么用了,可是你自己做过的事情你竟然不知道,这出乎我的预料。我以为你自己一直清楚自己在做什么,看来你真的是有问题。”

朱小亚说:“我有什么问题,你能不能说得清楚一点?让我死个明白!”

王自亮说:“你记得我们最后一次做爱吗?”

朱小亚点了点头。

王自亮说:“其实你根本不知道你当时在干什么,如果你知道,你不会这样和我说话的。你或者只是记得我做不下去,离开了你,离开了那个家。你不知道真相,真相是什么?现在,我告诉你,你当时……”

朱小亚听完王自亮说的话之后,脸色变成了猪肝色。难道他说的是真的,自己怎么会那样?她神色仓皇地站起来,离开了嘉伯酒家。朱小亚走在街上,阳光十分的惨烈,她突然想起了那条白生生的腿,另外一条腿又在哪里?还有那个身体的其他部位?朱小亚的背脊一阵阵地发凉。

5

朱小亚回到家里就脱光了衣服,她赤身裸体地在家里走来走去。她站在卧室的落地镜前,看着自己曲线玲珑而又洁白如玉的身体。她撕掉了额头上的创可贴,伤口已经结了疤。那个包消了很多,但还是泛着青色的光。朱小亚皱了皱眉头。她回味着王自亮的话,心里很不舒服。她怎么可能像王自亮说的那样呢?

朱小亚来到客厅里,坐在沙发上,不知道干什么好。

她随手拿起了一本书,翻了几页,就没有办法看下去,便顺手一扔,不再管那本书了。朱小亚的脑海里老是重复浮现那个画面——王自亮描述的那个画面:王自亮和朱小亚搏斗般做着爱……突然,朱小亚的眼睛里出现了一道红光,她吐出了血红的舌头,像一条毒蛇吐着血红的信子,她的脸变得纸一般的白,她伸出双手,使劲地抓挠着自己的乳房,直到抓出一条条血道道,她边抓着自己,边说着让王自亮恐惧的话:“我是你的地狱,我是我的地狱……”

不可能,绝对不可能!

一定是王自亮胡说八道!

她从来没有那样过,她自己心里明镜一样清楚。

她虽然工作压力很大,但是从来没有因为什么而产生心理上的变异,这一切都是王自亮编的鬼话,他想把一切责任推脱得干干净净。可他为什么要这样做呢?她并没有要他承担什么责任,他们没有孩子,房子是朱小亚买的,离婚时也说好了给她,其他没有什么问题。王自亮这样说的目的难道仅仅是为了让她不要再打电话找他?如果就这么简单,朱小亚根本就不愿意去多想什么,可朱小亚实在想不出什么复杂的原因。

朱小亚此时真想找个人说话,随便说什么都可以。

朱小亚给黄倩打了个电话。黄倩好像是刚刚睡醒的样子。朱小亚说:“黄护士,你下午上班吗?”黄倩说:“不上,今天上下半夜的班。”朱小亚笑了笑说:“我想请你到我家里来玩,你看如何?”黄倩考虑了一下说:“那好吧,你告诉我地址,我一会儿就过来。”朱小亚开心地把家里的地址告诉了黄倩。挂了电话之后,朱小亚就在想怎么样和这个新朋友说话,是无话不谈呢,还是有所保留?朱小亚认为自己是应该有个好朋友了,否则连个倾诉的人都没有,活活地把自己闷死。

黄倩的到来,对朱小亚来说是一件快乐的事情。可以这么说,黄倩是第一个踏入朱小亚家的朋友。在此之前,朱小亚从来没有邀请过哪个人到自己的家里来。朱小亚在黄倩来之前就穿上了一条吊带裙,裙子是米黄色的,上面还有一朵朵的雏菊。黄倩踏入朱小亚的家,就感觉到一股寒气逼过来,这闷热的夏天,朱小亚家里怎么没有开空调就如此寒冷?黄倩弄不明白。朱小亚问她:"黄护士,你觉得热吗?如果你感觉热,我就把空调打开,我是习惯了在家不开空调,也许是我的体质比较弱,感觉不到热。"

黄倩连忙说:"我不热,不热,还觉得有点冷呢,你这个房子真好,很凉爽的。"

朱小亚给黄倩泡了一杯茶,就和她说起了话。她们开始相互夸了一番对方如何如何漂亮,然后又谈到了服装,又从服装谈到了化妆品……最后各自谈到了自己,谈到自己的时候,她们俨然已经是一对好朋友了。朱小亚说到了自己失败的婚姻,她还是把婚姻的失败归结到王自亮身上,还是认为他有了外遇才和她离婚的。说到伤心处,黄倩也和她一起唏嘘起来。黄倩说:"天下男人没有一个好东西!"

为了证明天下男人没有一个好东西,黄倩说起了她自己的一件事情。

她原来是个文学女青年,好不容易写了一部长篇小说,希望能够出版或者发表之后改变一下自己的命运。她经过别人的介绍,认识了一个书商。那个叫忘巴的书商原来在《赤板文学》当副主编,据说还是个小有名气的文学评论家。黄倩和他交往后,就把自己的长篇小说给了忘巴,给他长篇小说那天晚上,黄倩还请他吃了饭。忘巴就对着黄倩说:"书出版的事情就交给我来办吧,你放心!"说这话时,他色眯眯的眼睛就盯在了黄倩丰满的胸脯上,还伸出了手,往黄倩的大腿上摸去……为了出版这本凝结了自己的心血和希望的长篇小说,黄倩付出了自己的肉体。她本以为万事大吉,没有想到,两个月后,忘巴又向她要去了2

万块钱,说是什么出书的管理费。忘巴财色双收了,黄倩认为他一定会把她的书顺利出版了。没有想到,一晃两年过去了,书不但没有出来,忘巴连她的电话也不接了,就是接了电话,还在电话里和黄倩发火,仿佛黄倩上辈子欠了他的。后来,黄倩了解到,这个忘巴根本就是个文化流氓,不但不给作者稿费,还骗财骗色,甚至连朋友都骗,品质十分恶劣。因为黄倩给他钱时没有让他写收条,官司也没有办法打,黄倩一怒之下就找了几个黑社会的人,说只要讨回这笔钱,她一分钱不要,全部给他们。最后,黑社会的人找到了忘巴,终于把钱要回来了。尽管如此,黄倩心里还是恨透了忘巴。恶人有恶报,有一天忘巴出了车祸住进了仁爱医院,他的整个身体被车撞得不成样子。黄倩那个晚上值班,她在医生还没有到来之前,就切掉了忘巴的命根子,忘巴抢救过来后不知道为什么自己的命根子没有了……

朱小亚听完黄倩说的事情后,马上说:"这样的人该杀!割掉他的命根子算是便宜他了!"

黄倩笑了笑。她感觉到越来越寒冷。这种寒冷让想起了两年前她还在人民医院上班时碰到的一件事情。

那是个雨夜。黄倩下班路过医院的停尸房,隐约地听到有人在哭。哭声是从停尸房里传来的?她环视了一下四周,路灯可以照到的地方,什么也没有。她想起昨夜死去的那个血肉模糊的人。凶手很残忍,不仅奸污了这个少女,还毁了她的脸。少女死前还绝望地伸出了手,仿佛要抓住那个凶手。可凶手是谁?黄倩又听到了哭声,哭声阴森,她拿出手机,想给男友拨个电话,手机却突然没电了。她赶紧小跑起来,身后的哭声追着自己,她心里对自己说,千万别回头……跑着跑着,突然,一个黑影出现在面前挡住了自己,她惊骇地说了一声:"谁?"黑影没有回答她,黄倩的双腿在发抖,牙关也在打战。黑影刹那间消失了,黄倩又跑了起来,她必须尽快地跑回自己的单身宿舍。身后的哭声又响了起来,追着她。她不敢回头,恐惧极了。这个医院里可能就数她的胆子最小了。她一回到宿舍,就赶紧关上了门。她把背靠在门上,胸脯起伏,那个少女血肉模糊的脸又出现在她的眼前。突然,她听到了不紧不慢的敲门声……黄倩觉得口渴,她听到门外面有人在说:"救我!"那是女孩子的声音。她浑身发抖,心里说,你为什么要来找我?黄倩又听到了女孩子的声音:"救我!"这声音那么真切,难道不是鬼?难道是自己吓自己?黄倩长长地叹了口气,问道:"你是谁?"女孩子又说:"救我!"黄倩把门打开了。门外没有人,她感觉到一股阴风吹了进来,她一个激灵,觉得自己变成了另外一个人,她觉得自己要到另外一个地方去……黄倩出了门,她重新走入了雨中,医院里一个人都没有。她像游魂一样走出了医院的大门。门口的保安和她打招呼,她也没有听见。保安看到她的脸上泛着一层绿光。她走出门后还回过头,朝保安阴恻恻地笑了一下,保安吓了一跳,他正要和她说句什么,她已经不见了踪影。黄倩来到了一个烂尾楼外。烂尾楼里散发出一股恶臭。黄倩突然拿出了手机,她的手机竟然有电了,手机的屏幕上浮着一层绿光。黄倩突然清醒了,她惊恐地问自己,这是什么地方?她手上拿着手机,进入了烂尾楼。突然她浑身又是一个激灵,好像又变成了另外一个人。她在黑暗中来到了烂尾楼的一个角落。她听到一个男人说:"你是谁?"她的声音十分阴森:"你难道忘记了我是谁?你躲在这里就以为我找不到你了!"男人恐慌地说:"我,我……"黄倩仿佛看到一个流浪汉躲在一个街角,他看到夜色中走来一个女孩子,女孩子神色紧张,她自己对自己说,千万别回头。流浪汉突然冲了出去,抱住了女孩子……男人在黑暗中朝黄倩扑过来。黄倩被男人压在了地上,她此时十分清醒,她的手上紧紧地握着手机,她大声地说:"放开我,放开我,你这个流氓!"男人不管她的挣扎和叫唤,而是用力地撕她的衣服。他边撕边说:"不管你是人还是鬼,老子恨你们这些女人!"黄倩听到了女孩子的哭声,哭声是从自己的嘴巴里发出的。黄倩的眼睛里充满了绿光。她的手猛地伸向了男人的裆部,狠狠地抓了下去。男人一声惨叫,他要挣脱黄倩,但是黄倩的手死死地抓着。黄倩的头被重击了一下,她晕了过去……黄倩醒过来时已经在医院里了。有人告诉她,她是被警察送回医院的。警察赶到时,她一只手紧握着手机,另一只手紧握着男人的裆部,那男人就是杀害少女的凶手。警察为什么会及时赶到?因为办这个案子的一个刑警在深夜时突然接到了一个电话,那个电话就是从黄倩的手机里发出的,警察听到了那里发生的事情……

黄倩在朱小亚家里感觉到的寒冷怎么和她在那个恐怖的晚上感到的寒冷一模一样呢?

朱小亚不知道黄倩心里在想什么,她想把王自亮和她说的话告诉黄倩,让她也分析一下那些话的含义,可是话刚刚到嘴边,她就吞了回去。

6

三天后,朱小亚在阳光明媚的早晨醒过来,感觉到了生活的清甜。她赤身裸体地下了床,来到落地镜面前,照了照,她发现自己受伤的额头已经完全好了,只留下了一点点红红的疤痕,她相信很快就会长好的。这是一件让人高兴的事情。朱小亚几天来积压在内心的阴霾顿时一扫而光。因为心情好,她马上就想到了黄倩,她打电话给黄倩,可黄倩的手机是关机的。额头好了,她没有必要再去医院了,但是黄倩这个朋友她是交定了。

朱小亚下了公共汽车,她朝那棵梧桐树看了一眼,梧桐树显然十分正常,树干上的那双眼睛不见了。朱小亚笑笑,一切都是自己的幻觉,没有必要大惊小怪的。她甚至把王自亮说的那些东西也理解成了一种幻觉,人在生活和工作压力巨大的时候,是会产生幻觉的。

在朱小亚走进阳光写字楼前,她碰到了陆雯。朱小亚微笑地和她打招呼:“雯子,你早呀!”陆雯也回报她一个微笑:“小亚姐,你也早!”她们就有说有笑地进了大楼,上了电梯。在电梯里,陆雯对朱小亚说:“小亚姐,你今天有什么喜事呀?”朱小亚明白自己今天的心情,但她还是说:“没有什么喜事呀,和平常一样呀! 为了生活而工作!”陆雯说:“是呀,我们都为了工作而奔忙,成天画图,我都烦死了,压力太大,这样人都十分容易老!”朱小亚说:“没有办法,大家都一样有压力,要生存就要工作!”陆雯笑了笑说:“小亚姐,我有个想法,不知道你支持不支持!”朱小亚说:“你说吧,什么想法?”陆雯说:“我想拍点我们工作、生活的办公室短剧,自娱自乐,这样可以缓解我们成天紧绷的神经。”朱小亚说:“这个想法很不错呀,你们拍吧,我一定看的!”陆雯说:“小亚姐,你是我们办公室的大美女,没有你参加怎么能行呀? 我想拍好后,放到网上去,所以,一定要小亚姐大力支持!”朱小亚想了想说:“那好吧,我支持你们!”

进了办公室后,朱小亚又看到了一束玫瑰花放在她的办公桌上。

还是不知道是谁送的,朱小亚拿起那束玫瑰花,鼻子凑近了它,深深地呼吸了一口,好香呀,香得醉人。陆雯很奇怪朱小亚没有把玫瑰花扔到废纸篓里去,还找了个花瓶,把花插在了花瓶里。陆雯觉得这个细节十分不错,一束鲜艳的玫瑰花表现了什么呢? 美? 爱情? 生活的色彩? ……在枯燥无味的办公室里,玫瑰花点缀了她们的心情。陆雯心里有了个故事:《一束红玫瑰》。

午休的时候,朱小亚在给黄倩打电话,而陆雯却在编她的《办公室故事》之一《一束红玫瑰》。朱小亚打完电话,拿了一份《赤板早报》看了起来,一条新闻吸引了她的目光:15 日,一拾荒者在永佳路 19 路公共汽车停靠站旁边的垃圾桶里发现了一条白皙纤细的人腿! 近百名群众围观,并谣传“有女孩被分尸”。警方出动警察调查,弄清了真相——断腿是一位男病人截肢后其家人乱扔的。……法医勘察发现,该腿是从膝盖以上被截断的,截面光滑。“有可能是截肢!”警方这样分析,于是派人到各医院排查。赤板市人民医院骨科医生证实,当天上午,有一位叫吴全的农民在骨科截掉了一条左腿。警察找到了吴全的哥哥吴用,吴用承认弟弟的断腿是他扔在垃圾桶里的。医生说,吴全患的是骨肉瘤,所以腿瘦,而且没有血色;截肢后,医院用纸箱为他装好了腿,一再叮嘱他家人拿回乡里深埋,没有想到他不听。医生还说:“我们考虑到个人感情,才让他自己处理,腿毕竟是他身体的一部分……”赤板市卫生局医政科张科长告诉记者,他们已经对赤板市人民医院的负责人进行了严厉批评。按国家《医疗废物管理规定》,断腿等医疗废物应该由医院统一保存和焚烧。张科长说:“肢体类废物流入社会,很可能造成污染以及恐慌。”据悉,警方已经将病人断腿交火葬场火化。

这天下班后,陆雯请朱小亚留在了办公室,和她一起留下的还有两个女同事,她们都是公司里长得比较漂亮的单身女子。陆雯说干就干,她要拍反映她们这些公司“白骨精”(白领精英加骨干)的办公室系列短剧。晚上拍的就是《一束红玫瑰》,剧情十分简单,讲一个“白骨精”因为繁忙的工作没有时间找对象,就幻想天天有人追求她,给她送一束红玫瑰;在现实生活中,她在花店里订了花,并且让花店每天送到办公室来……陆雯自然地成了编剧和导演,而朱小亚和其他两位女同事自然就成了演员。陆雯用自己的DV,拍起了她认为的短剧。虽然她们都是闹着玩的,但是拍起来后,“导演”和“演员”都十分地投入。朱小亚自然成了女主角,她从来没有演过戏,却觉得这样的自娱自乐还是很新鲜刺激的,她在陆雯的摆弄下进入了角色……很晚了,她们还在拍着,脸上一点倦意也没有。

她们正拍着,一个保安出现在了她们办公室的门口。

他用诡异的目光看着这几个女人。

她们拍完了,才发现门口还站着一个保安。

陆雯走到保安面前说:“你有什么事情吗?”

保安说:“你们早点回家吧,加班也不要太晚,这层楼里——”

陆雯打断了他的话:“我们加班和你没有什么关系吧?”

保安说:“当然,当然,可是——”

陆雯说:“那你就回到你该去的地方待着吧,你一个大男人的,在这里看着我们几个女人,想干什么呀!”

保安的脸阴沉了下来。

陆雯把办公室的门关上了。她回到朱小亚她们中间，说："这个保安真讨厌，老是色眯眯地看我们！"朱小亚说："别理他，雯子，倒回去看看，拍得怎么样？"陆雯就笑嘻嘻地把拍的东西给她们看，看着 DV 里自己的样子，她们笑得前仰后合。可是，看到最后，她们笑不出来了。她们看到那束玫瑰花在 DV 的影像中变成了一束枯萎的残枝败叶，而朱小亚桌子上的那束玫瑰花却还鲜艳欲滴！这是怎么回事？就在她们百思不得其解的时候，办公室的灯光一闪一闪地忽明忽暗起来。是电力不足吗？因为天热，赤板市的用电成问题，这样的事情经常发生。过了一会儿，灯突然灭了，办公室一片黑暗。楼外面的其他地方还是亮着灯的，就她们办公室的灯灭了，是不是有人捣乱？在黑暗中，朱小亚仿佛听到有人说话的声音。是个女人，那个女人似乎是把嘴巴对着她的耳朵在说："每一个鲜嫩的女人，最终都会在办公室里因为繁重的工作变成一朵枯萎的花！"

是谁？谁在朱小亚的耳边说话？

灯突然亮了。朱小亚对她们说："你们刚才和我说过话吗？"

她们都摇了摇头。

朱小亚的脸色苍白，她感觉到了寒冷。本来很快乐的事情，此时变得索然无味，而且朱小亚的内心莫名其妙地恐惧起来。她们决定离开，各自回家。朱小亚打开门，她就看到了保安阴沉的脸！他竟然没走！他想干什么？

7

也就是那么一天的时间让朱小亚的心情爽朗，她没有想到那个晚上的拍摄后，她的心又陷入了一种莫名其妙的焦躁和恐惧之中。她心想，真不应该答应陆雯，参加她导演的什么鬼《一束玫瑰花》。还有那个保安，他的眼睛里充满了许多秘密和疑虑。第二天早上，她是被一阵奇痒弄醒的。

奇痒的部位就是额头撞在梧桐树上的伤处。

不是痊愈了吗，怎么会出现如此钻心的痒呢？

她不敢去抓挠那个地方，她怕抓挠了会让那个地方重新出现问题。她站在镜子面前，看着自己的额头。额头撞过的地方红红的。这是怎么啦？难道没有好彻底，又会出现什么问题？如果是在身体头部以下的其他部位，她不会如此心焦，她或许会用手拼命地抓挠，直到不痒为止，可是它在额头上，她美丽的脸不能够被这个伤处无情地破坏掉。她找了点止痒的药水涂在了那地方，可根本就没有用。在她心里饱受煎熬时，她看到了眼角的几道鱼尾纹。朱小亚的心"咯噔"了一下，自己变老了？女人容颜的变化是她们心中最恐惧的事情。她突然想起了昨天晚上在办公室灯灭后有个女人和她说的话："每一个鲜嫩的女人，最终都会在办公室里因为繁重的工作变成一朵枯萎的花！"这话让她心惊肉跳。是呀，她的工作是那么的辛苦，而且索然无味。可是她不工作，吃什么呢？她以为可以依靠的丈夫又离她而去，另觅新欢了。她又不是那种靠自己的美貌去出卖自己的女人，否则找个大款把自己包起来得了。不是没有大款追她，她的很多客户对她垂涎，她都拒绝了。

此时，朱小亚真想到一个世外桃源里躲起来，远离纷繁的尘世，忘记人间的一切快乐和痛苦，忘记时间，做个神仙般的女人。可是这个世界已经没有一块可以让她清心寡欲的净土了。生活还要继续，她还要为了饭碗而奔忙。

额头上的那块突然出现的红斑让她痛苦，它比眼角的鱼尾纹更加迫在眉睫。朱小亚的心乱了。她感觉有许多蚂蚁在自己的额头上爬来爬去。朱小亚必须打两个电话。

第一个电话要打给公司的部门主管，她要请半天假，去医院解决额头的问题。拨通部门主管的电话后，她把自己请假的事情和他说了。部门主管的口气十分不好，他说她最近怎么老是请假，而且工作也不像以前那么认真了，前几天的那个稿，客户就很不满意，要她返工，明天就要交稿，今天死也要她做出来。部门主管最后还是给了她一个台阶下，请半天假可以，但是晚上一定要加班，把稿做完，他和客户明天早上必须看到成稿。朱小亚心里恨透了这个主管，但是她嘴巴上还是答应了他。

第二个电话是打给黄倩的，她和黄倩说了额头的事情。黄倩刚刚上班。她虽然安慰朱小亚说没事，但还是让她到医院去复查一下。

打完电话，朱小亚穿好衣服，稍微作了打扮，就戴着太阳帽，遮住了额头上的红斑，心里很不痛快地出了门。

在医院里，还是那个 50 多岁的医生给她做了检查。医生告诉她，应该没有问题，这种现象是常见的，因为有过破损，在皮肤彻底长好之前，出现痒症是正常的事情。也许还有些过敏。医生给她开了点过敏的药后，她就和黄倩说了一会儿话，然后离开了医院，赶回办公室去做稿。

朱小亚在拥挤的公共汽车上碰到了一件让她十分恶心的事情。一个小矮个的男青年，竟然把手伸向了她的屁股。她感觉到自己的屁股被捏了一下。她愤怒地回过头时，那个男青年装作若无其事的样子。她气坏了，真想扇他一耳光。男青年还朝他笑了笑，那笑中藏着恶毒的欲望。朱小亚是个有脸皮的女人，她控制住了自己的情绪，挤到了另一边，可她心里像吃了死苍蝇那样难受。这个世界让她越来越没有安全感。她有个女同事在地铁上，屁股还被一个流氓用刀片划了一道口子呢。想起那个可怜的女同事，她还算是幸运的。她没有勇气对付那个摸她屁股的男青年，这让她的心又愤怒又沮丧！

下了公共汽车后，她的目光自然地瞟了一眼那棵梧桐树，她又看到了梧桐树上的那双眼睛。那双眼睛里充满了哀怨和泪水。那是谁的眼睛？朱小亚又感到了彻骨的寒冷。她赶紧逃离了这个地方，一头冲进了办公大楼里。那个昨天晚上出现在她办公室门口的保安用复杂的目光看着她。因为心里有太多的事情，她没有注意到保安的目光。

8

朱小亚知道,这是个不眠之夜。她回到家已经快凌晨一点了。好不容易加班做完那个讨厌的破稿,她心里却一点轻松的感觉都没有,反而更加沉重了,一种无可名状的压力让她喘不过气来。

回到家里,她脱光了衣服。她没有像往常那样有脱去重负的快感,而是觉得身上有一层永远脱不掉的沉重的盔甲。这是怎么啦？她搞不清楚,许多莫名其妙的恐惧涌上了心头。她想哭,哭不出来,找不到哭的理由;她想喊,也喊不出来,嗓子似乎生了锈;她想……朱小亚孤独极了,孤独得无所适从。她额头的那块伤处的红斑好像越来越红,虽然吃了抗过敏药后不痒了,可那伤处慢慢地起来一个包,不是乌青的包,而是红色的包。隐隐约约地,她的内心在起着变化。她会变成什么样,自己根本就不知道。

朱小亚在洗澡时想,如果王自亮不离开她,此时,他一定会温柔地给她洗着身子,她会陶醉在他的爱抚中不能自拔。可现在,王自亮那个王八蛋说不定正在另外一个女人身上起劲呢！想到这里,她突然拉开了卫生间的窗帘,把自己美妙的裸体呈现在窗口。以前,对面的楼上经常有一个男人用望远镜偷窥她。现在,她心里说,谁要看就看吧,看吧,让你们看个够！可是,对面的所有窗户都黑乎乎地紧闭着,没有人欣赏她的美体。朱小亚绝望地拉上了窗帘,陷入了更深的孤独之中。

不知道谁和她说过,你需要一个男人,爱你的男人！如果没有爱你的男人,你也需要一个男人,让你发泄心中郁闷和恐惧的男人！没有男人,你同样会像花一样枯萎掉的！

这是谁说的？

谁说的？

是黄倩说的吗？她只会说:“男人没有一个是好东西！”

朱小亚感觉到额头上的包在快速地鼓起来。她心中的恐惧、烦恼、欲望也像额头上的包一样快速地滋长着。她把自己扔到床上，尽量不去想晚上加班时发生的事情。可她又不得不想。

她没有想到公司的那层写字楼里还有一个人在和她一起加班。那就是张强。自从那天玫瑰花的事情后，张强似乎停止了对她的追求，也不给她发那些好玩的手机短信了，碰到她也面无表情，有时干脆低下头。张强一反常态的冷漠让朱小亚心里有些莫名其妙的不安。张强在另外一个办公室加班，她去上厕所路过他办公室时发现了他。她突然想进去和他说点什么，但是找不到借口。张强比她先走，走时没有和她说什么。她听着张强的脚步声渐渐消失，内心的不安就加重了！

她一个人在办公室里做着稿，身体越来越冷，她总感觉这个办公室里还有一个人，那个人在某个角落里窥视着她。

她正在一种恐惧且焦虑不安的状态中做着稿的时候，真的有一个人走进了她的办公室。她偶然间一抬头就看见了那个无声无息的闯入者。那个站在她面前的人就是保安。保安的脸上挂着一丝笑意。

"你，你怎么进来不敲一下门？"朱小亚睁着大眼睛说。

"我怕影响你工作。"保安平静地微笑着说。

"可是你已经影响我的工作了，你怎么能这样闯进我的办公室？"朱小亚显然很生气。

"我想保护你！"保安还是满脸的笑意。

保安脸上的笑容背后是什么龌龊的东西，朱小亚看不出来，但是她感觉到了什么。她经常听同事说，这个楼里有些保安很色。朱小亚的心中马上筑起了一道防线："我需要你保护吗？你赶快离开这里，否则我报警了！"

保安平静地说："保护你，是我的责任，否则我就不是这里的保安了！我在你离开之前，不能够离开这里。"

朱小亚的胸脯起伏着，这个保安简直不可理喻，她说："你在这里，我怎么工作？你快离开！"

保安笑出了声:“如果你听完我说的事情,你一定不会让我离开了!”

朱小亚觉得自己碰上无赖了,她不明白为什么这个世界上无赖会如此之多,他们到底要干什么！善良的人难道拿无赖一点办法也没有了吗？朱小亚认为此时凭她自己的力量要赶走这个保安是不可能的,但是她必须保护自己。她拿起了一把切纸刀,握在手上,只要他敢有什么不轨的行为,她就会把切纸刀插进他的眼睛。朱小亚没好气地说:“你有什么话要说就说吧,说完了快走,我还有工作要做!”

保安脸上虽然挂着笑意,但是他的声音却是那么阴冷:“你一定不知道你坐的这个位置以前坐过的那个人是谁吧?”

朱小亚摇了摇头。她只知道,她来这个公司上班前,这个公司刚刚成立,这层楼也是新公司刚刚租下来的。在此之前,这层楼是什么公司,有谁在这里工作过,她一概不知。

保安接着说:“在你们来之前,这里是光华公司的办公地,而坐在你这个位置的人也是像你这样漂亮的一个女人,她叫胡茵。光华公司的老板是个刻薄的家伙,他不停地裁员,公司里的人都被他折腾得要死,他总是希望手下的员工一个人干十个人的活。公司上下都怨声载道。胡茵也同样被工作折磨得不成人样。但是她没有办法,不工作她就没有办法生活,离开这里到别的地方又不一定比这里更好。胡茵在这个公司里做牛做马,连谈恋爱的时间都没有。她就想了个办法,每天让花店的人送一束玫瑰花来办公室,然后告诉同事们,她有个深爱她的恋人。尽管同事们都知道她在自欺欺人,可是谁也没有戳穿这层窗户纸。……有一天,她真的结婚了,找了一个比她大 20 多岁的老头。她说他爱她,以前的花都是他送的。没有想到,好景不长,那个老头有了新欢,老头有新欢的原因是她工作太忙,老是加班。有一天,她回到家里,发现有个女人和老头一起躺在她的床上。那个女人不是别人,竟然是她家的保姆……他们离了婚。离婚后的胡茵疯狂地工作……直到有一天,她受不了了,就在一个深夜,打开这个办公室的窗户,跳了下去。她的身体落在了公共汽车停靠站旁边的那棵梧桐树上，然后掉到了地上，死了。梧桐树上和地上流满了她的血……后来，这层楼上老是有女人在哭，还……"

朱小亚毛骨悚然，她打断了保安的话："你别说了，别说了！"

不管保安说的是不是真的，他说这事的目的是什么，朱小亚的确毛骨悚然了。她就让保安坐在了旁边，看着她把活干完……

朱小亚躺在床上，她觉得自己的身体在往一个黑暗的深渊坠落。

她必须拯救自己！

怎么拯救自己呢？她此时多么需要一个男人呀，也许男人真的可以让她内心的恐惧和不安消除掉。她的内心蠢蠢欲动起来。她把自己的手摸向了自己柔软而又饱满的乳房……她娇喘着，在寒冷的冰窟中娇喘着。这样不能解放她冰凉的身体，她需要一个实实在在的男人的身体温暖自己。

她拿起了电话，条件反射地拨了王自亮的电话，她听到了一个女人的声音后就挂断了电话！不行，她不能够再给王自亮打电话了，那么，她该找谁？

朱小亚的脑海里突然浮现出了张强的脸，那是一张有棱有角的脸，她的胸脯鼓荡着一种难耐的欲望，只有这种欲望才能让她消除内心的恐惧和不安。朱小亚不顾一切了，与其说随便找个男人，还不如找个喜欢她的男人，尽管她根本就不喜欢他。

朱小亚拨通了张强的电话，她的声音在颤抖："喂——喂——是，是张强吗？"

张强的声音还很饱满，他一定还没有睡觉："我是张强，你是小亚吧？找我有什么事情吗？"

朱小亚说："我是小亚，你能够到我家来吗？"

张强的声音变得热情起来："发生什么事情了？小亚，你告诉我你家的地址，我马上就过来！"

朱小亚的泪水流了下来，她的泪水是冰凉的："……你快来吧，张强,快来吧,我等着你!"

张强的声音激动起来:"小亚,你别急呀,我马上来,马上来!"

挂了电话后,朱小亚就在焦灼中等待张强的到来。

这种等待是那么的漫长,仿佛一秒钟就是一年!

朱小亚已经没有了女人的那种羞涩,她一丝不挂地打开了门,用自己冰冷的身体迎接张强的到来。

张强十分吃惊,平常矜持的朱小亚在这个夜晚怎么变得如此火热?张强的大脑在一阵退缩后也变得狂热起来,他在朱小亚的帮助下脱光了衣服。张强把朱小亚冰冷的身体扔到了床上,然后扑了上去。

朱小亚喃喃地说:"抱紧我,我冷!抱紧我,我冷……"

张强什么话也说不出来了,他没有想到他追得那么辛苦的女人竟然如此容易地让他得了手,他不顾一切地在朱小亚的身体上野马般狂奔狂撞起来……

张强的脸色慢慢地僵硬起来,他的眼睛里出现了恐惧的色泽,他身体的某个部位也软了下来。他看到了这样一个情景:朱小亚的眼睛里透出了一股绿色的光,她的脸扭曲着,变得苍白,没有一点血色;她伸出长长的舌头在自己的嘴角用力地舔着;她把利爪般的手指在自己的胸脯上深深地抠进去,然后狠狠地抓出了十条血道道,她的指甲里沾满了从胸脯上刮下来的皮肉;她把手指放在了舌头上……朱小亚的身体是温暖不了的冰块,她已经不是那个美丽的朱小亚了,她的样子是那么的恐怖……张强感觉到了寒冷,他的激情消失了,内心的恐惧感油然而生,他不知道是什么让一个美丽的女人变成了魔鬼。张强只有选择逃离……

9

朱小亚醒过来时,天已经大亮了。她发现张强不见了,张强什么也没有留下就走了。她有些失落,也有些不满。他为什么要离开?她一无所知。她突然觉得自己的胸脯火辣辣地痛，低头一看，自己的胸脯被抓得烂糊一片，上面的血已经凝固。这是谁抓的？是张强吗？朱小亚的额头又疼痛起来，而且奇痒无比。她伸出手，摸了摸额头，发现有个伤口，伤口还在往外面流着什么东西，她悚然一惊，从床上弹了起来。

朱小亚来到了落地镜前，她不敢相信自己的眼睛了。

朱小亚额头上撞伤的地方鼓起了一个暗红色的大包，大包的中间破了一道口子，那道口子有黄豆那么大，从口子里流出白色的黏液。那是脓吗？朱小亚美丽的脸被这个流着白色黏液的大包破坏了，她看着自己难看的鬼一般的脸，心绞痛起来。

她怎么也不会相信，自己一夜之间会变成这个模样！这是怎么啦？难道是张强在她的身上施了什么魔法？该死的！她根本就不应该叫张强来到家里！朱小亚浑身抽搐着，不知道如何是好！现在这样，她怎么出门去见人，今天还怎么去上班？

朱小亚的泪水情不自禁地流了下来！

她在电话里哽咽地对黄倩说："黄护士，你在哪里？你能来我家一趟吗？我不行了！"

黄倩说："小亚，你怎么啦？发生什么事情了？"

朱小亚说："你能来吗？来了你就知道了。我现在不知道怎么办了！"

黄倩说："你不要紧张，没有什么事情是解决不了的！我马上就过来！"

黄倩来了之后，看到朱小亚额头上的那个大包，她的眼睛黯淡下来，她也弄不明白为什么会这样，这种事情是很少见的。在她眼里，也是根本不可能发生的。黄倩也十分着急："小亚，怎么会这样呢？"

朱小亚流着泪说："我哪里知道呀，这可怎么办才好呀？"

黄倩对此没有任何办法，她只好让朱小亚再到医院里去找医生诊断。

有黄倩的陪伴，朱小亚的心好歹平静了一些，但是她的脑袋还是一阵一阵地发懵，她不知道会发生什么让她更加难以承受的事情。

黄倩走出朱小亚家门的时候，她听到朱小亚的房间里好像有人在哭，她也觉得自己的身体一阵阵发冷。

她问朱小亚："你房间里还有人吗？"

朱小亚摇了摇头说："没有。"

黄倩就没有再问什么了，她只是狐疑地往里面瞟了一眼，什么也没有看到，然后和朱小亚匆匆离开了。

还是那个50多岁的医生替朱小亚检查。黄倩今天休息，她陪着朱小亚。黄倩对医生说："李医生，你给她好好检查检查，小亚是我朋友。"李医生笑着说："没有问题，就是一般的病人，我都要认真给她检查，何况是你黄护士的朋友呀！"黄倩说："李医生的医德高尚是大家都知道的，我替小亚谢谢你了！"李医生说："黄护士，你怎么也学会说客套话了呀！"

听着他们的对话，朱小亚心里暖烘烘的，看来自己没有交错朋友。

李医生检查了一会儿朱小亚的额头，他的眉头就皱了起来。

黄倩看李医生的神色不对，心里也七上八下，忐忑不安了。

李医生问朱小亚："你这些天有没有再受过伤？"

朱小亚说："没有。"

李医生又说："你有没有碰过什么容易引起皮肤感染的东西？"

朱小亚说："没有。"

李医生就把黄倩叫了出去，他把黄倩领到一个没有人的房间里，对黄倩说："你这个朋友的伤口很奇怪，明明好了的，怎么会变成这样？我当医生几十年，可从来没有见过这样奇怪的病例。"

黄倩说："我也觉得奇怪呀！"

李医生说："我现在也不能够确定是因为什么感染的，我要找几个皮肤科和外伤科的专家给她会诊，但是时间不能够确定，我约好他们再通知你，好吗？"

黄倩说："那太谢谢李医生了！"

李医生说："不要客气，我们都是一家人，我见过许多疑难杂症，可就是没有见过这种情况，看来问题比较复杂。不过，你要和你朋友说，一定要保持冷静，平和的心态对她的治疗有好处。现在我给她开点消炎止痛的药，先试试看，等专家会诊后，再作进一步的处理。”

黄倩说：“也只能够这样了。”

10

这天，朱小亚没有去上班，看完病后，黄倩就送她回家了。黄倩对朱小亚说了一些安慰的话，就离开了。因为她总觉得朱小亚家里特别冷，就像是肃杀的寒冬。况且，黄倩坐在朱小亚家客厅里和她说话的时候，黄倩总是听到朱小亚的卧室里隐隐约约有人在哭。而朱小亚仿佛没有听见那女人的哭声，这让黄倩的心里很不踏实。

黄倩走后，朱小亚又陷入了黑暗的深渊。

她感到特别的无助。

此时，她已经流不出眼泪了。

朱小亚按照李医生的叮嘱，服下了一大把药片。然后，她用外用的药水去洗那个流着白色黏液的红包。

朱小亚把药水调在热水里，然后用纱布沾着药水在额头上敷洗着。在敷洗的过程中，朱小亚感觉好多了。她觉得那个莫名其妙的红包在渐渐地消退，那个黄豆大小的口子也在收缩，这让她还是充满了某种希望。她希望明天一早醒来后，阳光灿烂，额头的伤也全部消失了。

可就在这个晚上，朱小亚又陷入了另外一种绝境。

朱小亚吃了药，敷洗完后，就赤身裸体地躺在床上沉睡过去了。在沉睡的过程中，朱小亚做了很多稀奇古怪的梦。那些梦在她被电话铃声吵醒后就全部忘记了，朱小亚历来都记不住自己梦中的情景。

是公司经理打来的电话把朱小亚吵醒的。

她醒来时已经是深夜了，她不知道为什么今天睡得这么死。

朱小亚拿起电话,口气生硬地说:“谁呀?”

经理听了她这样生硬的口气,顿时怒火冲天:“我是你爷爷!”

朱小亚在经理暴怒的声音中清醒过来:“对不起,对不起,我不知道是你。”

经理说:“你今天一天没有来上班,什么意思?你是不是不想干了?”

朱小亚委屈地说:“我今天病了呀。”

经理说:“嘿嘿!病了?病了就不能打个电话请假吗?整整一天,大家到处找你,打你的电话也不接,你太过分了!告诉你,你不要以为你有点小本事,就可以为所欲为!现在人才多了去了,你不干有大把的人干!”

朱小亚说:“我真的是病了,我忘记请假了,请原谅我这一次吧。”

经理说:“如果大家都像你这样,我们公司早晚要关门!你做的那个稿是什么玩意!客户不满意!要你返工!这个稿你做了多少次了,你说!这样下去,公司会被你搞垮的!”

朱小亚无言。

经理又气急败坏地说:“这个稿你今天晚上死也要给我做出来!现在就到办公室去加班!如果天亮我见不到让我满意的稿,你就自己离开公司吧!”

经理说完就把电话重重地摔掉了。

朱小亚木然地坐在床上,两眼痴呆。

老半天,她才缓过神来。

没有办法,朱小亚只好赶去办公室,重新做那个稿。

她走进那栋死一般寂静的商务大楼时,想到了那个保安以及他讲的事情。朱小亚浑身颤抖,头皮发麻。她没有见到那个保安,却在门口碰到了另外一个保安。说心里话,此时,她已经感觉到那夜陪她干完工作的保安确实一点恶意也没有,她开始相信他的话了。朱小亚还真希望那个保安能够陪她一起干活。可她没有看到他,这个楼里,每天就一个保安值夜班。

朱小亚问她见到的这个保安:“那个保安怎么没有值班?”

保安说:“你说的是哪个保安呀?我们保安部有好几个人呢。”

朱小亚说:“就是那个高高的瘦瘦的保安呀!”

保安说:“喔,你说的是竹竿呀,他走了!”

朱小亚十分吃惊:“他为什么要走呀?”

保安说:“有人投诉他对女人性骚扰,他被开除了,今天下午刚刚走的!”

朱小亚说:“他会到哪里去呢?”

保安说:“我哪里知道!”

朱小亚喃喃地说:“他可是个好人呀,怎么把他开除了呢?”

保安说:“还不是因为你们,老是以为我们做保安的占你们的便宜,多看你们两眼就以为我们要强奸你们!没有人看的人还叫人吗!嘿嘿!”

保安说完就不理她了。

朱小亚硬着头皮上了楼。

来到办公室,她打开了电脑。朱小亚忐忑不安地开始干活。干了一会儿,她好像听到有人在她的身后说话,说话的声音很轻,她听不清楚那人在说什么。她猛地一回头,什么人也没有,她吓出了一身冷汗。

她突然想起自己第一天上班时的情景。那天,她的电脑老是死机,她以为是中了什么病毒。公司负责电脑的技术员过来看了多次,也没有找出问题,后来电脑自己就好了。

她不希望今天晚上电脑死机,她要做不完这个稿,明天就要被扫地出门了。想想,她觉得自己身处在一个十分危险的境地。

朱小亚起身把办公室的门反锁上了,把窗帘也紧紧地拉上了,没有留一丝缝隙。

干完这一切,她才坐在电脑前干起活来。

此时,她的心思全部放在了设计图案上,额头上那个包的疼痛和奇痒似乎也消失了。因为是晚上，办公室里就她一个人，她也没有戴太阳帽遮丑。

干了一会儿，朱小亚感觉十分寒冷。

办公室里没有开空调，怎么会冷呢，而且窗户和门都关得严严实实的？这里的空气应该是很沉闷的。

朱小亚想，也许是自己的身体太虚弱了的缘故。

朱小亚不再想那么多，工作做不完，她就死定了。

可是，好像有什么人存心和她作对，就是不让她好好地干活。

不一会儿，朱小亚听到办公室的门“吱呀”一声开了。

朱小亚的心提了起来。

她站起来，看着办公室的门。办公室的门的确被打开了，一丝风也没有。办公室的门还在动着，几秒钟后才停下来。是谁打开了这扇门？朱小亚浑身起了鸡皮疙瘩。

办公室里静得可怕。

朱小亚朝门那边走了过去。

她可以听见自己的脚步声以及自己的心跳。

朱小亚的心在响着沉重的鼓点。

她来到办公室的门边，站住了。她往门外面望去，门外的走廊里什么东西也没有。这时，只要有一只蚊子从她眼前飞过，她都会吓个半死。朱小亚突然闻到了一股奇异的香味。

这股奇异的香味从何而来？

朱小亚被奇异的香味吸引了。

她的目光落到了地上。

朱小亚发现门边的地上放着一束鲜艳的玫瑰花。

朱小亚的眼睛被这束鲜艳的玫瑰花灼伤了，她的眼睛有些疼痛。她没有考虑是谁在这个无人的夜晚把玫瑰花放在这里，她担心的是这束玫瑰花会在这死寂而又紧张的空气中枯萎掉。她不知道自己的生命是不是也在慢慢地枯萎，甚至接近死亡。

她弯下了腰，捡起了这束玫瑰花。

就在朱小亚站直身子的时候，一个黑影从门外的走廊上一闪而过！

她叫了一声："谁？"

没有人回答她。

朱小亚看了看手中的玫瑰花，发现花已经枯萎了。

她的眸子里出现了惊恐之色。

朱小亚的手一哆嗦，手中那束枯萎的玫瑰花掉在了地上。这时，她仿佛听到有人在喊她的名字，是个女人的声音。朱小亚顿时觉得口干舌燥，她走到自己的办公桌前，拿起了那把裁纸刀。她握着裁纸刀正想离开办公室时，看到电脑屏幕上出现了一张脸，那是一张血肉模糊的脸。朱小亚恐惧到了极点，她看着电脑上的那张脸飘了出来，朝门外面飘去。

朱小亚不顾一切地跑出了办公室，门也没有锁就坐上电梯下了楼。

她在电梯上睁着惊恐的眼睛，握着裁纸刀的手在颤抖。

朱小亚真害怕在逼仄的电梯里会出现那张血肉模糊的脸，那样她将无路可逃。

终于下了电梯。

她想，楼下有那个保安，她就不会害怕了。没有想到，那个不负责任的保安坐在那里呼呼大睡，就是雷声也不可能把他震醒过来。走到保安面前的时候，朱小亚感觉到一股冷飕飕的风从耳边滑过。她仿佛又听到了女人的哭声。此时，朱小亚真想给保安一刀，他的存在和不存在没什么区别。

握着裁纸刀的朱小亚飞快地跑出了大楼。

街上空荡荡的，没有一辆车和一个人。

那些的士都跑到哪里去了呢？

朱小亚焦灼不安，她站在街旁，像一片将要被狂风刮走的枯叶。

朱小亚又听到有人在叫她的名字。

她转过头，看到了那棵梧桐树。梧桐树的树干上出现了一张脸，就是那张血肉模糊的脸。

朱小亚怔在那里。

过了一会儿，朱小亚突然大叫了一声，朝梧桐树扑了过去！她疯狂地用裁纸刀在梧桐树的树干上猛刺着，一边刺着，嘴巴里一边发出含混不清的话语。朱小亚的头发散乱着，她疯狂地刺着梧桐树的时候，梧桐树上流出了鲜红的血，那些血飞溅在了她的身上和脸上。朱小亚还听到了一个女人的惨叫……

11

张强那天晚上离开朱小亚的家之后，就一直浑身发冷，发着高烧。两天之后，他已经不成人样了。这天，他来上班前，还对朱小亚心存恐惧。张强害怕那张隐藏在美丽底下的丑恶的脸，他不想再去探索朱小亚的心灵世界了。

张强刚刚到办公室，就听到有人在说朱小亚的事情。

“朱小亚疯了，她昨天晚上来加班，什么事情都没有做就离开了，离开时办公室的门也没有锁，一大早保安发现她躺在大楼门前的那棵梧桐树下说着胡话，手上还拿着那把折断了的裁纸刀，她的额头上还长了个大瘤子，流着脓水，看上去可怕极了……”

听到这话，张强低下了头。他不能够让别人看到他的表情。

张强还知道，公司已经决定解雇朱小亚了。

让张强不解的是，旁边朱小亚那个办公室的陆雯好像特别兴奋，仿佛朱小亚被解雇对她来说是个节日。张强听到陆雯高声说朱小亚的怪话时，他对朱小亚产生了同情心。他觉得陆雯很不地道，平时还口口声声叫朱小亚“姐”，朱小亚一出事，她就在背后数落人家的不是，这样让他不齿！

可是张强还是害怕朱小亚，朱小亚的离开，对他来说是福还是祸?

12

王自亮和女朋友大吵了一架,他那个还没有结婚就和他同居的女朋友赌气走了。王自亮心里很不舒服。和女朋友吵架,是因为朱小亚。朱小亚一大早就打电话给他,说她要死了。王自亮听出了朱小亚声音中的那种绝望,他动了恻隐之心。他还从电话里听到了嘈杂的汽车的声音,所以,王自亮认定朱小亚不是在家里。王自亮问明白了朱小亚身处的具体位置后,就不顾女朋友的阻挠,赶了过去。

王自亮把朱小亚送回了家。

朱小亚的样子让王自亮心酸。

王自亮帮朱小亚洗干净了身子,就把她放在了床上。朱小亚浑身无力地躺在那里,她歪着头对王自亮说:"谢谢你!"

王自亮说:"别说傻话了,好好休息吧,睡上一觉就好了。你的压力太大了,我早就和你说过,不要折磨自己,该放弃的就放弃,这个世界上没有过不去的坎,你就不听我的话,太固执了!"

朱小亚闭上了眼睛,不说话了。

王自亮看着朱小亚额头上流着白色液体的暗红色的大包,心里十分难过。他不知道为什么朱小亚的额头上会长这么一个包,这个大包毁了朱小亚那张美丽的脸。

王自亮其实从和朱小亚结婚的那一天起,就感觉到朱小亚有问题。

她的压力太大了。

朱小亚十分要强,做起工作来不要命,这影响了他们的夫妻生活。她会为工作上的事情或喜或悲,有时很不正常,突然就哭,突然就笑,弄得王自亮无所适从。有时,他不知道怎么对待她才好。王自亮知道,自从朱小亚参加工作后,换了好几家公司。每次跳槽都是因为工作压力太大,她没有办法承受,可每次到新的公司,压力就变得更大了。她没有办法解脱，又想做好工作，又担心很多事情，比如人与人之间的关系，每一件事情都会让她恐惧。王自亮有一份收入颇丰的工作，他曾经劝朱小亚停下来一段时间，不要参加工作，可以到处走走，散散心。可朱小亚十分要强，她说什么女人没有了工作就没有了依靠，她不相信丈夫可以替她遮挡风雨。这一点让王自亮很不能理解。朱小亚仿佛一生下来就没有安全感，她的父亲在她很小的时候就和她母亲离了婚，她母亲一手把她拉扯大。按照她母亲的观点，女人一定要独立，这样就什么也不怕。可是这样就给她的内心增加了巨大的压力，她随时都在防备着什么，好像这个世界上没有一个可以信任的人。王自亮感觉到朱小亚的内心被扭曲太多了，变成了一个心理上不正常的人。但是，王自亮没有想到朱小亚会变成今天这个样子，当朱小亚和他痛快地离婚的时候，他还感觉到朱小亚是健康的，他相信她会有能力照顾好自己。现在看来，王自亮错了。

王自亮看着朱小亚苍白憔悴的脸，心里有种隐痛。

他在朱小亚睡着后，就悄悄离开了。

王自亮突然担心朱小亚的未来。她的未来会怎么样，王自亮一无所知，就像他对自己的未来一无所知一样。可他对自己的未来毫不担心，他有健康的心态，他不会对未来产生恐惧感。可朱小亚不一样，他的担心并不是多余的，他甚至认为朱小亚根本就不懂怎么生活，她只知道工作。只知道工作而不懂生活的人是危险的。

王自亮到菜市场买了一只鸡提回了家，他想炖一锅鸡汤送过去给朱小亚喝。他犯了一个错误，如果他把鸡提到朱小亚家，在她那里炖给她喝，或者什么事情也没有。他根本就不应该把鸡提回自己家里。他提着鸡回到家后，就开始炖了，他在炖锅里放了很多当归之类的补品。

中午的时候，王自亮的女朋友下班回到家里，闻到了鸡汤的香味，她以为是早上王自亮去那个女人那里，现在他认识到自己错了，做一锅鸡汤来赔罪。其实，早上的气她早消了，加上从来不下厨房的王自亮亲手炖了鸡，她满脸堆笑地扑在了王自亮的身上，用两手勾着王自亮的脖子,甜甜地亲了一下王自亮,然后娇嗔道:“老公,你真好！还炖鸡给我吃。”

王自亮因为一直想着朱小亚,心里不是很舒服,他推开了女朋友,说:“那鸡不是炖给你吃的!”

她以为王自亮和自己开玩笑,又扑了过去:“老公,我错了,早上不应该拦着你的,我知道你心里只有我!”

要是在平常,王自亮一定会抱紧她,然后两人温存一会儿的,可是今天他真的是心情不爽,他反而觉得她有点烦人了。王自亮又一次推开了她:“我告诉你,这鸡真不是炖给你吃的!”

她站在那里,这一次她听明白了,她也看清了王自亮的脸色。

她愣愣地看了他一会,然后冷冷地说:“你再说一遍!”

王自亮说:“告诉你,那鸡不是炖给你吃的!”

她又冷冷地说:“那是炖给谁吃的?”

王自亮说:“你管不着!”

她咬着牙说:“我今天管定了,我再问你一遍,这鸡是炖给谁吃的?”

王自亮又说了一遍:“你管不着!”

她瞪起了眼睛说:“你是不是觉得把我玩腻了？我在你的眼中已经不重要了？你是不是想回到她的怀抱里去？我知道,你这鸡是炖给那个骚娘们吃的,怪不得离婚了她还经常打电话来,原来你们一直藕断丝连！我告诉你,王自亮,老娘不是那么好惹的!”

王自亮没好气地说:“你他妈的说什么鸟话呀！谁和谁藕断丝连了！我也告诉你,今天这鸡就是炖给朱小亚吃的。我还告诉你,就算我和她离婚了,我也觉得她比你好,最起码她不会像你这样泼!”

王自亮的这句话把她给激怒了。

她气急败坏地叫道:“好,好你个王自亮,老娘在你眼里根本就不是什么东西,你从来不把我当人看,你只是把我当作你发泄的工具,老娘早就不想和你过了,你以为你是什么东西!”

她说完就冲进了厨房,端起那锅散发出浓郁香味的鸡汤,毫不犹豫地砸在了地上,然后气呼呼地冲出门,头也不回地扬长而去!

王自亮心里哀伤地叫了一声:“我的鸡汤哟!”

他心里想:“朱小亚现在怎么样了?”

王自亮的心提到了嗓子眼里。

13

朱小亚睁开眼睛,就感觉到有什么东西从额头上往下爬。她伸出手摸了一下额头,摸到了一条黏糊糊的东西。朱小亚把那条黏糊的小东西捏在了手指中间放在眼前看了看。她看到的是一条针一样细约半公分长的红色虫子,像蛆一样让她恶心。

这东西是从哪里来的?

难道是从天花板上掉下来的吗?

朱小亚看了看天花板,天花板上干干净净的什么也没有。

朱小亚又感觉到了额头上的奇痒,好像那个黄豆大的口子又裂开了。朱小亚从床上爬了起来。她来到落地镜面前,看着自己的额头。朱小亚的呼吸急促起来,她又一次被自己额头上的伤处吓坏了。

朱小亚分明看到自己额头上的那个暗红色的包不但没有消退,反而长大了许多,那个黄豆般大小的口子上流的不是白色的黏液了,而是黏糊糊的血水。更加让朱小亚恐惧的是,从那口子里钻出了一条条红色的细长的蛆一般的虫子。那些虫子从口子里钻出来后就拖着黏稠的血水在她的额头上爬行着。

朱小亚吓呆了,怎么会这样呢?

她身体一歪晕倒过去。

王自亮炖的鸡汤被他女朋友连锅带汤砸在了地上,他只好走出了家门,到一家饭店里买了一份鸡汤提着来到了朱小亚的家门口。王自亮按了按门铃,里面没有响动。王自亮想,朱小亚是不是还在睡觉?他又按了按门铃，里面还是没有反应。王自亮正想走，这时朱小亚对面那家人的门开了，走出来一个秃顶的男人。

秃顶男人一看到王自亮就说："自亮呀，你怎么来了，好久没有见到你了，你现在过得怎么样？"

王自亮没有离婚之前住在这里，这个秃顶老邻居他不是很喜欢，因为这个秃顶男人喜欢说人闲话，像个多嘴的老娘们。那时，只要他和朱小亚吵架，就会趴在他们家的门上偷听，然后四处传播，添油加醋地乱说。朱小亚一直瞧不起他，也不搭理他。王自亮对他说："我挺好的，挺好的！"

秃顶男人笑着说："自亮，到家里喝杯茶吧！"

王自亮说："今天就不喝了，以后有机会再喝吧！"

秃顶男人露出满口的大黑牙笑了笑，说："也好，也好，你是大忙人！对了，你这是——"

秃顶男人说着，用手指了指朱小亚的房门，满脸的怪相。

王自亮特别厌恶秃顶男人的这个鬼样子，但他还是说："我找小亚有点事情，她可能不在家，我以后再来！"

王自亮说完就要走，秃顶男人叫住了他："自亮，你别走，小亚应该在家，刚才我还听到她大叫了一声，不知道发生了什么事情，你来了，正好进去看看。这些日子不知道怎么啦，小亚的房子里总有一些奇怪的响动，有时半夜三更的还有人哭有人笑的，我们都十分害怕，又十分担心。"

王自亮说："你说你刚才听到了小亚的一声大叫？"

秃顶男人肯定地点了点头，说："真的听到了！"

王自亮心想，朱小亚一定发生了什么事情！他回到了朱小亚的门口，又按了几下门铃。他没有听到朱小亚的回应，就着急了，他用拳头敲着门，边敲边叫道："小亚，开门！小亚，开门！"

王自亮怎么敲都没有用，他实在没有办法了，只好抬起脚，使劲地踹开了朱小亚的家门。他冲了进去，看到朱小亚一丝不挂地躺在卧室的那块落地镜子前,他心里叫了声:“不好!”

这时,秃顶男人在门外往里面探头探脑地说:“自亮,发生什么事情了?”

王自亮看了看朱小亚的裸体,他怕秃顶男人会突然闯进来,赶紧来到了门口,对秃顶男人说:“没事,没事,你回家喝茶去吧!”说完就把门关上了。秃顶男人还在外面装着热心的样子说:“自亮,有事叫一声呀,远亲不如近邻嘛!”

王自亮没有理会秃顶男人,他给朱小亚找了衣服穿上,然后擦了擦她嘴角的白沫,背起她就往门外走。他背着朱小亚上了电梯,当电梯门合上时,他看到秃顶男人从他自己的家门里探出了那个光溜溜的秃头,往电梯这里扫了一眼。背着朱小亚的王自亮厌恶地皱了皱眉头,他心里清楚,不要一会儿工夫,整个小区里就会传出许多关于他和朱小亚的绯闻。他管不了那么多了,下了楼,就背着朱小亚到街上拦了个的士,朝离这里最近的仁爱医院驶去。

14

赤板市近来流传着这样一种说法,说那个拾荒者在垃圾桶里拣到的那条白生生、纤细的人腿其实真的是一个少女被分尸后扔掉的腿。传闻警方是为了稳定人心才让媒体报道说那是一个病人的截肢。这个传闻在赤板市闹得沸沸扬扬,警方多次出来辟谣。

朱小亚住进了仁爱医院。

王自亮让医生给她安排了一间高级的单人间病房,他对医生说,一定要治好朱小亚的病。医生问他:“你是病人的什么人?”王自亮说:“我是她的前夫!”医生笑了笑,说:“看来你很关爱你前妻的嘛,为什么要离婚呢?”王自亮尴尬地笑了笑,没有再说什么。医生给朱小亚的额头上了药,用纱布包扎起来了。她的手上插着吊瓶的针头。她还是昏迷不醒。朱小亚昏迷的样子让王自亮心动,他看着朱小亚没有血色的嘴唇,心里隐隐作痛。他离开医院的时候,再三地对医生说,一定要治好朱小亚的病,花再多钱也没有关系,他会出的！医生有些感动:"像你这样的前夫还真是少见,有情有义呀!"

黄倩一上夜班就听说朱小亚住院了。她不是住院部的护士,但是她还是抽空去看了看朱小亚。黄倩进入朱小亚的病房时,朱小亚已经醒了。朱小亚的额头上缠着纱布。她的脸色苍白中带着一种灰色。一天没有见朱小亚,朱小亚就变成了另外一个人——没有一点活力的女人。朱小亚看到黄倩进来,疲惫而又憔悴的脸上露出了一丝艰难的笑容。

黄倩坐在了她的病床边,轻轻地对她说:"小亚,你好点了吗?"

朱小亚说:"好多了,谢谢你来看我!"

黄倩说:"瞧你,谢什么呀,我又没有帮你什么,况且我们还是朋友呢。你怎么一下子病得这么严重了呢？也不给我来个电话,我上班听说你住院了,心里十分难过。"

朱小亚说:"我也不知道为什么会这样。你告诉我,我会不会死?"

黄倩说:"别瞎想,你很快会好的,刚才我问过李医生了,他后天就请很多专家来给你会诊。你放心吧,那些人都是权威,一定会治好你的病的。现在,你首要的任务就是好好休息,把思想放轻松,这样你的病会好得更快的!"

朱小亚轻轻地叹了口气,说:"可是,我老觉得有一个人在我耳边说'你就要枯萎了,像玫瑰花那样枯萎了'！我很害怕,那个人一直跟着我,我怎么甩都甩不掉,她就像我的血,在我体内的血管里流淌。我没有办法拒绝她,她要带我到另外一个世界里去。她告诉我,在这个世界里,人活得身不由己,她要带我到天堂里去。"

黄倩说:"小亚,你想得太多了。你要鼓起勇气面对生活,没有人会带走你的,也没有什么天堂,活着就是最大的幸福。小亚,你什么也不要想,说不定明天早上一醒过来,你就会发现一切都改变了,一切都变得美好了。相信我的话,小亚。我知道,人在病中总会产生各种各样的不良的幻觉,你要乐观起来,那样你就会积极地对待自己的病了!”

黄倩在安慰朱小亚的时候,心里还在想着她在朱小亚家里听到的女人的哭声。她怀疑朱小亚的伤变得这样恶劣,和那女人的哭声有关,可那女人是谁呢?她找不出答案。

朱小亚说:“你不要安慰我。我额头上的伤口都爬出虫子了,我觉得自己要腐烂掉了,我知道我的身体在慢慢地腐烂,我无药可救了!我很害怕,真的很害怕!”

黄倩伸出手握住了朱小亚的手,朱小亚的手是一块冰,温暖不了的冰,黄倩的手也被这块冰冻伤了。黄倩没有因为朱小亚的手是块冰而放开她,而是紧紧地握住了,一点也没有放松:“小亚,你额头上的伤口没有流出虫子,那是你的幻觉!你要相信自己,一切会好起来的,我们都会努力的。对了,明天我还要去赤板医科大学看我叔叔,他是医学界的牛人,我会把他也请来给你治病的!小亚,你一切都很好,只不过是伤口感染,不会有什么大问题的。”

朱小亚浑身颤抖了一下。

她想和黄倩说什么,但是什么也没有说出来。

黄倩继续安慰了朱小亚几句话之后就离开了她,黄倩要赶回门诊治疗室去值班。黄倩回到门诊部后,她就看到一个高高瘦瘦的男子手捧着一束红玫瑰走了进来。

他看到了黄倩,走过来,问道:“请问有一个叫朱小亚的住在哪个病房?”

黄倩看他的眼神十分的游离不定,就说:“你是小亚的什么人?”

那个男子说:“我不是她的什么人,我只是想送一束真实的玫瑰花给她,并且告诉她,这个世界上还是有人真心实意地送花给她的,没有一点不良的目的。”

黄倩对这个说好听话的男人表示怀疑:“是吗?看来你是个大情圣咯!”

男子的脸红了，说："我不是什么大情圣，我是个普通的人。"

黄倩说："你回去吧，现在不是探视病人的时间。"

男子无言地呆了一会，就离开了医院。他走时，把那束玫瑰花递给了黄倩："请你把这束花替我送给朱小亚吧，如果她问起这花是谁送的，请你告诉她，是一个想保护她的人就可以了。另外，你告诉她，让她一定要战胜自己，每个人心中最大的敌人其实就是自己。"

黄倩拿着那束玫瑰花，看着那个男子走出了医院的大门，男子的背影模糊起来，水雾般消失了。她看了看门诊部在这个夜晚没有什么急诊的病人，就把这束玫瑰花给朱小亚送了过去。朱小亚已经沉睡过去了，她的嘴唇还在蠕动着，好像在说着什么话。她把玫瑰花放在了朱小亚病床旁边的床头柜上，然后轻手轻脚地离开了。

黄倩重新回到了门诊部。

她在医生的办公室拿起了一张《赤板晚报》看了起来。翻到第三版"社会新闻"时，她看到了一条新闻：昨天，一外地男子抱着一束玫瑰花横穿马路时被汽车撞死……这条新闻还配了一幅很大的彩色照片。照片上那个死鬼的头脸完好，异常的清晰。黄倩突然说："这个人不就是刚才送玫瑰花来给朱小亚的那个男子吗？"黄倩倒吸了一口凉气，浑身的鸡皮疙瘩冒了出来。

过了不一会儿，住院部那边打来电话，让黄倩赶快过去。

黄倩听说朱小亚出了问题，就以最快的速度赶到了朱小亚的病房，她看到朱小亚在疯狂地撕扯着那束玫瑰花，玫瑰花瓣落满了她的病床，她的眼睛里发着绿光，脸夸张地扭曲着，喉咙里还发出叽里咕噜的声音……

15

天气异常的闷热，黄倩下班后没有回家睡觉，她直接打了个的士朝赤板医学院奔去。这个夏日,早晨的阳光也是那么的强烈。她下车后,就走进了赤板医学院。阳光照在她的身上,仿佛一团火苗在炙烤着她。她来到叔叔黄苗子家时,黄苗子已经吃完了早饭,正在书房里翻阅一本厚厚的英文书。黄倩的到来,让黄苗子异常高兴。他放下书,站起来,笑着拍了拍黄倩的肩膀说:“小倩,你有多长时间没有来看叔叔了?现在长大了,参加工作了,也不理我这个老头子了。你要知道,在我们这个家族里,我可是最疼你的!”

黄倩娇嗔道:“叔叔,我知道您最疼我,我不是来看您了嘛,人家刚刚下班就赶过来看您,您还要我怎么样呀?嘿嘿!”

黄苗子哈哈一笑:“好了,好了,你能来看我,我就满足了。”

黄倩说:“我婶婶呢?”

黄苗子说:“她上班去了!”

黄倩说:“还是叔叔舒服呀,一放假就轻松了,我要是像您这样就好了,我会出去游山逛水的,待在这个城市里,都快憋死我了。”

黄苗子说:“小倩,你今天来找我有什么事情?”

黄倩说:“没有事情就不能来找您了呀?”

黄苗子说:“别贫嘴了,我还不知道你呀,无事不登三宝殿!有什么事情就说吧!”

黄倩说:“唉,不和您绕圈子了,我的一个朋友得了一种怪病,想找您分析分析,究竟是怎么回事。”

黄苗子说:“你说详细点。”

黄倩说:“我那个朋友在武进路阳光写字楼15楼的地中海广告设计公司上班,一天傍晚,她下班后不小心撞在了一棵树上……额头起了个乌青的包,还擦破了点皮……我们都认为这是个小问题,很快就会好的,没想到……现在那个包越来越大,还出现了溃口,溃口上还有白色的黏液流出……她自己还说,伤口里流出了细长的红色的虫子,她十分害怕,觉得自己要腐烂掉……”

黄苗子的眼睛里出现了亮光:“小倩,你还记得两年前光华公司自杀的那个叫胡茵的女人吗？她送到你们医院没有抢救过来死了。"

黄倩说："记得，您好像当时让助手还取了她的血样做研究用。"

黄苗子说："没错，我其实早就开始研究这个课题了，那就是'写字楼综合症'。其实这个命题还不太准确。但是我可以肯定，当时胡茵是死于对工作的焦虑和恐惧。经过多年的研究，我们初步得出了一个结论：现代人由于紧张工作所产生的压力是生命最大的杀手。一个人会在长期压抑的工作中产生病变，主要表现为烦躁、不安、恐惧、对生活失去信心。在这些东西的深处，埋藏着一种虫子，这种虫子和你朋友说的是一样的。这种虫子我们还没有命名，我们已经知道它潜伏在人体内部，没有发生病变时根本就发现不了它，它要是出现了，就会让人疯狂，然后产生绝望的幻觉，直至死亡。这种坏情绪是会传染的，只要被感染上这种坏情绪，就有可能唤醒那种致命的虫子。我们每个人体内都有那种虫子，它不出现时我们根本就看不到它。其实，很多在工作中突然倒下猝死的人，也和这种可怕的虫子有关，这种虫子是靠人的怒气、悲伤、痛苦等存活的。我想问一下，你的朋友在什么地方上班？"

黄倩说："就在当时胡茵上班的地方。"

黄苗子说："这和我的分析是一样的，其实你的朋友还没有到唤醒那虫子的时候，问题就出现在她那一撞上。她撞到了那棵树，你要知道，当时胡茵从楼上跳下来，就落在了那棵树上，她的血留在了那棵树上，她的血里有大量的那种虫子，那虫子的卵可以保留数年的时间，也许虫子的卵通过你朋友额头上的破损处进入了她的血液，这些卵会蜕变成虫子，也会唤醒她体内的虫子。于是，她的厄运就来临了……"

黄倩说："叔叔，您能够救她吗？"

黄苗子说："我只知道有这回事，可是现在我对这种虫子一点办法也没有。有时，我自己都害怕，害怕在工作的压力下产生不良的情绪，把它唤醒。它是体内的魔，它会让你疯狂，让你在绝望中死去……我知道，有一种办法可以抑制这种可怕的虫子，那就是轻松和快乐，可我们现代的人谁能够真正做到轻松和快乐呢？你的朋友已经太晚了！"

黄倩说:“叔叔,您难道一点办法也没有了吗?您难道就这样看着我的好朋友死去吗?”

黄苗子说:“我们的研究还在进行中,能不能成功还是个未知数。要救你朋友,可能很难。不过,我们可以去看看她,看能不能够用一些办法来拯救她的生命。”

黄倩说:“哪怕有一线希望也要救她!我真的不想她死!”

黄苗子又说:“不过,你的朋友已经十分危险了,她所有的症状都出现了,看来离死亡也就一步之遥了!就不知道她有没有到回光返照期,这个时期到了,她就没有救了,她在这个时期就真正放松了……”

黄倩听得毛骨悚然,她对黄苗子说:“叔叔,我们赶快去医院吧!”

黄倩替朱小亚担心起来。

他们赶到医院后,发现朱小亚不见了,谁也不知道她去了哪里。黄苗子说:“她一定去了她的办公室!”

黄倩焦虑地问叔叔:“她会怎么样呢?”

黄苗子摇了摇头,说:“不知道!”

黄倩说:“快,去她办公室——”

他们走出医院大门时碰到了提着鸡汤来看朱小亚的王自亮。黄倩告诉王自亮说朱小亚不见了。王自亮紧张起来,他和黄倩他们一起去找朱小亚……

16

朱小亚根本就不知道她已经被公司炒了鱿鱼。这天上午她突然觉得自己特别的清醒,她记起了自己做的那个稿。她心想,糟了,那稿的事情不知道会怎么样,经理和主管都没有打电话给自己,是不是……她决定去办公室看看,顺便向他们请个假,她知道,挨一顿臭骂是少不了的了。她也没有换衣服,穿着那身病号服,额头上缠着绷带走出了医院的门。

阳光灿烂。

朱小亚感觉今天特别的轻松,她似乎不在乎自己的形象了,她仰着头走在街上时,呼吸到了自由的空气。仁爱医院离她公司并不远,走过去也就十来分钟。朱小亚在灿烂的阳光中感觉不到闷热,她觉得心情十分爽朗。她走到那棵梧桐树前的时候,伸出手,轻轻地摸了一下梧桐树的树干,满脸的微笑,像是在抚摩情人的身体。

朱小亚进入阳光写字楼时,她看到了保安,并且朝他笑了笑,保安没有阻拦她就让她进去了。朱小亚上了电梯,电梯里就她一个人,她朝着电梯上的摄像头摆了个自认为很美的造型,还对着摄像头飞了一个吻。

朱小亚走出电梯门,就看到了正想下电梯的张强。张强和她对视了一眼,慌乱地避开了她的眼睛。朱小亚微笑地说:"张强,你好!"张强点了点头,说:"你好!"他有些气喘,心里压着一块石头。朱小亚说:"张强,你还喜欢我吗?"张强额头上冒出了汗珠,他擦了擦汗,眨着眼睛不知道怎么回答朱小亚。朱小亚看着他窘迫的样子,笑出了声:"张强,其实,你喜不喜欢我一点也不重要,我从来就没有喜欢过你。"说完,朱小亚就走进了办公室。

办公室的人见朱小亚走进来,都抬起了头,愣愣地张大嘴巴看着她。他们从来没有见过朱小亚这副模样。朱小亚对他们笑笑说:"大家好!"没有人回应她,仿佛她是个外星来客,说着他们听不懂的话。朱小亚坐在了自己的办公桌前,打开了电脑。电脑屏幕上突然出现了一张美丽的脸,她朝朱小亚微微点了点头,笑了笑。朱小亚也朝她点了点头,笑了笑。离朱小亚最近的陆雯惊讶地看着朱小亚,她看到了朱小亚的电脑屏幕,那是很平常的一个桌面,朱小亚是在和谁笑,对谁点头呢?

陆雯站了起来,她第一个和朱小亚说话:"小亚姐,你怎么啦?受伤了呀?也不和姐妹们说一声,我们去看你!"朱小亚笑着说:"雯子,谢谢你!我没有事。对了,你那《办公室的故事》还拍吗?"陆雯说:"没有再拍了,经理知道了,他十分反对。”朱小亚说:“我看挺有意思嘛,为什么不让拍呢,真可惜。不过,你们可以偷偷地拍呀,反正是拍着玩的,管他呢!”陆雯说:“小亚姐说的是。对了,小亚姐,我先出去一下呀,一会儿回来再和你说。”朱小亚说:“你去吧,我也要干活了,那个稿拖到现在,要被骂死!”

陆雯出了办公室的门就朝经理办公室走去。

谁都知道朱小亚已经被解雇了,但是谁都没有和她说,都装出一副若无其事的样子。

过了一会儿,经理和部门主管走了进来,他们站在了朱小亚面前,阴沉着脸。

经理对主管说:“你和她说吧!”

部门主管看了看经理,又看了看朱小亚,不知道说什么好。

朱小亚抬起头对他们说:“对不起,我真的病了。影响了工作,我十分内疚,不过,你们放心,我一定会做好的!”

经理用手捅了捅主管,示意他赶快说。

主管满头大汗,他实在是说不出口。他是个刀子嘴豆腐心的人,他其实也不喜欢朱小亚离开。

经理心里骂了一声:妈的,你就知道当好人!

经理开了口:“朱小亚,你不用做了,收拾东西走吧!公司已经决定解雇你了!我们公司是有制度的,你不按公司的制度做,就得走人!没有任何理由!”

朱小亚看着经理,愣愣地看着经理。她的眼睛里发出绿色的光芒。朱小亚脸上的微笑仿佛凝固了。她仿佛听到了一个声音:“每一个鲜嫩的女人,最终都会在办公室里因为繁重的工作变成一朵枯萎的花!”

……

黄倩和黄苗子以及王自亮走到阳光写字楼楼下时,他们看到15楼的一个窗口有一个人在看着他们。黄苗子悲哀地说了声:“晚了——”黄倩听到黄苗子的话后,就朝着那个窗口里的朱小亚大声说:“小亚——你别想不开呀！快下来——”王自亮也大声喊：“小亚，你别跳呀——我是爱你的——你下来——我们马上去复婚——”

那个保安也出来了。他对他们说：“你们在喊什么呀，她在窗里，不可能跳楼的！不要喊了，影响人家工作！”

黄倩冲他喊了一声：“滚开，你懂个屁！”

黄倩的话音刚落，朱小亚就从那个窗口一头栽了下来，犹如一只折断翅膀的大鸟，落在了那棵梧桐树上，然后弹到地上。朱小亚落地的声音十分沉闷。血从树上流淌下来。朱小亚的头边，鲜血也在地上漫开了。朱小亚的头有点变形，但是她的脸上似乎还挂着微笑……

（原载《悬疑志》2007 年第 12 期）

残忍的香味

三十年前，游水凤是水曲柳乡村的一朵鲜花，可如今，她被埋在水曲柳乡村北面的山里。有大朵大朵的白云从那座新坟的上空飘过，无声无息。游水凤得的是胃癌，她死前据说十分痛苦，村庄里的人都可以在深夜听到她尖锐的惨叫。关于游水凤的传说很多，最多的就是她和她丑陋的丈夫余南田的故事。水曲柳乡村的许多人成了我笔下的人物，由于游水凤的儿子余新地是我的好友，多年来我们一直保持着密切的联系，所以我没有把游水凤的故事写进我的小说。余新地和我不在同一座城市里。某一天，他来电话，告诉我他母亲死了。我当时十分惊愕，在我的印象中，游水凤是一个十分健康的妇女，她脸上总有一种挥之不去的红润。紧接着，余新地又说，你就根据我父母的故事写一篇小说吧，也算对母亲的一种纪念。我听完余新地的话后默然，仿佛闻到一股香味。那股香味在我心中，也在水曲柳乡村清纯的空气中弥漫。

我在那种香味的诱引下回到水曲柳乡村，完全是为了余新地的嘱托，写好这篇关于游水凤的小说。在此之前我从来没有为一篇小说特地回到水曲柳乡村。

余新地在母亲下葬的第二天就离开了水曲柳乡村，但没有带走孤独的父亲余南田，我弄不清楚余新地是不是从心里鄙视他的丑陋父亲。关于余南田的丑陋，不是我的文字可以描叙清楚的。我最害怕他满是麻子的脸上那双深陷的眼睛，一种阴冷的光芒让人战栗；他还瘸着一条腿，那条瘸着的右腿并非从娘胎里带来的，而是在他8岁那年偷人家的东西被打断的。他从小就是个孤儿，在水曲柳乡村吃百家饭长大，要不是像条野狗流窜到别的乡镇偷东西，或者他不会被打断腿。我不明白为什么余南田这样的人能娶上水曲柳乡村的花朵游水凤，这或许也是余新地的想法。关于这个问题，有许多传说，但似乎都立不住脚。我隐约地闻到一种香味，我感觉到这种香味是打开这个秘密的关键。

村长余水旺看到了我。

50多岁的余水旺还是那么高大壮实，看不出有什么明显衰老的迹象。他朝我咧开大嘴笑："小子，回来了也不到家里坐坐。"

我对他一直没什么好感，他拿村里的钱吃喝玩乐倒没什么，这属于正常的现象。余水旺让我鄙视的是他本来可以娶游水凤为妻成为余新地的父亲，但他放弃了，我朝余水旺笑了笑："村长，我正准备去拜访你呢。"

余水旺拍了拍我的肩膀："不客气，不客气。"

我看着余水旺油光发亮的脸："村长，我还真有事找你呢。"

村长余水旺的脸色有些变化："你要找我？"

我认真地点了点头。

余水旺愣了一下，他很快地恢复了原来的笑容："有什么事你就尽管说吧。"

我说："我是想知道你当初是不是要杀了余南田？"

余水旺的脸色完全变了。

三十年前的余水旺应该是水曲柳乡村英俊的青年，他那时是村里的基干民兵，经常背着枪去公社参加民兵训练，人们都说他的枪法好，但许多人没见他打过枪。

那时的余南田经常用羡慕的目光看着余水旺。余南田这个孤儿一个人独自地回到家里后，就会关上门，人们不知道他在家里干什么。他就是娶了游水凤之后，也早早地关上家门，谁也不知道他在家里干些什么。在出事之前，没有人去探究这个问题，因为他在家里干什么好像和别人没有关系。

在余南田娶游水凤之前，据说游水凤和余水旺相好，有人曾偷看过余水旺和游水凤在河边的水柳丛里亲嘴，那人坏，还往水柳丛中扔石头。在村里人眼里，游水凤和余水旺是天生的一对、地成的一双，他们成为夫妻那是天经地义的事情，可偏偏余水旺和游水凤就没有成为夫妻。

那个饥饿的春天过后，游水凤不顾一切地嫁给了余南田，这给当时的水曲柳乡村无异于投下了一颗原子弹，把许多人关于游水凤的美好想象击得粉碎。游水凤的父母亲也坚决反对，但女儿和余南田生米成了熟饭，他们的反对苍白无力。况且，他们已经瞒着父母去公社打了结婚证。为此，游水凤的父母还和游水凤断绝了关系。

应该说，受到震动最大的应该是水曲柳乡村的基干民兵余水旺。

余水旺是怎么也没想到自己的心上人会被余南田这个丑鬼拐走，他当时的确气疯了，端着一支半自动步枪，要去把余南田杀了。他气势汹汹地赶往余南田家里时，许多人跟在他的身后看热闹，这无疑是一出上好的闹剧，人们都以为要出人命。也有人觉得这种事情不是闹着玩的，于是飞快地去大队部报告。余水旺端着枪来到了余南田的家门口，那时已是傍晚，余南田和游水凤参加完生产队的劳动一回到家就把门给关上了。

余水旺的脸成了猪肝。

许多人证实余水旺当时的脸的确成了猪肝，我父亲也是那么说的，因为父亲也是当时看热闹的人中的一员。

余水旺拉了一下枪栓。

余水旺拉枪栓的声音抽紧了所有人的神经。

他大声吼道："余南田，你有种给我出来！"

他的话音刚落，余南田的家门打开了。人们看见矮小的余南田一瘸一拐地出来，他神情自若地走到了余水旺的面前，深不可测的双眼发出了一种阴冷的光芒："水旺，你要是恨我，就往我脑壳上来一枪吧！其实我早就等着你这一枪了，如果你是个男人的话！"

余南田的话一出，人们就觉得余南田必死无疑了，那颗子弹仿佛已经洞穿了他的脑壳。

可是事情发生了戏剧性的变化。余水旺在和余南田的对视中，双脚抖了抖，他扣扳机的手也在颤抖，他的眼神不知道有没有颤抖……突然他收起了枪，低吼了一声，犹如一只受伤的豹子，悻悻而去。余南田看着余水旺离开，额头上滚落了豆大的汗珠。

等大队书记和民兵连长赶到，余水旺和看热闹的人都已散去。他们看到的只是余南田紧闭的家门。大队书记说了一声："这个余拐子搞什么鬼，老是关着家门，是不是有什么见不得人的事？"

父亲对我回水曲柳乡村写关于游水凤的小说显得不以为然，他说："她那点骚事，有什么好写的？"我十分清楚，父亲代表水曲柳乡村一部分人的观点，他们这一部分人，死也瞧不起游水凤和余南田，认为他们的结合是不正常的事，或者说有些伤风败俗。我觉得父亲他们的想法不公平，无论如何，对游水凤和余南田是不公平的。

但父亲还是十分配合，我问的一些问题，他都绘声绘色地回答。

我当然提到了余南田挨斗的事情。

余南田挨斗是因为大队书记当时的那一句话:“这个余拐子搞什么鬼,老是关着家门,是不是有什么见不得人的事?”

民兵连长听了他的这句话,就有了想法。

这天夜里,民兵连长和余水旺在一起喝酒。

他们是死党,在一起喝酒是十分正常的事情,可这次喝酒给余南田造成了伤害。

那是个雨天。

这个雨天,生产队没有安排出工,让社员们休息。大队书记正和民兵连长等人打扑克。忽然,余水旺急匆匆地走进来说:“书记,我要报告一件大事!”

大队书记把扑克牌一放:“什么大事!"

余水旺在大队书记的耳边言语了几句。

大队书记听后,脸色变了:“果然有鬼。”

当下,他们就带人冒雨来到了余南田的家门口。大队书记对余水旺说:“你看清楚了?”

余水旺点了点头:“看得清清楚楚。”

大队书记就下令说:“把门撞开!"

余南田的家门被撞开了。

余南田一动不动地看着进来的人,他正在给一个人喂中药汤。他僵在那里,躺在床上喝药汤的人也僵在那里。他老婆游水凤显得惊恐不安。

“好呀! 你这个余南田,竟敢窝藏反动道士张开元。”大队书记愤怒地说,“给我捆起来带走!”

余水旺和民兵们不由分说地捆起了余南田和张开元,然后把他们带出了余南田的家门,消失在雨中。游水凤的眼中积满了泪水,她此时束手无策。

余南田和张开元被抓后，水曲柳乡村里就传出了这样一个说法：余南田是利用符咒把游水凤搞到手的。他们说得有声有色，说余南田为了得到游水凤，拜道士张开元为师，张开元就画了一道符咒，让余南田烧成灰，化在茶水里让游水凤喝下了，游水凤就死心塌地地跟了余南田。

在大队部里，余南田被吊在房梁上。民兵连长和余水旺轮番打着他，要他说出是怎么样诱骗游水凤喝下那碗罪恶的茶水的。

余南田愣是一声不吭。

那段时间，只要有闲工夫，余南田就被抓去游斗。

一天，余南田在被批斗时，被人一脚踢下了土台子，他那只脚又骨折了。人散了，余南田还抱着那条伤腿，在那泥土里翻滚。游水凤来了，她抹了一把泪就背起了余南田，一步一步地走向了余水旺的家门口。

她背着余南田站在余水旺的家门口大声说："余水旺，你欺负一个残废人算什么英雄好汉！我实话告诉你，我瞧不起你，我就是不和南田好，也不会嫁给你，你坏了良心！"

说完，她就背着余南田一步一步地回家。有一群小孩跟在她后面说："老婆背老公，羞，羞，羞——"

我一直不相信余南田的符咒有那么神奇，竟然能让一个女人一生跟着他。如果真有这样的符咒，那么余南田也不会穷困一生。余南田的儿子，也就是我的好友余新地也相信这个说法。记得上小学和中学时，只要受到了同学的羞辱，他就会回家问母亲游水凤这事是不是真的。余新地得到的答案当然是否认，可游水凤越是否认，余新地就越是认为这事是真的。他还私下里和我说过，他相信父亲干了那见不得人的事情，否则，他漂亮的母亲怎么会跟了他。在余新地眼里，余南田是个丑恶的人。很奇怪的是,余新地一点也不像余南田,余新地和父亲的关系一直很僵,直到现在。就是现在,余新地还说,游水凤过早的夭亡和余南田是分不开的,余南田让游水凤过着困苦的生活,是游水凤夭亡的重要原因。我也不知怎么说服我的好友,正视一下他的父亲余南田,如果没有余南田含辛茹苦地供他从小学一直到大学,他岂会有现在的幸福生活?

我决定去找余南田。

他心中一定埋藏了一个秘密,这个秘密至关重要,这对我写作游水凤这个人物起着决定性的作用。十分奇怪的是,我决定去找余南田时,我隐约地又闻见了那股香味。

那股香味残忍地弥漫在水曲柳乡村的空气之中,我不清楚余新地有没有闻到这股香味。这是十分熟悉的香味,可我一下子分辨不清,这是什么的香味。

我来到了余南田的家,看他家的木门锁着,我四处找余南田,就是没有找到他。我有些失落,余南田会在哪里?就在我觉得无所适从的时候,有一个人走到了我的面前,他用一种奇怪的眼神看着我:"听说你在找余瘸子?"

这个人是余水旺的儿子余柜子,他有一张仇恨的脸,这张仇恨的脸是他父亲打出来的。余水旺后来讨了一个奇丑无比的老婆,她给他生了儿子后,他也经常愤怒,他愤怒了就拿老婆孩子出气。我曾经不止一次地听说,余柜子要杀了他父亲。

我对着余柜子点了点头:"我的确要找他,你知道他在哪里?"

余柜子冷冷地说:"他在游水凤的坟前,他一直在那里。"

他说完就走了,我不明白他为什么要告诉我关于余南田的消息。我只知道余柜子也恨余南田,要不是余南田,他或许也不会出生,他父亲余水旺也不会把怒气撒在他和母亲的头上。如果余南田死在余柜子的手上，那也不是什么特别的事情。

我没有在余柜子和余南田的问题上纠缠不清，我来到了水曲柳乡村北面的山上，风把树叶吹得乱响。

我真的在游水凤的坟前找到了余南田。

我看到余南田在游水凤坟前的背风处生了火，他在瓦片上炒黄豆，他炒黄豆的样子认真而又坚定。

炒黄豆的香味在山野飘散着。我有些吃惊，原来我一直闻到的香味竟然就是炒黄豆的香味。

他坐在那里一丝不苟地炒着黄豆。

他那双深陷的眼似乎平静如水，我的到来并没有惊动他，谁又能惊动一个饱经风霜的人？

我看到了大朵大朵的云从天空中飘过。

我听见了余南田的声音："西闽，是新地让你来找我的吧？"

我不知自己是在点头还是在摇头。

余南田的声音不可抗拒："我知道是新地让你回来的，他想让你来问我，当初我是怎么样娶了他妈的。来，西闽，你就坐在我边上吧，我和你讲，现在讲出来也是对新地有个交代了……"

我的一颗心要跳出来。

我怎么也想不到余南田会这么痛快地把埋藏在他心中的秘密告诉我。

三十多年前的余南田的确是条癞皮狗，他会突然从草丛里窜出来，傻傻地看着在河水中沐浴的游水凤。那时游水凤的确和余水旺相好，游水凤把身子浸泡在水中，只露出一个头，她愤怒地对余南田说："快滚开，不然我告诉余水旺，让他打死你！"

余南田对着生气的游水凤笑笑:“水凤,我就是喜欢你。我告诉你,无论如何,我也要娶你为妻!”

他的声音异常的坚定。

说完,他又跳进草丛中去了。

他像一只黄鼠狼一样消失在草丛里。

游水凤不明白,他为什么这么大胆。她还是在水里露出一个头,她的脸像火烧了一般,她朝着淹没余南田的那片草丛大声说:“余南田,你癞蛤蟆想吃天鹅肉!”

她不知道余南田还真对她动了心,而且还对她开始了一场旷日持久的追求。

当游水凤见余南田坐在村里的一面残墙上奇怪地看着她时,她心里就会发狠地骂一声:断子绝孙的余南田!

谁也没有料到这个春天如此饥饿。

在那个青黄不接的春天里,水曲柳乡村真的饿死过人,有些吃观音土和野菜的人因消化不良而死去。

在这个饥饿的春天里,水曲柳乡村的人总是能闻到一股香味,但他们不知这股香味从何而来,它残忍地挑逗着村里人的神经。

这就是黄豆炒熟后的香味。

游水凤闻到这股香味后,她快晕过去了。那天,她正准备下山回家,她采了一筐子的野菜,她看到了余南田,他在离她不远处烧起了火,他在火上面放了一块瓦片,并且在瓦片上炒什么,香味就从瓦片上面飘过来。要命的是,这是黄豆的香味,炒黄豆一直是游水凤最爱吃的东西,尤其是在这困难时期她想都不敢想。让她惊讶的是,谁家都没有粮食,他余南田从哪里弄来了这些黄豆?炒黄豆的香味让游水凤口水直流,但她忍住了,她没有理会余南田的诱惑,毅然地下了山。

一次,二次,三次……终于在那个傍晚,游水凤朝他瓦片上炒着的黄豆走了过去。她看着瓦片上滚动的黄豆,她呼吸着迷人的香味,她的眼睛里充满了迷离的色泽,她的嘴角颤抖着,还流着口水。

游水凤喃喃地说:“余南田,你是个魔鬼!”

余南田没有说话,他还是一丝不苟地炒着黄豆,让那香味散发得更加肆无忌惮。

游水凤的眼泪流了下来:“余南田,你真是个魔鬼!”

在整个剩下来的饥饿的春天的日子里,游水凤的嘴角都留有黄豆的余香。她的脸色红润着,她知道,余南田为追求她,去年秋天生产队分的5斤黄豆,他一个都没有动,饿着肚子留到了这个饥饿的春天,奉献给了她游水凤。这一点,余水旺做不到,水曲柳乡村的任何一个人也做不到!

游水凤是被余南田炒黄豆的香味征服的。

听完余南田的讲述,我什么也说不出来了。

我不知道这是不是一场残忍的征服,我站起身准备回村里时,还听到余南田在说:“西闽,你告诉新地,他妈一生都是幸福的,她到死还记得让我给她炒一把黄豆。她说,一个可以在最饥饿的时候把食物给她的人,是可以托付终身的人,和这样的人在一起,一生也不会挨饿,这就是最大的幸福……”

杀死一条狗

整个冬天没几日好天气，毒雾霾让人不安、恐惧、无所适从。偶尔有个阳光灿烂的好天，我会站在小区的那棵香樟树下，大口大口地呼吸，感觉肺里的废气渐渐排空。身体变得轻松之后，我才人模狗样地去上班。在更多的日子里，我心情压抑，戴着口罩走在上班的路上，像一只随时都将被毒杀的小白鼠，满目凄惶。

她在这个暗无天日的冬天杀死了一条狗。

其实是杀死了我内心的妄想。

事情还得从我的妻子说起。

我的妻子叫乔，大乔小乔的乔。书上说大乔小乔是倾国倾城的美女，我对此没有感觉，她们再美，也是历史人物，是死去的人。乔在我眼里是倾国倾城的美女，她真实地走进我的生活，走进我的生命。第一次见到娇小美貌的乔，我就想到了兰花，她在我心中，就是一朵兰花，兰花的美不可替代。我们认识不到半年，她就嫁给了我，我一直以为这是阴差阳错、不可思议的事情。我算什么东西，不过是个普通公司的小职员。有时，我觉得自己是条无家可归的流浪狗。结婚那天，我对她说："我要把你当神供着。"她微笑着说："我不要你把我当神，我只要做你的妻子。"

那句把她当神的话成了谶语。我们结婚两年后的一天，乔因为车祸，高位截瘫。我真的把她当神供在了家里。开朗美丽的乔像变了一个人，一个我捉摸不透的人。笑容已经彻底从她脸上消失，无论我怎么哄她，她总是脸色阴郁，沉默寡言。我心里也很绝望，可是我不能在她面前表露出绝望的情绪，因为她比我更绝望，需要我的呵护和疼爱。我知道接下来的日子会很难，得有心理准备，还得让乔觉得有希望。我每天辛辛苦苦上班，下班回家就给乔做晚饭，吃完饭给她洗澡，然后把她抱上床，说些有趣的事情给她听。在我眉飞色舞地说着趣事之际，她会突然歇斯底里喊叫道："我不要听，我不要听——"

她曾经明亮美丽的眸子里流下了泪。

我将她搂在怀里，抚摸着她的秀发，喃喃地说："乔，我不说了，不说了……"

她哭出了声，双手紧紧地箍住我的脖子，仿佛要把我勒死。她残废的身体颤抖着，像是汪洋之中的破舢板。我的泪水也流了下来，哽咽地说："别怕，乔，别怕，我会永远陪着你。"

乔松开了紧箍着我脖子的手，使劲地推开我，号啕起来。

我看着她扭曲的脸，不知所措。

哭累了，她倒头睡去。

而我，在漫漫长夜里，无法入眠。有时，我会一个人默默地走出家门，在小区里的一块石头上苦坐。夜风无法安慰我发热的脑袋。有天晚上，我正在苦坐，突然听到了乔的喊叫。我慌忙回到了家里。她坐在床上，茫然地看着我，咬牙切齿地说："你是不是不要我了，是不是厌烦我了，是不是?!"

我心里发凉，赔着笑，说："不是的，不是的，我说过，一辈子都不会离开你的。"

她大声说："我知道，你厌烦我了，厌烦我了——"

我抱着她，说："别乱想了，乔，我发誓，永远不会离开你。"

乔的话音低落下来，抱紧我，说："不要离开我，我好冷，好冷——"

我的生命里只有乔。

说这话有点虚伪，可是我心里不可能有别人，我得为了她活着，如果没有我，她不知道会怎么样。的确，我爱她，没有因为她的残疾而变心。那条叫“小黄”的黄色吉娃娃可以做证。

乔是寂寞的。

她把自己给封闭起来，成天待在家里。她还把窗帘都拉起来，连阳光也害怕看见。我不可能成天在家里陪她，因为要养家糊口。我曾想让老家的母亲过来照顾乔，被她拒绝。我十分担心乔会闷死在家里，好些时候，我提心吊胆，害怕回家后看到乔的尸体。

乔出事后，同事潘晓鸥经常用奇怪的眼神瞟我。

我曾经对她有好感，追求过她。她拒绝了我，原因是她爱上了我们的老板。当时她告诉我这事，我很惊讶。在公司里，没有人知道她和老板的事情。我是个守口如瓶的人，自然不会把此事扩散出去，同时也对她死了心。我和乔结婚时，请她喝过喜酒。那个喜庆的晚上，潘晓鸥只和我说了一句话——好好爱她。我相信她是真诚的。我不知道她和老板的事情怎么样了，只晓得她现在还是单身。

她就坐在我的对面。

平常，我们很少说工作以外的事情。乔的遭遇，让我在公司里变得沉默寡言。很多时候，我不知道该说什么，或者不该说什么。别人的同情或者幸灾乐祸都和我没有关系，我只为乔活着。

那天早上离开家时，乔直勾勾地看着我，想说什么，又什么也没有说。我安慰了她几句，才走。那一天，我心神不宁。乔会不会出什么事情？她有过一段寻死觅活的日子，但是没有死成。现在的状况，更让我担心。这天，我隔两个小时就给家里打个电话，她会拿起电话，但是不说话，我可以听到她的呼吸声，这样就足够了，证明她还活着。快下班之际，潘晓鸥瞟了我一眼，说：“你今天不对劲。”

我说:“没什么。”

她淡然一笑,说:“乔一个人在家,一定很寂寞。”

我点了点头。

潘晓鸥说:“我准备辞职了,离开上海。”

我说:“为什么?”

潘晓鸥说:“自己的选择,我已经厌恶了现在的生活。”

我不再问了,我理解她。

她接着说:“下班后,你到我家去一趟,如何?”

我的心提了起来,她要我去她家干什么……

潘晓鸥笑了笑,说:“别紧张,对你我没有什么企图,只是挺同情乔的。让你去我家,想把和我相依为命的那条小狗送给你,不,是送给乔。也许小狗能够让乔有些安慰,狗比男人可靠,不会背叛,也不会说谎,更不会有伤害。”

我点了点头。

我把潘晓鸥给我的吉娃娃带回了家。乔看到我抱着的小狗,眼睛突然亮了一下。我的心也亮了一下。我放下小狗,小狗十分知趣地摇着尾巴,朝乔扑过去,它不停地舔着乔苍白的手。

乔的眼睛里闪动着泪花。

突然,乔把小狗一把推开,朝我大声喊叫:“这是谁的狗?”

我迟疑了会儿,说:“是同事送的。”

她说:“是不是潘晓鸥的狗?”

我点了点头。

乔低声说:“我就知道是她,我闻出味来了,狗身上有她的香水味。我们结婚的那天,她身上散发出的,就是这种香水味。当时,我觉得她看你的目光不正常,我就记住了她,也记住了她身上的香水味。”

我吃惊地张大了嘴巴。

她接着说:“我们结婚以来,你每天回家,我都会闻闻你身上的味道，看看有没有潘晓鸥的香水味，今天我终于闻到了。你是不是终于等到了这一天，该和她发生点什么了？你说过，一生都陪着我，那是骗我的话吧？”

我的额头上冒出了汗。

我说：“我们什么事情也没有，真的，乔，相信我。”

乔说：“没有事情，那你紧张什么？我相信你什么？你从她那里带条狗回来，就说明你们什么事情都没有？用狗来欲盖弥彰？”

我十分委屈，但还是忍耐着，轻声解释：“我们真的没有什么，潘晓鸥辞职了，她要离开上海了，我也不知道她为什么要把狗送给我，不，她说是送给你的。我承认，在你之前，我追过她，但是被她拒绝了，她和我们老板有一腿。我会陪你一辈子的，我说话算话。”

乔说：“你就编吧，编吧！把小狗给我送回去，我不要她的狗！”

小狗又过去舔她苍白的手。

她的泪水流了下来。

她没有再让我把小狗送回去，而是接纳了它，只是要求我把小狗身上的香水味洗干净。她给小狗起了个名字，叫它“小黄”。

那个晚上，乔第一次抱着小黄睡觉，似乎睡得很香。

我却没有睡。

和许多夜晚一样，我失眠。我在想，自己是不是真的不如一条狗？狗让她安睡，而我无论怎么安慰她，她都辗转反侧，不能入睡。凌晨 3 点左右，乔睁开了眼睛，她的手还抱着狗。她说：“我梦见你和她在一起了。”

我说：“谁？”

她平静地说：“潘晓鸥。”

我无语。

她接着说：“你是该有个女人，我不能拖累你，你和她好吧，我不会吃醋。”

我说：“你别说了，那是不可能的事情，睡觉吧。”

乔闭上了眼睛,没有再说什么。

我走到阳台上,点燃了一根烟。

我突然想到了潘晓鸥。

此时,她在干什么?

是不是和我一样,失眠,被痛苦折磨。

她是个可怜的女人。

自从有了小黄,乔的生活充实了许多。我每天回家,乔还是会像狗一样闻闻我身上的味道,企图嗅出我身上的某种香水味。

这个冬天的确让我崩溃。

就是睡着,痛苦也是睁大着无辜的眼睛。

因为疏忽,我在这个冬天的某个晚上,竟然把小黄给弄丢了。我每天要遛两次狗,早上一次,晚上一次。早上很早就出去遛狗,然后回家给乔做早饭,接着去上班;晚上回家,服侍乔吃饭、洗澡后,我就去遛狗。一天下来,我已经筋疲力尽,我不知道自己能够坚持多久,也许会在某个夜晚,倒在遛狗的路上,永远也爬不起来了。我牵着小黄,走出小区,沿着行人稀少的人行道,踉踉跄跄地走着。小黄一会儿在路边的梧桐树下撒尿,一会儿在路边的草丛里拉屎。我准备好了塑料袋,把它拉的屎装起来,扔到垃圾桶里去。我特别反感那些遛狗的人,不把狗屎捡起来扔进垃圾桶。

小黄拉完屎,我突然想撒尿了。

这尿来得急,我等不及回家,就要一泻为快。

我找了个偏僻的角落,掏出了那玩意,一天的憋屈和不快倾泻而出,畅快淋漓。撒完尿,我长长地呼出了一口气。

我正准备回家,却发现小黄不见了。

我明明记得撒尿时,手上还拿着狗绳的,怎么狗就不见了呢?

寒风冷冽,我冷得浑身发抖。人倒霉,喝凉水也塞牙,怎么一泡尿的工夫，狗就跑得无影无踪了呢？

我站在寒冷的风中，大声喊着："小黄，小黄——"

它应该不会走远，听到我喊它应该会回来，它是一条很乖的狗。

可是，我喊破了嗓子，小黄也没有回来。

于是，我四处寻找，寻找那条叫小黄的吉娃娃。

找了很久，很久，我也没有找到小黄。

沮丧、落寞、痛苦、焦虑……我的情绪异常复杂。要是找不到狗，乔会怎么样？可以那样说，她和狗已经感情深厚，甚至超过了对我的感情。实在找不到小黄了，我才硬着头皮回家。

乔听到我开门的声音，就在卧房里叫喊："你到哪里去了，为什么这么晚才回家，为什么?！你是不是不要我了，是不是讨厌我了，烦我了?！你把我一个人扔在家里，你想怎么样，你想怎么样?！"

接着，我就听到了她的哭声。

我关上门，站在那里，大口喘着粗气。

我不敢进卧房里去，我怕面对她。

她还在叫喊："你听到我说话了吗？你回答我呀，回答我呀！是不是不敢进来见我了？你要走可以，走呀，不要再回来了，我死了也不要你管！"

我要不进去，她会一直叫喊下去，还有可能气急了，一头撞死。

在一刹那间，我突然想逃。

是的，我想逃，逃离这个城市，逃离这个家，逃离她，像潘晓鸥一样，逃得远远的。我从来没有产生过逃离的念头，可是现在产生了。我是懦夫，不负责任的男人，是畜生，是猪狗不如的东西。无论怎么样，我产生了如此罪恶的念头。

我没有逃，我不能逃。

我要逃了，乔就真的没法活了。

我进了卧房。

透过泪眼，她看到了凄惶的我。我站在她面前，什么话也说不出来，浑身瑟瑟发抖。此时，我不是个男人，只是一片寒风中的枯叶。我无法面对乔，我什么话也说不出来。她看到了我，却没有看到小黄。

乔哽咽地说："小黄，我的小黄呢？你不想要我了，是不是连小黄也扔了？"

我还是什么话也说不出来，泪珠却不停地滚落。

我极少流泪，这个寒夜，冽风呼啸的寒夜，我却哭了。我竟然不知道为何而泣。

乔看见了我的泪水。

她看见了我脸上的两条泪水之河。

突然，她说："来，来，过来抱抱我，不要离开我——"

小黄的丢失，对我是个考验，对我们的爱情是种考验。乔说："一定要找回小黄，找不回来，我就死！"我说："去买一条和小黄一模一样的狗可以吗，也叫它小黄？"乔说："不行，我就要小黄！"

没有任何余地，我必须找回小黄。

我复印了100多份《寻狗启示》，四处张贴，希望捡到小黄的人把它还给我，还承诺重谢。晚上，我就到街上去寻找小黄，在这个大城里四处奔走，其实我自己就是一条无家可归的流浪狗，没有人会来找我。

半个月过去了，我没有找到小黄，也没有人和我联系。

有时，我就在街上游荡到天亮，我害怕见到乔的泪眼。可是这样是不行的，乔会骂我，甚至说我借着寻找狗的机会，在外面和别的女人鬼混。她有时也会说软话。她靠在我身上，把嘴巴凑近我的耳朵，轻轻地说："只要你找回小黄，我就同意你出去和别的女人玩，你找潘晓鸥，找任何女人都没有问题。"我胸口堵得慌，我说："请你别说这样的话了，你这是用刀子在捅我的心。"她说："我说的是心里话，你知道小黄对我来说，多么重要。"我无语。

我厌恶这个冬天。

也厌恶这个冬天的自己。

说实在话，在此之前，我还真没有想到过出轨，没有想过要做对不起乔的事情。生活已经逼得我连性欲都没有了，我如何能够出轨？况且，我还爱着乔，我的心里容不下别的女人，尽管有赏心悦目的女人从我面前走过，我会本能地瞟上一眼。

我没有想到 A 会出现在我的面前。

A 从来没有告诉过我她的名字，我也没有问。A 只是一个符号，一个和我有过短暂关系的女人的符号。

冬至那天晚上，我把乔伺候上床之后，就离开家，继续去寻找小黄。

走前，乔还让我多穿点衣服，早点回家。

我答应她早点回家。

我在街上游荡的时候，手机突然响了。

是一个女人打来的电话，这个女人不是乔，也不是潘晓鸥，是个陌生女人。她的声音十分柔软，柔软得要让人心融化。

她就是 A。

A 告诉我，小黄在她那里。

听到这个消息，我仿佛从寒冬一下进入了春天，许多日子以来的阴霾一扫而光，我心里很清楚小黄对我和乔意味着什么。

A 说在衡山路的波波酒吧门口等我，她穿着一件白色的风衣，牵着那条叫小黄的狗。我马上就打了辆的士，往她指定的方向赶。

A 果然在波波酒吧门口等着我。

她是个微胖的女子，面容姣好，微笑地看着我。

她说："你是王飞？"

我点了点头，我没有仔细打量她，只是盯着那条狗。

没有错，这就是我们家的小黄。

A 说："你好好看看，这是你家的狗吗？"

我激动地说:“是的,是小黄,它就是烧成灰,我也认得。”

A 笑了,说:“那就还给你吧。”

我想,乔要是知道小黄找到了,她会有什么表情?我不敢想象。我真想马上打电话告诉她这个好消息,但是我没有这样做,我要把小黄抱到她床前,给她一个惊喜,我要亲眼看到她欣喜的表情。

我俯下腰,抱起了小黄,小黄用它那湿漉漉的舌头舔我的脸,我闻到了一股烟草的味道。由此,我断定它在 A 家里待过,也断定 A 是个抽烟的女子。抱着小黄,我忘乎所以了,说了声“谢谢”,转身就要走。

A 在我身后说:“请留步,没有必要这么着急走吧?”

我突然意识到,还没有酬谢她呢,就这样匆匆忙忙离开,是太不够意思了。我回过身,说:“对不起,对不起,我太激动了。”

A 笑着说:“我理解,每个爱狗的人,都是这样的。”

我说:“谢谢,谢谢。”

A 说:“能请我喝一杯吗?”

我说:“当然可以,当然可以。”

我们一前一后走进了波波酒吧。酒吧里人不多,却很温暖,还有音乐。我有多长时间没有进过酒吧了?酒吧是个让人放松的地方,肉体和灵魂一起放松,狗找到了,我是不是也该放松一下了?这是不可能的,因为我心里记挂着还在家里独守空房的乔。A 和我坐在吧台边,显然,她和这里的酒保很熟悉。那个长得帅气的酒保笑着对她说:“来杯玛格丽特?”A 点了点头,然后侧过脸来对我说:“你呢?”我很少喝酒,也没有什么酒量,就说:“我来杯水吧。”A 说:“来酒吧里喝水,你没搞错吧?”我说:“我不会喝酒。”A 说:“大男人,哪有不会喝酒的,是不是你老婆管得严,不让你喝酒?”我的脸发烫,说:“不是,不是。”A 说:“那还是喝点吧,就算是为找回了你心爱的狗庆祝一下吧。”我无奈,只好说:“那,那来杯啤酒吧。”

A 挺能喝的,她每要一杯酒,我心里就“咯噔”一下,不是我小气,而是我的确穷。想想，我除了那几千块钱的工资，没有别的收入，家里还有个病人，每个月还要给父母亲寄生活费，入不敷出。她每喝一杯酒，就等于割掉我身上的一块肉。

我又不好意思制止她喝酒，心里十分焦虑，找到狗时的好心情很快就消失殆尽了。

不知道过了多久，也不知道她喝了多少杯玛格丽特，等我喝完一大杯啤酒，头已经晕晕沉沉的了。

不管怎么样，我都抱着小黄，不会让它再失踪。

结果让我意外，A 竟然没有让我买单，而是抢着把账结了。

帅哥酒保笑着对纳闷的我说："别见怪，我姐带男人来喝酒，从来不让男人买单。"

我们走出了酒吧的门，路上已经十分冷清了，冷风肆无忌惮地从街上掠过。虽然喝迷糊了，我心里还是很过意不去，不知如何开口和 A 告别，穷人在很多时候是尴尬的，没有尊严可言。A 似乎看出了我的心思，她说："你是不是觉得欠我的情？"

我点了点头。

她笑出了声，她的笑声和她的声音一样柔软。

她说："如果你觉得有歉意，那么，你就送我回家吧，这样，我们就两清了。"

我无法拒绝她的要求。

她家就在离衡山路不远的桃江路上。那是一栋四层楼的老房子，她住在最上面一层。本来送到楼下，我想该回家了，乔还在家里等着我呢，她一定心急如焚，怀疑我在外面做了什么对不起她的事情。A 没有让我就此离开，她邀请我上楼。我还是无法拒绝，就像有种魔力，把我引上了四楼——她的家。

A 打开了家门，两条大狗就朝她扑过来，她蹲下身，一手搂着一条狗，和它们亲昵，还和它们亲嘴。我不知道乔有没有和小黄亲过嘴，我是不会和狗亲嘴的。不一会儿，她站起来，让我进了她的家。

这是一个20多平米的房间，还有卫生间。房间里乱七八糟，那张大床也乱七八糟。我闻到一股奇怪的味道，那是狗和烟草等混合在一起的味道，当然，还有A的体味。这种混杂的味道十分浓郁，说不上难闻或者好闻，但让本来就迷糊的我更加晕眩。我有点站不住的感觉。

她把狗关进了卫生间，也从我手中夺去了小黄，把它也关进了卫生间。

我可以听到狗们在卫生间里的呜咽，以及它们用爪子刨门的声音。

A脱去了白色风衣，她里面穿得很少，两个奶子鼓鼓的。

她说："坐吧。"

我找了张椅子坐下来。

我没有产生逃走的情绪，我想静一静，坐会儿再走。她递给我一根烟，给我点燃，然后自己也点上了一根烟。我不知道这是什么烟，味道怪怪的，我吸了几口，就觉得眼前产生了某种幻觉，她像个仙女，在我面前飘忽。是的，她在笑，那是柔软的笑，肉感的笑。她双腿叉开，坐在了我的大腿上。

A朝我脸上吐了口烟雾。

她说："舒服吗？"

我说："舒服。"

她又说："没有人进了我的房间不舒服的。"

我说："你是谁？"

A说："我是个女人，替你找回小狗的女人。"

接着，她就脱我的衣服。

她把我放倒在床上。

我觉得自己快要死了，脑袋里空茫一片。她是谁？我不知道，真的不知道她是谁。我只知道她站在床上，把脚丫子放在我嘴上，柔软地说："男人，你是我的奴隶，我是贵族，快舔我的脚丫子。"

我在梦幻之中，舔着她的脚丫子，像是在舔着棒棒糖。

A说："味道好吗？"

我说不出来，嘴巴里塞满了她的脚丫子。

她不需要我的回答，自顾自地说："味道一定很好，好好舔，你不会再有这样的好运气了，舔贵族的脚丫子。"

……

我清醒过来时，天已经快亮了。

她坐在我身边，微笑地看着我。我大惊，赶紧穿上衣服。这时，我想逃。

A说："每个男人都是这个德行，完事就想跑。"

我什么话也说不出来，穿好衣服，打开卫生间的门，抱起小黄就要逃。

A说："你着什么急呀？"

我说："我要回家。"

A说："你回吧，我不会拦你。"

我正要开门，突然一只猫朝我扑过来，我本能地伸出手挡了一下，猫爪子在我手背上划出了一道血痕。

我说："这猫打过疫苗没有？"

A笑着说："我家里的狗和猫，都是我捡来的，打什么疫苗呀。我每天晚上都出去找流浪狗，找到了就带回家。如果有人找，就还给他，我不要报酬，只要他和我上一次床。"

我浑身颤抖，说："我需要去打狂犬病疫苗吗？"

她说："去打吧，不过，我从来不打，你看我的手臂，经常被猫抓，都已经习惯了。"

说完，她笑起来，还是那样柔软的笑。

我抱着小黄，夺门而出。

她在门里柔软地说："有时间再过来玩呀。"

我想，我永远不会再踏进她家门一步。

她是个可怕的女子。

我惊惶地回到了家里。乔果然没有睡，她一直在哭。当我抱着小黄出现在她面前时，她惊呆了。好大一会儿，她才缓过神来，说："小黄，我的宝贝，来，来——"

我把狗放到她怀里，她抱着狗，不停地亲，就像 A 一样亲着狗。

她有多久没有亲我了？

我的内心被什么东西击中，疼痛极了。

亲完小黄，她放开它，对我说："你，你过来——"

因为和 A 睡过觉，我心里忐忑不安，准备去洗个澡，把 A 的味道洗掉，然后把衣服也洗掉，没想到乔会让我过去。

我壮着胆子走到她面前。

她把鼻子凑到我身上，左嗅嗅，右嗅嗅。

突然，她大声喊叫道："王飞，你身上有女人的味道，你和女人做过爱！"

我喃喃地说："没有，没有——"

乔说："你说谎，说谎，我知道，你和别的女人睡过觉！"

我心虚，我难过，我对不起乔。

乔哭着说："你说过，这辈子就爱我一个人，你会陪我一辈子，你当着我妈的面发过誓的。看来，妈妈说得对，男人没有一个好东西，我看错人了，我妈也看错人了，你这个混蛋——"

她怎么骂我，我都认了。

我低着头，咬着牙，疲惫不堪，心力交瘁。

是的，她说得没有错，我是当着她妈的面发过誓，一辈子就爱她一个人，一辈子守护着她。她来自单亲家庭，我不晓得她父亲是谁，她也不知道自己的父亲是谁，她妈妈没有告诉过我，也没有告诉过她。她妈妈得了绝症,快死前我和乔结的婚,乔要我和她一起跪在她妈妈面前发誓,我做到了。我们婚后不久,她妈妈就离开了人间。我们住的房子,也是她妈妈留给我们的,否则,我们哪有钱买房子。

乔继续哭着说:“没有想到你会这样,你对得起我妈妈吗?她把一切都给了你,到头来,你是这样对我。”

小黄去舔她脸上的泪。

她把小黄抱在怀里,呜呜地哭。

那次出轨,留下了许多后遗症,仿佛天意,要我经受折磨。我承认,我不是个东西,那个晚上,我完全可以走,可还是被A诱惑了,我做错了事情,就必须受到惩罚。因为我找回了小黄,乔原谅了我。她敏感而脆弱,离不开我,如果我要像潘晓鸥那样逃离这个城市,逃离这个痛苦之家,逃离她,乔一定活不下去,哪怕有一万只小黄也不行。她说原谅我是有前提的,那就是写一份保证书,保证以后不再出轨。其实她很清楚,一个男人出过一次轨,还会有第二次、第三次……就像吸毒一样。我写了一份保证书,交给她时,心想,傻女人,这张纸能保证什么?她小心翼翼地收起了保证书,说要交给她妈妈保管。她妈妈已经死了呀,听到她这句话,我内心充满了恐惧,也对她充满了同情,她的神经一定出了问题,我想抽个时间带她去精神病院检查,也让她接受心理治疗。

尽管我写了保证书,但是我没有向乔透露那个晚上和A在一起的任何细节。

有些东西,永远不能让她知道,她知道了会让事情变得更糟。

那天在A家里被猫抓伤后,我没有去打狂犬病疫苗。

我抱着侥幸的心理。

我想自己不会那么倒霉。

我和乔过了一段相对平静的生活。每天遛狗,上下班,照顾她。周末有阳光的好天，我会推着她去公园里，让她看看外面的世界。我希望她在阳光下能够重新露出笑脸，能够像从前那样微笑着亲我一下。这些都是奢望。在公园里，在阳光下，她只是坐在轮椅上，阴沉着没有血色的脸，抱着她的狗，茫然地看着这个熟悉而又陌生的世界。

这个冬天，有阳光的日子真的很少。

在寒冷的天气里，在有毒的雾霾中，我有时会突然想起 A，想起她那柔软的笑声和说话声，还会想起她房间里复杂的迷幻的气味……想起这些，我竟然会有冲动，我想我是中了她的毒。我想过去找她，但是找不出理由，也没有机会。这样的念头消失后，我就不停地自责，我对自己对乔的爱产生了怀疑，我还爱她吗？无论怎么样，我会一直陪着她，这一点我一定会做到。

在这个难熬的冬天将要结束之际，我发现自己的身体有了变化。

我感觉浑身特别难受，不知道哪个地方出了问题，头痛，发着低烧，十分恶心，还特别疲倦。这样的日子过了两天，我就变得烦躁不安，失眠加剧，整个晚上睡不着觉，我怕听到声音，怕光，怕风……乔说，我瘦了，脸色苍白，她要我去医院看看，她说我不能倒下，我要倒下了，她就完了，这个家也完了。

她说的是实话。

我去了医院，医生只是说我太紧张和疲劳了，其他没有什么问题，好好休息就会好转。我不太相信医生的话。我想到了 A 房间里的那只猫，还有被猫爪子划伤的手背。手背上的伤口已经愈合，可是我心里的伤却在无限放大。我想到了狂犬病，我上网查了查狂犬病的资料，发现我的症状和狂犬病十分吻合，无边无际的恐惧在我脑海里蔓延。

我告诉自己，你一定是得了狂犬病，谁让你当初不去注射狂犬病疫苗！

我又去了一次医院，我说我得了狂犬病。医生检查后告诉我，我正常，没有得狂犬病。我和医生大吵起来，说医生草菅人命，医生说我有可能得了神经病。

恐惧让我失去了理智。

回到家里，我看到那条叫小黄的狗，心里就发毛。我想象着自己的末日：像一条狗一样哀叫，然后窒息而死，死后我的尸体也变成了狗……我突然疯狂地从乔的怀里抢过小黄，重重地把它摔在地上。可怜的小黄惨叫着，它从地上翻滚起来，躲到乔的轮椅后面。

乔哀叫道："王飞，你疯了，你疯了——"

我平生第一次朝她大吼："我他妈是疯了，疯了，整个世界都疯了！"

乔和小黄一样，吓坏了，她从来没有见过我如此凶神恶煞的模样。她的眼泪流了下来，喃喃地说："放过我，放过小黄，你以后干什么，我都不会管你，你想在外面找女人，我也不会管你——"

我真的疯了，我歇斯底里地喊道："对，我要去找女人，满世界地去找女人，像条公狗一样，到处去寻找母狗，你满意了吧，满意了吧！我得了狂犬病，我活不了了，活不了了，你还让我去找女人，你还如此怀疑我，你只要我的关怀，你什么时候关怀过我！我也是人，有血有肉的人！"

乔真的吓坏了，她竟然晕了过去。

我怔怔地站在那里，一动不动，看着死去一般的乔，我的眼泪也悄无声息地流了出来。

我没有想到乔会杀死小黄，也不明白她这样一个病人，是怎么杀死小黄的。其实，经过心理的调整，我渐渐地从狂犬病的恐惧中解脱出来，我也无意赶走小黄，更不会杀死它，毕竟，它能够给乔带来慰藉，胜过我的千言万语。

那天晚上，我回到家里，就看到了这样的情景：乔和小黄都躺在地上的血泊之中，一把带血的尖刀横陈在乔的身边，轮椅倒在离乔和小黄一米多远的地方。我呆了，顿时不知所措。刚开始我在想，是谁进屋杀了乔和小黄。等我缓过劲来,扑过去抱起乔,才知道,乔没有死,而是小黄被割断了喉咙,乔身上和地上的血,都是从小黄身上流出来的。

乔醒过来后,苍白的脸上露出了久违的微笑,她轻轻地说:“王飞,我把小黄杀了,这样,你就不会怀疑自己得狂犬病了,小黄也不会威胁你,让你得狂犬病了,你也不用再起早贪黑地遛狗了,你可以多休息,身体就会好起来了……”

看着她脸上的微笑,我没有欣喜,而是陷入了更深的恐惧之中。

是的,乔杀死了小黄。

其实,她杀死的是我心中的妄想。

想想,她可以杀死一条狗,同样也可以杀死一个人,我从此必须小心翼翼地活着,让A那柔软的声音和笑声以及她房间里让人迷醉的梦幻远远地离开我吧。

失踪

1

父亲举起拐杖，要打张鸣。母亲夺下了他手上的拐杖，扭头对张鸣说："阿鸣，快跑——"张鸣说："妈，不是我的错，我为什么要走！"母亲大声说："你想把你爸气死呀，快走——"父亲颤抖地指着张鸣："滚，滚，没出息的东西，给我滚，老子再也不想见到你——"张鸣无奈，只好灰溜溜地离开了父母亲的家。

张鸣觉得父亲从小就偏心，对弟弟好，对自己特别严厉，一生气就动手。他站在茂名南路的一棵梧桐树下，看着过往的车辆和人，目光愤怒，内心茫然。下岗后，他的日子一天不如一天，今晚到父母家，想向母亲讨点钱应急，没有想到被父亲发现，闹得自己狼狈不堪。张鸣在城市的夜色中长长地叹了口气。父母家的窗口还亮着灯，少年时代，他总是通过这个窗口眺望远方，幻想自己变成一只鸟，飞越这个世俗的大城。现在，他只能拖着沉重的身体，离开这个熟悉的地方。

一个香艳的女子和他擦肩而过，张鸣深深地呼吸了一口气，边走边回头看那女子的背影。女子白生生的大腿和扭动的丰满屁股令他不由自主地吞咽口水。一不小心,他撞到了一个路人身上,那是个精瘦的男人。精瘦男人嘟囔了一声:“走路也不好好走,瞎看八看。”张鸣心中冒出了一股无名火,朝他吼叫道:“册那(上海方言)!老子看女人关你鸟事!”精瘦男人笑着说:“你继续看,继续继续——”说完就快步走了。

张鸣想了想,自己也有日子没有过性生活了。他脑海里突然浮现出梅玲玲的脸,这个女人现在何方?很多时候,他有性冲动时,就会想到她,就像家里有什么事情时会想到前妻钱秀娟一样。这两个女人,一直保留在他的潜意识里。要是他知道梅玲玲在哪里,他会去找她,问题是,这个外来妹卖淫被抓起来后,找过他一次,后来他就一直没有见过她,也不知道她的去向。有时,他贼心不死,跑到梅玲玲待过的那个洗头店里去问,那里的人都说不知道。

在这个落寞的夜晚,他不可能找到一个像梅玲玲那样的女人和他睡觉。他觉得自己特别失败,活了四十多年,都快奔五的人了,连一个陪自己睡觉的女人都没有,当初不和钱秀娟离婚,或者下场不会如此。这个世界没有卖后悔药的,他只好认栽。一切的一切,都是命。年轻时,他根本就不相信命运,如今,他信了。

他不知道自己有没有时来运转的那一天。

如果他有钱,找个女人睡觉应该没有问题,听说,在那些新开的豪华娱乐城里,都是年轻貌美的女子,只要舍得花钱,什么问题都可以解决。问题是,张鸣是个穷光蛋,他连女儿上学都快供不起了,还想入非非!女儿张伊娜读高三了,明年夏天就要高考了,三天两头管他要钱,弄得他头昏脑涨。女儿是他的一块心病,下午她回家来要钱,说是买什么复习资料,张鸣给了她 100 块钱,她还嫌少,这简直是要他的命。他想,如果当初把女儿判给钱秀娟,也许现在压力不会这么大。这是个很不负责任的想法。

秋天的风十分凉爽。

张鸣却燥热难耐。

他活得像热锅上的蚂蚁。

他的家在漕东支路的一栋四层楼的老公房里。张鸣走到楼门口时，碰到了邻居的一个老太太。老太太惊讶地说："阿鸣，原来你不在家呀。"张鸣说："沈姨，怎么了？"老太太说："你家里动静很大，我以为你在家呢，快回家看看吧，是不是家里入贼了？"

张鸣急匆匆地爬上四楼。

门锁没有被撬的痕迹，打开门，他走进自己的家，发现屋里凌乱不堪，显然有人在此翻箱倒柜了。张鸣叹了口气："妈的，这样一贫如洗的家也有人光顾，什么世道！"他赶紧走到卧室里，捡起被扔在地上的枕头，拉开枕头的拉链，手伸进去掏了掏，终于掏出了一个存折。他长长地呼出了一口气，存折里的几千块钱是他的保命钱，不到关键时候是不会取出来花的。他放心地把存折塞回枕头里，拉上拉链，脸上浮现出得意而又诡谲的笑容。

他坐在那里，抖抖索索地从兜里摸出皱巴巴的烟盒，从里面抽出一根曲里拐弯的香烟，叼在嘴上。他正要点烟，突然听到卧室里传来一声哀叹。

那是女人的哀叹。

张鸣惊骇地站起来……

这是2000年秋天的某个夜晚，天上挂着半个月亮，这个大城里很少有人关注慈悲地俯视人间的半个月亮。

2

张鸣是笑醒的。

他做了个美梦。他梦见自己在拆一栋老房子，推倒一堵墙时，墙里藏着的一个铁盒滚了出来。他打开了铁盒，眼睛被金黄色刺痛了。铁盒里全是金条，他抱着沉甸甸的铁盒，开怀大笑。

醒来后，张鸣回到了现实之中，漫长而又难熬的一天又开始了。

楼下街边的小吃店传来嘈杂的声音，张鸣的肚子饿了。他从床上爬起来，穿着睡衣来到厨房，拿起一个铝盆就往外走。来到小吃店门口，他对正在炸油条的老板娘说："给我来五根油条。"老板娘是安徽人，肥胖的脸上油汪汪的，她头也不抬地说："自己拿。"张鸣拿了五根油条放进铝盆里，转身就走。他还没走出几步，老板娘就朝他喊："喂，喂，张鸣，你还没给钱呢！"张鸣站住了，回转身说："忘了，忘了。"这时，他才发现自己没有带钱。他说："忘带钱了，一会儿拿下来给你。"老板娘拉下了脸，她丈夫从里面走出来，笑着说："没事，没事，你先走吧。"

张鸣正要走，有人在后面拍了他的肩膀一下。

他扭头一看，吃惊地说："啊？是你呀！"

那人比张鸣矮半个头，脸色白皙，戴一副黑边眼镜。他说："张鸣，你还记得我呀。"

张鸣说："怎么不记得？陆右安。"

陆右安笑笑："料你也不会忘记我，我们在崇明插队时，睡过一个大通铺呢。"

张鸣说："是呀，有天晚上，我偷了生产队长家的鸡，煮好了，放在你面前，你都不敢吃，你这个胆小鬼！"

陆右安说："你还记得这事。"

张鸣说："当然记得！我还记得很多事情。对了，你怎么在这里？"

陆右安指了指对面新建的小区："我就住在里面。"

张鸣不敢想象："你住这里面？"

陆右安说："是呀，怎么，不可以？"

张鸣说："没什么，没什么。"

新小区叫佳信公寓，里面的几栋楼都是高层，看起来富丽堂皇，门口还有保安看门，和马路对面那片老公房对比鲜明。在佳信公寓面前，那片老公房就是贫民窟。据说，佳信公寓里面住的都是有钱人，张鸣没有想到的是，陆右安也跨入了有钱人的行列。以前，张鸣根本就不把这个胆小如鼠的小白脸放在眼里，可现在不能不对他刮目相看。

接着，他们寒暄了一会。

陆右安也是来买早点的。

他见到张鸣，显得兴奋，还约张鸣晚上一起吃饭，说好了晚上6点在佳信公寓门口会合。

这一天，张鸣躲在屋子里，把家里的窗帘全部拉起来，仿佛把自己密封在一个暗室里。他犹如一个囚徒，痛苦、沮丧、忐忑不安……这都来自陆右安对他的刺激，生活已经把他的锐气都磨干净了，陆右安却剥下了他身上最后一层自尊。他企图把自己封锁在一个与世隔绝的密室里，隐饰自己的恐惧和无奈，这可能吗？他偶尔会走到窗前，撩开窗帘的一角，偷窥对面佳信公寓的高楼。心脏一次次地被击中，疼痛不已。他不停地抽烟，抽四块钱一包的中南海牌子的香烟。有时，他会想，如果当初父母亲不来上海，命运的面目会不会是另外一种样子？自从下岗后，他干了许多事情，开过小饭店，炒过股票，倒卖过邮票……可是没有一件事情是成功的，他的发财梦一次次地破灭。尽管如此，他还是梦想发财，能够住上像佳信公寓那样的房子，拥有一辆轿车，娶个年轻漂亮的妻子，经常人模狗样地出入各个高档的夜总会……最重要的是，不要让女儿和前妻瞧不起，她们要钱就扔钱给她们，她们要什么就给她们买什么，在她们面前是个顶天立地的爷们，而不是她们眼中无能的男人。这天，他把自己折磨得够呛。因为抽了太多烟，又没有开窗透风，烟雾就从门缝里渗出去。邻居沈姨出门，看到他家门缝里冒出的烟雾，大惊失色，赶紧过来敲他的门。张鸣打开门，烟雾就朝沈姨扑了过去，沈姨呛得不停咳嗽，然后说："阿鸣，你家着火了，你家着火了——"张鸣说："沈姨，没着火，是我抽烟抽的。"沈姨的头往里探了探，嘟囔了一句什么，就捂着鼻子走了。张鸣关上门，不知好歹地说："老子在家抽烟还有人管，这是什么世道呀！"

晚上到底去不去和陆右安吃饭？

经过激烈的思想斗争，他还是决定去，他要弄清楚一个问题：陆右安是怎么发财的？

张鸣想，自己可不能在陆右安面前丢份儿，装也要装出一副牛×的样子，不能让他看扁了自己。他找出平常舍不得穿的一套西服，还有白衬衣以及领带。穿戴好后，他把那双皮鞋擦得铮亮。然后，他站在梳妆镜前，把头发梳好，喷上摩丝。接着，用刮胡刀把脸刮干净。他朝镜子里笑了笑，自言自语道："还是蛮帅的嘛！嘿嘿！"

收拾完毕，张鸣鼓足勇气走出了家门。

下楼时，碰到沈姨。

沈姨吃惊地审视他："阿鸣，你是去相亲呀？"

张鸣说："去白相(上海方言)。"

沈姨说："去白相还打扮，是去演戏吧？"

张鸣说："嘿嘿，就算演戏吧。"

沈姨也笑了："那就好好演吧，到时拿个金鸡奖回来，让我们街坊邻居也沾沾光。"

张鸣心里说："沾光个鬼，明显在损老子！"

3

佳信公寓门口停着一辆黑色的奔驰轿车。

张鸣衣冠楚楚，他来到佳信公寓门口，故作镇静地等待陆右安。对面小吃店的老板娘站在店门口，朝他喊："张鸣，你早上油条的钱还没有给呢。"张鸣没好气地说："来来来，我给你，我张鸣什么时候赖过你的账，不就是五根油条嘛，好像我欠你五根金条！"老板娘跑过来，浑身肥肉乱颤。她拿到钱后，又跑了回去，依然肥肉乱颤。张鸣看着她的背影轻声说："乡下人！"

就在这时，奔驰车的车窗退了下去。

陆右安从车窗里探出头，笑着说："阿鸣，上车吧。"

张鸣异常吃惊，眼睛睁得老大，好大一阵说不出话来。

上车后，张鸣闻到一种皮革和香水混杂的味道，这种味道令他莫名的兴奋。他记得少年时期父亲的北京吉普车里也充满了汽油的味道。吉普车是当时身份和地位的象征，现在已经被扫进垃圾堆里了。他很感慨："右安，你真的是发达了！这么好的车也开上了。"

陆右安说："这不算什么啦。"

张鸣说："右安，你这些年在哪里发的财呀？有几次老同学聚会，问起你，都不知道你去哪里了，谁也联系不上你。"

陆右安笑笑说："崇明回来，分到一个街道小厂，挣扎了几年，觉得无趣，就辞了职，到深圳去了。"

张鸣说："我说呢！你去深圳也不说一声，早知道，我也和你一起去了。看来早些年到深圳的人都发财了。"

陆右安说："也不是谁都能够发财，真正发财的还是少数人。发财也要靠运气。"

张鸣说："看来你的运气不错！"

陆右安说："还行吧，比上不足，比下有余。"

张鸣说："你太谦虚了。"

陆右安说："我说的是实话。"

……

陆右安开着车把他带到了一家叫"粤珍轩"的海鲜酒楼。张鸣经常路过这个地方，但从来没有想到能够进去吃顿饭。当他跟着陆右安走进酒楼时，内心还是有些忐忑，尽管他看上去衣冠楚楚、人模狗样。在陆右安预订好的小包厢里，他们坐了下来。陆右安点了张鸣平常想都不敢想的鱼翅、鲍鱼以及若干海鲜。张鸣内心愈加忐忑，表面上还装出镇静的样子。

他掏出中南海，准备抽烟。

陆右安掏出一盒中华，抽出一根，递给他："抽我的，抽我的。"

张鸣接过中华烟的手有些颤抖。

陆右安说："阿鸣，喝点什么酒？"

张鸣笑笑:“随便。”

陆右安也笑了:“哪有随便的。服务员,你给我们上一瓶这里最好的红酒吧。”

那个年轻貌美的女服务员笑着点了点头:“好的,陆老板,您稍等,我马上去取来。”

张鸣爱喝酒,平常也就在漕东支路的路边小店,弄个花生米,喝上一瓶二锅头什么的,有时也喝喝上海老酒,什么洋酒、红酒还真挺少喝的。以前,借父亲的光,还喝过几次好的白酒,比如茅台什么的。他经常和他厂里的几个酒友吹嘘,说他父亲经常要给他茅台酒喝,可他就是不要喝,说茅台酒没劲,还是二锅头来劲。他还吹牛说,从懂事那天起,他就喜欢喝二锅头,他是喝北京牛栏山二锅头长大的。吹归吹,牛高马大的张鸣还是挺能喝的。

很快,酒菜上来了。

他们两个交杯换盏喝将起来。

边喝酒,他们边说着话。

陆右安说:“阿鸣,我们也算老朋友了,今天那么巧,还碰到了你。我从深圳回来,你可是我碰到的第一个老朋友。”

张鸣自顾自喝干了一杯酒,说:“是呀,我们有缘!”

陆右安说:“阿鸣,你现在做些什么事情?”

张鸣有点心虚,但死鸭子嘴硬:“以前也在工厂,这两年也跳出来了,做点生意。”

陆右安不像张鸣那样每次端杯就一口闷,他喝酒是一点一点地抿。他抿了口酒说:“阿鸣,我这次回来,就不走了,准备在上海发展了。今天晚上请你喝酒,第一,是为了我们老朋友重逢。第二嘛——”

张鸣喝了几杯酒后,内心的忐忑消失得无影无踪,心中莫名其妙地升起了一股豪气:“右安,咱们是兄弟,你有什么话就直说!”

陆右安笑了笑说:“你知道的,虽然说我是上海人,但在上海也无根无底,认识不了几个人,想做点事情,还是有难度的。早上我一看到你,就想，老天开眼了。你现在也做生意，况且，你父亲原来也是公安局的领导，门路肯定是比我多的。实话对你讲，钱不成问题，就是要有项目。如果你能够搞到好的项目，我们联手干，很快就起来了。”

张鸣又喝了一大杯酒，抹了抹嘴巴，说：“这个嘛，这个嘛——”

陆右安说：“阿鸣，难道你手头上有项目？”

张鸣一本正经地说：“有！而且是大项目！”

陆右安的眼睛发亮了：“阿鸣，快说！”

张鸣考虑了一会说：“这个项目真的很大。靠我自己肯定是吃不下来的。这样吧，我先说说，你看有没有兴趣？”

陆右安说：“你讲。”

张鸣来劲了，便滔滔不绝地说起来：“前些日子，有个在俄罗斯做生意的朋友找到我，说能够从俄罗斯那里买到退役的航空母舰。刚开始我不相信，俄罗斯会把航空母舰卖给我们？就是退役的，也是不可能的事情。要可能，我们国家不把它买了？买来研究也不错呀。我对他说，你就瞎掰吧。他一本正经地告诉我，他没有瞎掰。他说，他们卖给我们的航空母舰，是把上面有用的有秘密的东西全部拆除了的，只是一个船体。听他这么一说，我有点信了。我就问他，这破航空母舰买来有什么用呀？他说，你别说，用处大了，把它拖回来拆了，光废钢就不得了，还有大量的废油。虽然说是废钢和废油，但那可都是一流的东西呀，在我们国家可以当好钢好油卖。我心动了，问他，那么，买这个破航空母舰需要多少钱呢？他说有 2000 万人民币足够了，光卖废钢少说也有一个亿人民币的利润，不要说废油了。我心里又怀疑上了，问他，那么便宜的话，为什么别的国家的人不买？他说，别的国家讲环保，拆旧船污染多大呀，所以他们都往第三世界国家卖旧船。我信了，但还是对他说，我们国家现在不是强大了吗，怎么还算第三世界国家呀？他哈哈大笑说，还算，还算，我们是国富民穷，很多第三世界国家的特征都是国富民穷，也不注重环保。我不解的是，他为什么要找我谈这个事情。他是这样回答我的，你弟弟不是在舟山的海军基地当政委吗？你只要和他说说，在军港租个地方给我们拆船，就万事大吉了，地方有关部门想管也管不着，这是最重要的事情。另外，我一个人要买航空母舰，实力还是差点，手头一下子拿不出这么多钱，他们不会赊账的，我想你这几年做生意，也赚了些钱，我们合作搞吧……这的确是笔好生意，我弟弟那里好说，问题是，我也拿不出那么多现钱，这事情就搁在那里了。”

陆右安听得眼睛发亮。

人在某种时候是很容易轻信别人的话的，哪怕是一目了然的谎言。

陆右安竟然相信了他的话。

张鸣看他激动的样子，马上说：“右安，你有兴趣吗？”

陆右安点了点头：“我们一起干，怎么样？”

张鸣哈哈大笑，笑完后说：“我就等着兄弟的这句话呢！”

4

他们在粤珍轩吃喝完，兴奋过度的陆右安对张鸣说：“我们去天上人间，唱歌吧。”一听唱歌，张鸣摇了摇头说：“我不会唱。”陆右安笑了笑说：“那里不光是唱歌的，还有很多节目呢。去吧去吧，我请客！”张鸣说：“那里有酒喝吗？我觉得还没有喝过瘾。”陆右安拍了拍他的肩膀说：“有，什么酒都有！走吧！”

那时，“天上人间”才开张不久，张鸣没有听说过这个地方。就是在前往“天上人间”的路上，他也不知道那是个什么地方，于是内心充满了好奇，好奇之余，心里说：“做个有钱人真好呀！”遗憾的是，尽管他吹嘘了那么一大通，但还是个穷光蛋。他想起了早晨的那个梦，又想到莫名其妙碰到了陆右安，也许他的好运气真的要来了，那个梦是个吉兆。想到这里，他心里有了些底气，仿佛他瞎编的航空母舰的事情也变成真的了，自己也仿佛成了像陆右安这样的有钱人。

进入金碧辉煌的“天上人间”的大堂，张鸣傻眼了，这到底是什么地方呀！此时的张鸣，就像是刘姥姥进了大观园。一个身材高挑、穿着红色大花旗袍的漂亮女子朝他们迎过来，笑吟吟地对陆右安说："陆老板，你有几天没有来了吧？人家都想你了。"陆右安说："小红，今天我带了个贵客来，你要把最好的姑娘叫来哟！"小红嗲声嗲气地说："我们这里的姑娘都是最好的，陆老板，你懂的。"接着，陆右安就把张鸣介绍给了小红。小红对他说："张老板，欢迎你来到'天上人间'，你一定会喜欢上这里的。"张鸣毕竟不是刘姥姥，他朝小红笑了笑，目光落在了她鼓鼓囊囊的胸脯上，咽了口唾沫说："谢谢。"于是，小红把他们领到了一个包厢里。

他们坐在沙发上，小红坐在他们中间，依偎着陆右安，和他甜腻腻地说着什么。张鸣的目光落在小红白生生的修长大腿上，想入非非。陆右安问张鸣："阿鸣，喝什么酒？"张鸣慌乱地从小红的大腿上收回目光，说："随便，随便。"小红笑了笑说："这里没有随便卖的啦。"张鸣说："还是喝白酒吧，红酒喝了不过瘾。"陆右安就对小红说："我还是干红，给张老板来瓶最好的白酒。"小红说："没有问题。"陆右安在她的耳朵旁边说了几句悄悄话后，她就出去了，出去之前还意味深长地看了张鸣一眼。

不一会，酒呀果盘呀点心呀，全都上来了，他们给张鸣拿了瓶茅台。

张鸣说："右安，你知道我不喝茅台的，我喜欢喝二锅头。"

陆右安说："阿鸣呀，你要跟得上时代的步伐呀，这地方没有二锅头的，在这里喝二锅头，会被人笑话的，我们都是有身份的人，以后就不要提二锅头了。"

张鸣说："好吧，好吧，听你的。"

又过了一会儿，包厢门开了，小红领了一群年轻貌美的姑娘进来，她们穿得都很少，乳房若隐若现，大腿一览无遗。顿时，包厢里充满了香水和肉欲的味道，一切宛若梦境之中。张鸣的呼吸急促起来。看他这个模样，陆右安笑了，他的嘴巴凑近张鸣的耳朵说："阿鸣，你是第一次进娱乐城吧？"张鸣缓过劲来，尴尬地说："去过，去过，只是没有来过这里，姑娘没有这么多。”陆右安说：“呵呵，你随便挑个吧。”张鸣说：“你先挑。”陆右安说：“我有的，你放心。”张鸣眼花缭乱，说不出话来了。

小红笑着把一个高个子美女拉到张鸣面前，说：“张老板，我知道你喜欢豪放的，小丽会让你满意的。”小丽也顺势坐在了张鸣旁边，嗲嗲地说：“张老板，你好帅哟。”说着，就给他斟酒。张鸣傻傻地笑，他的手触摸到了小丽柔滑温热的屁股，他轻轻摸了一下，小丽没有反应，他的手便重重地捏住了小丽的屁股，小丽的脸贴近他的脸，轻声说：“张老板，你捏痛我了，轻点好吗，人家怕痛的。”张鸣晕乎乎的了。小红问张鸣：“张老板，满意吗？”张鸣点了点头。小红就让那些姑娘出去了。

很快地，张鸣和小丽交杯换盏，搂搂抱抱，全然不顾小红和陆右安他们了。陆右安和小红在唱歌。过了好大一会儿，才进来一个姑娘，这个姑娘是陆右安从别的地方叫来的。她来了后，小红才出去。陆右安和那个姑娘一会说话，一会唱歌，一会玩甩盅，不打扰张鸣快活。

那一瓶茅台下去，张鸣已经醉眼惺忪了。

他摇摇晃晃地站起来，要去撒尿。

小丽搀扶着他。

他朝包厢外走去。

小丽说：“张老板，包厢里有洗手间的。”

张鸣说：“不，不，我要到外面的厕所去。”

小丽无奈，只好扶他出去。张鸣喝多了就像一摊烂泥，几次都快瘫倒在地上，弄得小丽气喘吁吁的。好不容易到了厕所，张鸣要小丽陪他进去，小丽说：“那是男厕所。”张鸣说：“屁，什么男厕所女厕所，都一样的！”小丽无奈，只好扶他进去。站在那里，张鸣把手伸进去掏那玩意，可怎么掏也掏不出来。张鸣着急坏了，嗷嗷叫。见此情景，脸红耳赤的小丽顾不了那么多了，帮助他把那玩意掏出来。那一泡尿尿得痛快淋漓。张鸣尿完尿，仿佛清醒了些，对小丽说：“我撒尿，你跟进来干什么？你不知道你是女人吗？”小丽啼笑皆非，什么话也没有说，搀扶着他出去。

出去后，张鸣还在嘟嘟囔囔的：“以后我撒尿，不许你看，太不像话了。”

小丽还是一声不吭。

路过一个包厢门口时，那个包厢门突然开了，从里面走出来一个女孩子。

那个女孩子看到张鸣，惊叫了一声，像见到鬼一样，一下子就跑掉了。张鸣也看到了那女孩，他站在那里，喃喃地说：“娜娜，娜娜，你怎么会在这里？”

小丽没有见过那个女孩子，也许是客人自带的，她问张鸣：“娜娜是谁？”

张鸣猛地推开她，大声吼道：“你管不着！”

然后，他朝那个女孩子跑掉的地方追了过去，嘴巴里大声喊着：“娜娜，娜娜——”

他找不到女儿。

于是，他发疯般到处寻找女儿，发狂地喊叫。

小丽没有办法，只好回包厢里去找陆右安求救。

等他们赶过去，张鸣已被人打倒在另外一个包厢里，他闯进去大吵大闹，激怒了包厢里的客人。

5

张鸣头痛欲裂。

他醒过来时，已经是第二天的中午了。醒过来后，他发现自己不在家里，而是在一个宾馆的房间里。那个叫小丽的姑娘见他醒来，如释重负地说：“张老板，你醒了，我也该走了。”张鸣浑身无力，问道：“我怎么会在这里？”小丽说：“昨晚，你喝多了，我们不知道你住哪里，陆老板就把你安排在这里，还吩咐我陪你，说等你醒了我才能走。”张鸣怎么也想不起来自己喝醉后的情景，包括上厕所，包括看到女儿，包括大闹“天上人间”挨揍。他无神地望着小丽，此时，他什么欲望也没有，就是小丽脱光了站在他面前，他也会无动于衷。小丽走了，他朝她的背影说了声“谢谢”，小丽没有回头。

小丽走后不久，房间里的电话响了。

他接了电话，是总台问他要不要续房，他惊慌地说：“不要，不要！”因为他不知道在这样的地方住一天需要多少钱。放下电话，他不顾一切地从床上爬起来，穿好衣服，逃离了宾馆。走出宾馆时，他还不停地回头张望，生怕宾馆的人追上来，管他要钱。其实，陆右安已经给他付过钱了，他只是不知道。

走在繁华的街头，张鸣觉得特别凄凉。

他觉得自己是个失败者。

回到家里，他洗了把脸，准备弄点东西吃。如果女儿没有住校，也许女儿已经把饭做好了。他突然想起前妻，要是没有离婚，或者他不会如此狼狈。他只有叹气。房间里传来窸窸窣窣的声音，他有点恐惧，这大白天的，难道……他迟疑了一下，走进了房间，里面什么也没有，窸窸窣窣的声音也消失了。

就在这时，传来了敲门声。

他走到门前，打开了门。

是个中年女人，他认识她，她是女儿张伊娜的班主任肖老师。肖老师的突然来访，让张鸣有点不知所措。他堵在门里，不想让肖老师进屋，因为里面凌乱不堪。张鸣尴尬地说：“肖老师，你来——”

肖老师脸色凝重，她的目光朝屋里瞥了瞥：“伊娜在家吗？”

张鸣说：“她不在家呀，不是在学校里吗？”

肖老师冷冷地说：“她昨天就不见了，今天也没有来上课，同学们都不知道她去哪里了。我以为她回家了。”

张鸣觉得不可思议：“怎么可能？怎么可能！”

肖老师说：“真的不见了，我想如果她在家的话，就把她带回去，现在学习这么紧张，怕她跟不上。再来，也告诉你一声，她不见了，你们做家长的,也有责任,应该赶快把她给找回来。”

张鸣说:“她可是在学校里不见的,你们应该负主要责任,你们这些老师是怎么当的!”

肖老师说:“现在不是追究责任的时候,重要的是赶快把人找到。我们学校也会派人去找,你们也配合一下吧。”

张鸣突然感觉到了问题的严重性,自言自语道:“她会到哪里去?她会到哪里去?”

肖老师说:“你们如果找到她,赶紧把她送回来。我们要是找到她了,也会通知你的。”

肖老师说完,就走了。

张鸣呆呆地望着肖老师的背影消失在楼梯的拐角,有点不知所措。

过了好大一会儿,他才缓过劲来。

张鸣穿好衣服,赶紧拨通了父亲家的电话。

是他母亲接的电话:“阿鸣,什么事?”

“妈,娜娜有没有到你们那里去?”

“没有呀,娜娜怎么了?”

“没什么,没什么。”

他挂了电话。老太太对伊娜很好,爱惜得很,伊娜失踪的事情千万不能告诉她,否则她会急死的,要是母亲因为此事有个三长两短,他可担当不起,脾气暴躁的父亲会用拐杖敲碎他的脑袋,他可不想惹老头子发火,在老头子眼里,他一无是处,猪狗不如。

张鸣想到了前妻钱秀娟。

伊娜会不会到她那里去?应该不会吧,伊娜和她妈妈关系一直不好,根本就不想见她。不过也说不准,最近伊娜对张鸣的态度也很不好,老怪他没有本事,要点钱都抠抠搜搜的,说不定“反水”了,和她妈妈好上了。张鸣想了想,还是决定给钱秀娟打个电话。

张鸣拨钱秀娟家的电话号码时,心里怪怪的。

“喂——”张鸣说。

“谁呀?”男人的声音。

“请问是钱秀娟家吗?”张鸣小心翼翼地说。

“你是谁呀?”男人的声音十分不耐烦。

张鸣知道,钱秀娟一直没有结婚,但是一直有男人和她相好。他知道,说话的肯定是钱秀娟的相好。想想,张鸣心里冒起了一股无名火,他说:“你他妈的管我是谁,叫钱秀娟接电话!”

对方见张鸣凶,不说话了。

过了会儿,钱秀娟说:“张鸣,什么事?”

张鸣的声音一下软了:“秀娟,娜娜有没有到你那里去?”

钱秀娟说:“没有呀,她那么恨我,怎么会来找我?”

张鸣心里冰凉:“哦——”

钱秀娟说:“娜娜怎么了?”

张鸣说:“没什么,没什么。”

钱秀娟说:“张鸣,你不要跟我捣糨糊,快说,娜娜到底怎么了?”

张鸣无法隐瞒,只好说:“娜娜失踪了。”

钱秀娟:“啊——”

张鸣无语。

钱秀娟沉默了一会,突然大声说:“张鸣,你这头猪! 还不赶快去报警! 娜娜要是有什么问题,我要你的狗命!”

张鸣使劲地把话筒按了回去。

他正准备出门,到派出所去报案,电话铃声响了起来。

他拿起了电话:“喂——”

电话里传来一个男人急促的声音:“你是张鸣吗?”张鸣说:“我是张鸣,你是谁?”那人说:“你别管我是谁,告诉你,你女儿伊娜在我手上! 你赶快给我准备 5 万块钱赎人吧!”张鸣咬着牙说:“你他妈的到底是谁? 你敢动我女儿一根毫毛,我就弄死你! 赶紧把我女儿放了!”那人气喘吁吁地说:“你,你别拽,你要不给 5 万块钱,就等着收尸吧!”张鸣有点紧张了:“我女儿现在在哪里? 你让她和我说话,否则我哪知道你说的是不是真的?”那人停顿了一会儿,说:“你等等。”他好像是在走动,可以听到他的脚步声,像是走在一堆瓦砾上。张鸣猜测那是个荒凉的地方,心突然被一只无形的手抓紧,疼痛起来。又过了一会儿,他听到了哭声,女孩子的哭声,女孩的哭声充满了恐惧和无助。女孩边哭边喊:“爸爸,爸爸,救我!我是娜娜呀,爸爸,我是娜娜,快来救我——”这的确是伊娜的声音。张鸣哽咽地说:“娜娜,你不要怕,不要怕,爸爸会来救你的!娜娜,等着爸爸。”那人对张鸣凶狠地说:“张鸣,你现在知道了吧,我没有骗你!赶快准备好5万块钱,晚上等我电话!我警告你,千万不要报警!你要是报警,我也不要你的钱了,你女儿的命也没了!听见没有!”张鸣没有脾气了,说:“我听见了,好,好,我按你说的去做。你不要打我女儿,要给她饭吃,好好对待她!”那人没有再说什么,把电话挂了。

张鸣颓然地坐在椅子上,大口地喘着粗气。

他心里想:他妈的,这到底是怎么了?怎么倒霉的事情总是会让我碰上?那王八羔子怎么不去绑架有钱人的孩子,非要找我的麻烦?这可是个大麻烦事哪!伊娜,你爸到哪里去弄这5万块钱?

找父母亲要钱?

不行,他们也不一定能拿出钱来,关键是他们要是知道了这个事情,一急一气倒下了,那就更加不可收拾了。

找钱秀娟要钱?

她可真是在做生意,在襄阳路市场摆摊卖东西,5万块钱还是应该拿得出来的。可是,他如何开这个口?做男人做到这个地步,连自己的女儿都保护不了,窝囊哪!

张鸣不停地用手砸着自己的头,嗷嗷直叫。

突然,他想到了陆右安。

6

多年前的一个深夜，钱秀娟跳舞回来，看到了满脸怒容的张鸣。他坐在那里，桌子上放着一瓶二锅头，那瓶二锅头已经见底了。张鸣充血的双眼死死盯着钱秀娟。钱秀娟见惯了他这个模样，没有理会他，准备去冲凉。她没有想到，张鸣霍地站起来，挡在了她面前，朝她低吼道："你他妈的还要不要这个家了？"钱秀娟冷笑了一声说："就允许你喝老酒，我跳跳舞就不行了？"张鸣气不打一处来，说："你跳舞跳得连自己的女儿都不管了，你知道吗，她都生病了！"钱秀娟赌气地说："孩子又不是我一个人的，你就不能管吗？"张鸣怒了："你这个狠心的娘们！"钱秀娟针锋相对地说："你难道不狠心吗？啊？你经常喝醉酒回来胡闹，弄得我们睡觉都不安宁！"张鸣控制不住自己的情绪，吼道："我喝酒总比你在外面勾三搭四好！"钱秀娟冷笑道："我就勾三搭四了，怎么样？"张鸣气得发抖，扬起手，在她脸上狠狠地抽了一巴掌。那一巴掌没有收伏钱秀娟，反而把她打跑了。张鸣在钱秀娟走后，回过头，看到童年的张伊娜站在门口，眼泪汪汪地看着他。张鸣的心柔软起来，抱起了伊娜，伊娜轻声在他耳边说："爸爸，我怕！"

……

"爸爸，我怕！"那揪心的话在张鸣的耳畔回响。

今天的夜晚，显得落寞和凄凉。张鸣提着一个黑皮包，走在黑暗中，内心十分焦虑。这是苏州河边一个废弃的老厂房。绑架者要他在晚上 12 点把钱放在厂房里面的某个角落，然后要他离开，说回家就可以见到女儿。他打着手电走进了老厂房，里面乱七八糟，散发出一股奇怪的臭味，还可以听到老鼠吱吱乱叫的声音。张鸣找到了那个角落，角落里有一个生锈的洋铁桶。张鸣用手电四处照了照，没有发现任何人的影子，可是他知道，有一双或者几双眼睛，在窥视他。张鸣有点恐惧，他把那装着5万块钱的包放进了洋铁桶里，然后就往外走。

走了几步，他又回转身，回到洋铁桶前。

他伸出手，把黑皮包一把抓起来。

张鸣呼吸急促。

他使劲地捏着包里的钱，这5万块钱可不是一笔小数目呀！他的确心疼钱，这一大笔钱落到那些王八羔子手里，他心有不甘。他仿佛听到有人在某个阴暗角落里说："张鸣，你这个混蛋，瘪三！你是要钱，还是要你女儿的命！"他仿佛又听到了女儿凄惨的哭声，还有那让他撕心裂肺的声音："爸爸，我怕——"张鸣的手在颤抖。

最后，他又不得不把黑皮包放回了洋铁桶里，然后，跌跌撞撞地走出了这个废弃的老厂房。苏州河里飘过来一阵阵腥臭的气息，张鸣望了望天空，上海的天空还是那么混浊，看不到星星，也看不到蓝天。

张鸣魂不守舍地回到家里。

他没有发现女儿张伊娜。

张鸣的脑袋"嗡"的一声响，他懵了。绑架者竟然欺骗了他，他觉得自己是个不折不扣的傻鸟！那些人的话可信吗！那是流氓！那是下三滥的瘪三！钱被拿走了，人没有回来。他们会不会设计第二次敲诈？他们会对伊娜怎么样？张鸣又悔又恨，哭笑不得。

就这样，他茫然地过了两个多小时。

他一直在等电话，他知道，他们一定还会来电话的。

果然，电话响了。

张鸣迫切地拿起电话，声音颤抖："喂——"

电话那头沉默。

张鸣说："喂，说话呀！你们拿了我的钱，为什么不把我女儿放回家来！你们怎么能够这样！说话呀——"

电话那头还是沉默。

张鸣急了："你哑巴了！说话呀！你们到底想怎么样！告诉你们，老子现在豁出去了，要钱没有，要命一条！如果你们不把我女儿放回来，老子就是死也要把你们找出来垫背！”

电话里突然传来女儿伊娜的声音：“爸爸，是我。”

听到女儿的声音，张鸣又惊又喜：“娜娜，你在哪里？娜娜，你没事吧，他们放了你吗？爸爸担心死你了，你知道吗？”

张伊娜说：“我知道爸爸担心我，我没事，你放心吧。”

张鸣的泪水情不自禁地流出来，哽咽地说：“没事就好，没事就好，娜娜，赶快回来吧，爸爸在家里等着你。”

张伊娜说：“爸爸，我不回家了，也不回学校了。你告诉肖老师，我不想再上学了，也不参加高考了。”

张鸣刚刚放下的心又提了起来：“娜娜，你在说傻话！你给我赶快回家，有什么事情回家再说。”

张伊娜说：“爸爸，原谅我，是我不好。我知道你从小就疼爱我，为了我，你也吃了不少苦头。可是，可是我真的受不了了，我要去赚钱，赚很多的钱，不再管你要钱。爸爸，对不起，我要告诉你真相。”

张鸣说：“什么真相？”

张伊娜说：“爸爸，你不要生气，其实没有人绑架我。是我让小刚给你打电话的，小刚是我的男朋友，我们要去做一件大事，可以赚很多钱的大事。做大事需要钱，我们没有，只好从你这里拿点。我知道你没有那么多钱，那天，我回家翻遍了所有地方都没有找到钱。你的 5 万块钱是借来的吧？放心，等我们发财后，会加倍还给你的。”

张鸣所得目瞪口呆。

张伊娜继续说：“爸爸，我不会告诉你我们去哪里的，这个要保密，你也不要来找我了，你是找不到我的，如果有机会，我会给你打电话的。就这样吧，我们要走了，否则就来不急了。”

张伊娜没有等张鸣再说什么，就把电话挂了。

张伊娜真的失踪了。

张鸣欲哭无泪。

张鸣仿佛听到房间里传来女人阴森森的声音：“报应——”

张鸣冲进房间,大声吼道:“你是人还是鬼,给老子滚出来,滚出来!”没有人回答他,他只感觉到有阴风从某个角落里吹过来,张鸣浑身颤抖。

7

没过几天,张鸣也失踪了。

张鸣的失踪,对这个城市里的人来说,无关紧要,没有什么人会牵挂他,他是个无足轻重的小人物。只有一个人惦记他,这个人就是陆右安。张鸣从他这里拿走了10万块钱,说这钱用作那航空母舰生意的前期投资,陆右安二话不说就给了他这笔钱。可是时间过去了一个多月,他连张鸣的鬼影都没有见着,打他家的电话,总是没有人接,他也不主动来个电话。他到那老公房里找张鸣也找不到。

陆右安在老公房找张鸣时,碰到了沈姨。沈姨是个多嘴多舌的老太太,见陆右安打听张鸣,就和他唠叨起来:“我怎么没有见过你呀,你是阿鸣的什么人呀?”陆右安说:“我是他朋友。”沈姨说:“朋友呀,张鸣还有你这样体面的朋友,我还真没有听说过。他没有什么朋友,以前还在厂里时,倒是有几个工友,经常在一起喝酒打牌,后来他下岗后就没有和什么人来往了。”陆右安说:“是这样啊,那么,他这个人怎么样?他做过生意吗?”沈姨说:“要说这个人呀,怎么讲呢,人还可以吧,就是喜欢喝酒,喜欢七搞八搞。他原来有个老婆,就是因为他喝酒,和他离婚了。给他留下了一个女儿,现在读高三了,住校,不经常回家。他对他以前那个老婆可凶了,经常动手,这一点我特别看不惯,怎么能动手打女人,你说是不是?虽然说他对老婆不好,对他女儿可不一样,把他女儿当宝贝。还有呀,这个人爱讲大话,特别是喝完酒,老是吹牛说他弟弟多么厉害,在部队里当将军,可是我们从来没有见过他那当将军的弟弟来看过他。你说他做生意?笑掉大牙了,他下岗后,和几个工友瞎搞八搞,搞了个小饭店,就在三江路那边,开张时还请我们去吃呢。那菜特别难吃,还想我们自己花钱去吃?! 开始我就知道那小饭店长不了,果然,开了不到几个月,就黄了。我问他赔钱没有,他吹牛说没有,还稍微赚了点,鬼才相信。"陆右安说:"哦,这样呀,那他靠什么生活呀?"沈姨说:"拿点低保呀,好像还有点积蓄吧,还有他前妻给女儿的抚养费,他妈妈也会给他点钱,他爸爸妈妈是老干部。他老是讲,他弟弟也经常给他寄钱,我问过邮递员小潘,他说从来没有人给他寄过钱。这个人还有个毛病,就是喜欢搞女人,原来马路对面那个洗头店里有个江苏姑娘,和他相好,他趁女儿不在,还偷偷带回家里来,大白天的,吵死人了。结果,那个姑娘是个卖的,被抓了,供出了他,还把他抓进去关了几天,要不是他前面的老婆有情有义把他捞出来,还不知道会怎么样呢!"听了沈姨的话,陆右安浑身冰凉,他又问:"你知道他最近到哪里去了吗?"沈姨摇了摇头说:"不晓得,他到哪里去也不会向我汇报。是呀,这些日子都没有看到他了,也没有看到他女儿回家。有段时间,他吹牛说前妻要和他复婚,他不同意,会不会真跑到她那里去,破镜重圆了?如果这样,也是一件好事。讲实在话,他把女儿拉扯大,也挺不容易的。"陆右安说:"你知道他前妻住在哪里吗?"沈姨想了想说:"以前听阿鸣说过的,唉,人老了,记性不行了。对了,她在襄阳路开了个卖衣服的小店,你可以到那里去找她。你只要问钱秀娟,那里的人会告诉你的,他们都知道她。"陆右安说:"谢谢你。"

陆右安特别生气,觉得自己被张鸣骗了。

10 万块钱,对他来说,根本就不算什么,问题是一口恶气憋在心里难受。陆右安决定去找钱秀娟,也许她知道张鸣的下落。

天上飘着绵绵细雨。

陆右安穿着黑色的风衣走进了襄阳路市场。

有个长得精瘦的男子走到他面前,撩起袖子,手臂上戴满了手表:"先生,正宗的瑞士表,看看吧,便宜!"

陆右安心情不爽,也瞧不起这些卖假货的家伙,没好气地说:"走开走开!"

说完就往里面走去。

那瘦猴在他后面骂了声:“册那!”

陆右安回头瞪了他一眼,说:“滚——”

瘦猴突然觉得陆右安有种莫名其妙的威慑力,一晃就不见了。

陆右安不知道什么时候襄阳路有了这么一个闻名上海甚至全国乃至世界的跳蚤市场。来这里购物的人很多,各种各样的人都有,包括很多外籍人士。这里卖的名牌衣服、名牌箱包以及手表等东西,基本上是假货,但是有一点不错,那就是便宜,而且仿造得不错,可以乱真,给那些囊中羞涩又爱面子充大头的人带来了许多快感,虚荣心也得到了巨大的满足。

陆右安不会买这里的东西,送给他他也不要。

他不知道谁是钱秀娟,也不知道她在卖什么。

陆右安跑到一家卖皮箱的小店。小店店主是个年轻妖冶的女子,她见陆右安进来,笑脸相迎:“先生,请随便看看,什么牌子的箱子都有,看上喜欢的就买,不买也没有关系。”陆右安对她有了几分好感,笑了笑说:“我今天不是来买箱子的,以后要买,一定到你这里来。”那女子也笑着说:“没有关系,没有关系。”陆右安说:“我想打听一个人,不知道你认识不认识?”女子说:“你要打听的人是谁?”陆右安说:“钱秀娟。”女子笑出了声:“你说的是秀娟姐呀,我知道,知道。对了,你是想找她?”陆右安点了点头。女子说:“她就在前面一点的大洋服装店。你去找她吧。”陆右安说了声:“谢谢。”女子说:“不客气。”他走出小店后,女子还瞟着他的背影,自言自语道:“这小开蛮有派头的。”

陆右安来到了大洋服装店门口。

店里的生意不错,不少顾客在那里挑拣衣服。

他看到一个皮肤很白、个头不高、微胖而又有几分姿色的中年妇女在给顾客介绍衣服。他走了进去,这个中年妇女朝他瞟了一眼,这一眼让他感觉到,她的目光是带钩的。陆右安问店里的一个女店员:“请问钱秀娟在吗?”女店员喊叫:“秀娟姐,有人找。”那个中年妇女答应了一声就走到了陆右安的面前，她用带钩的目光打量着陆右安，微笑地问："你找我？"陆右安的脸上也浮现出笑容："你就是钱秀娟？"钱秀娟说："我就是，请问你找我有什么事？"陆右安说："能否借一步说话？"钱秀娟说："当然可以。"陆右安说："路口的淮海路上有个咖啡馆，我们去那里坐会儿？"钱秀娟说："没有问题。"接着，她交代了女店员几句，就跟着陆右安走了。

他们在咖啡馆里找了个偏僻的位置坐下，点了两杯咖啡后，就开始了交谈。

钱秀娟说："先生，你找我是不是有货要在我们店里代销？"

陆右安摇了摇头。

钱秀娟说："那是——"

陆右安说："你认识张鸣？"

钱秀娟说："认识，他是我前夫。"

陆右安在她那带钩子的眼睛里看出了她的疑惑，他说："我是他的朋友，他现在失踪了，我想问问你，知道他在哪里吗？"

钱秀娟笑着说："笑话，我怎么知道他在哪里？我们现在桥归桥路归路，毫不相干。"

陆右安说："你真的不知道他在哪里？"

钱秀娟脸上的笑容消失了，说："真的不知道。你这个人怎么回事，好像我骗你一样。告诉你吧，我也在找他呢，我女儿跟着他过，也已经失踪一个多月了，到现在还没有找到，我和学校都报警了，到现在也没有音讯。那些警察也不知道干什么吃的，拿着我们纳税人的钱，就是不作为！"

陆右安说："你说，你们的女儿也失踪了？"

钱秀娟的眼圈突然红了，说："是呀，她要是有个闪失，我非找张鸣这个王八蛋拼命不可！"

陆右安说："看来是张鸣带着女儿跑了。"

钱秀娟说："应该不会，我女儿失踪的事情还是他告诉我的，不可能是他带走的。我想，如果张鸣也不见了，他一定是去找女儿了，我了解他，他虽然对我不好，可是对女儿，那没得说的，女儿要他的命，他也会给她！没有离婚的时候，我要是碰女儿一根手指头，他就想要我的命，女儿被他惯得不成样子。他也希望女儿好好读书，考上名牌大学，女儿明年就要高考了，他不可能在这个关键时刻带她到别的地方去的，除非他疯了。对了，我想问你一句，你找张鸣做什么？”

陆右安说：“阿鸣是我在插队时的朋友，多年不见。一个月前，我突然和他相遇，就请他吃了顿饭。在吃饭时，他说起了一桩生意。说他可以买到俄罗斯退役的航空母舰，并且可以在舟山海军基地租用军港拆船，因为他弟弟是那里的政委……过了两天，他打电话问我，这个生意做不做，我说，当然做了。他就说，现在需要 10 万块钱打点，他手头上没有现金。我说，没有问题，就提了 10 万块钱给他。我相信他，因为他在我印象中，还算厚道。可是，钱拿走后，就没有消息了，连人也消失了。”

钱秀娟说：“原来是这样。唉，他这个人不坏，可是吹牛这个毛病他就是改不了。他是有个弟弟在海军当军官，但也不是什么舟山海军基地的政委。而且，他和他这个弟弟，没有什么来往，好像也没有过节，就像是陌生人一样。以前，他每次回上海探亲，根本就不告诉大鸣，大鸣妈妈告诉大鸣，大鸣也不过去看他，他们好像都把对方当陌生人。你说，就是把俄罗斯的航空母舰买回来了，也不可能放到舟山的军港里去拆呀。况且，部队的军港哪能随便租给老百姓拆船？这个人吹牛越来越漫无边际了。但话说回来，骗你那么多钱，应该是有原因的，或者是碰到了什么难处。现在，他和我女儿都不见了，愁人哪！说实话，他怎么样，我倒没有什么想法，可怜的伊娜，现在不知道在哪里！”

陆右安说：“如果他真有什么难处，我就是送 10 万块钱给他，又算什么，可是，我最痛恨别人骗我。无论任何，我会把他找出来的。这样吧，如果你有他的消息，也请你告诉我。”

陆右安递了一个名片给她：“你直接打我手机就可以了。”

钱秀娟说:“好的。”

他们分手时,钱秀娟从小包里拿出一张名片,递给他:“陆老板,有什么事情,你也可以打电话找我。”说话时,朝陆右安抛去一个媚眼。陆右安说:“好的,好的。”陆右安心想:“你再年轻十岁,或者我还会考虑考虑。”

8

陆右安并不是一个大方的人,他现在的确有钱,请人吃个饭唱个歌什么的,无所谓,可是要白白送人家钱,多少他都会心痛,何况是 10 万块钱。想想就不舒服,自己简直就是一头笨猪!这钱一定要拿回来,否则这口气无论如何也咽不下去,出道多年,他还没有被谁骗过呢!

有天深夜,陆右安喝了不少酒。

朋友送他回来,他没有上楼,而是走出了佳信公寓的大门。保安看到他,笑脸相迎:“陆老板,您那么晚了还出去呀?”陆右安看都没有看他一眼,仿佛他是空气。陆右安走出去,穿过静悄悄的马路,走进了那片老公房。保安看着他的背影,怪模怪样地轻声说:“呸,不就是有俩臭钱嘛!神气什么!”

陆右安鬼使神差地来到了张鸣家的那个楼道口。

楼里面黑乎乎的,连盏灯都没有。

陆右安走进了楼道。

他一步一步地走上了楼梯。

因为黑,也因为喝多了,上楼时,他摔了一跤,头还磕到了墙上。他感觉不到痛,爬起来继续摸索着往上走。楼里静得可怕,仿佛这个楼里没有住一个人。此时,陆右安的存在,和任何人都没有关系。陆右安跌跌撞撞地来到了张鸣的家门口。他站在那里,敲了敲门:“张鸣,你给我开门,我知道你在里面,你是躲不掉我的。”没有人回应他,就连张鸣的邻居沈姨也没有出现。这个老女人经常有点响动就会把门开条缝，往外张望。

陆右安伸出手，推了一下门，门竟然开了。

他走了进去。

陆右安刚刚进屋，门就“砰”的一声关上了，没有风，也没有人关门。屋里一片漆黑。陆右安的大脑有点清醒了，恐惧感一下子抓住了他的心。可他还是借着酒劲给自己壮胆：“大鸣，你出来，我们有话好好说，你总躲着我，算什么呀！”还是没有人回应他。他想打开张鸣家的电灯，却找不到开关。他相信张鸣在这个屋子里，也许他正躲在某个角落里，手里操着菜刀什么的，随时准备给陆右安致命一击。陆右安觉得冷，头脑越来越清醒，他有点后悔来找张鸣。有些人被逼急了，夺人性命的事情常有发生。不就是 10 万块钱嘛，你半夜三更跑到人家家里来，要是被张鸣砍死了，值吗？想到这里，陆右安觉得自己完全清醒了，他越来越恐惧，呼吸也急促起来。

他转过身，朝门摸去，他要逃离这个地方。他摸到门边，可怎么也打不开这扇门。仿佛身后传来了细微的脚步声，陆右安吓得浑身冒出了冷汗，双腿禁不住发软颤抖。就在这时，他闻到了一股香味，这是香水的味道，十分低劣的香水味道，他不知道是什么牌子的香水。难道张鸣身上有香水的味道？在这样的深夜往自己身上喷香水，是不是很变态？此时，陆右安把张鸣想象成了一个变态的杀手。陆右安怎么也无法把门打开，他斗胆转过身，颤抖着说：“阿鸣，你不要杀我，看在我们一起在崇明插队的份上，放过我吧？那 10 万块钱就算是我送给你的，不要你还了。求求你了，阿鸣！”

突然，陆右安听到了女人的笑声。

女人的笑声十分缥缈，仿佛是从一个黑洞里飘出来的。

接着，陆右安看到了光亮，从里面那个房间里透出来的光亮，那是蓝莹莹的光亮。

亮光使陆右安看清楚了眼前的空间，根本就没有张鸣的影子。他稍微松了口气，女人的笑声和房间里透出来的亮光却让他警惕。他听到女人在房间里说："进来吧，大鸣不在家。"

"你是谁?"陆右安倒抽了一口冷气，问道。

"你不要管我是谁，你进来就可以了。"女人的声音十分阴冷。

陆右安不想进去，他不晓得里面有没有什么陷阱，他的脚步却不听大脑的指挥，往房间里一步一步地走过去。走到房间门口，他就看到了一个女人，坐在床上，手中拿着一瓶香水。女人微胖，长得不是很好看，也不难看，脸圆圆的，苍白如纸。女人的眼睛很大，无神，瞳仁里蒙着一层雾状的东西。陆右安走到床前，停住了脚步。

女人轻描淡写地说："你找阿鸣什么事情?"

陆右安战战兢兢地说："没什么，没什么。"

女人的脸上露出了一丝浅笑，说："你不告诉我，我也知道，你是来找他要钱的。对吧?!"

陆右安说："不是的，不是的，我不要钱了。"

女人说："你不要怕，杀人偿命，欠债还钱，天经地义。你以为阿鸣会杀你呀，不可能的，你别看他长得五大三粗的，看上去十分威风，那只是他的表面，他的胆子可小了，连鸡都不敢杀，还敢杀人？不过，你那钱可能是要不回来了，他这个人哪，为了他女儿，肯花钱，为了我，买瓶香水都是最低档的，他以为我是乡下人，好打发。"

陆右安觉得越来越冷，真想马上离开这个鬼地方，问题是他移动不了脚步。

女人的身体往前倾，伸出手把那瓶香水放到他的鼻子底下："你闻闻，是不是很低档的？这就是张鸣送给我的香水。"

陆右安感觉冷气是从女人说话的嘴巴里呼出来的，这感觉十分不妙。他战战兢兢地说："你到底是谁?"

女人收回了拿着香水瓶的手，身体也恢复了原来的姿势，她说："我叫什么很重要吗?"

陆右安说："不重要，不重要。"

女人又说:“大鸣走了,我又不能跟他去,寂寞呀。干脆,你陪陪我吧。反正,男人我见得多了,也不在乎你这一个。别看你是有钱人,脱光了都一样。你看怎么样?”

陆右安吓坏了,他面前的女人不是个正常的女人,他没法在这里继续待下去。陆右安说:“你放我走,好吗?我给你钱,你要多少钱,我都给你,好吗?我求你了。”

女人叽叽地笑起来,笑声像老鼠的叫声。笑着笑着,她迷雾般的眼睛里流下了黑色的液体,寡白的脸上冲出了两道黑色的河。黑色的液体难道是她的泪?女人用悲凉的声音说:“钱?钱是什么东西?为了钱,我失去了一切。你知道吗?阿鸣没有钱,我也跟他,他就是拿低档的香水蒙我,我也不在乎。也许他和我在一起,只是想和我睡觉,也许他从来就没有喜欢过我。可是,我喜欢他,我想他娶我,我和他提出过这个问题,他说他没有钱。我知道他没有钱,他要是有钱,也不会找我。我的心不死,希望他能够娶我。他不是说没有钱吗?我就想,我去赚钱,等我有很多钱了,他就会娶我了。我一个没有读过大学的乡下女子,打一份工,吃喝都困难,怎么能够赚到钱?我只有一个办法,就是去陪男人睡觉。现在我无所谓了,实话告诉你,我和很多男人睡过觉,每次和男人睡觉,我就把那个男人当成是阿鸣。没有想到,我还没有赚多少钱,就被抓了。赚的那些钱,连罚款都不够,他们还把我送去劳教。这事情也连累了阿鸣,人家都说,是我把阿鸣供出来了,其实不是这样的,是举报的人把他也说出来了。警察问我,他是不是嫖客。我说,不是,我和他是在谈恋爱。警察不相信我的话,就把他也抓了……你说钱是什么?钱是毒药。”

陆右安已经说不出话来了,牙关打战,浑身像结了一层冰。

女人的话匣子打开了,就收不住了,她边流着黑色的泪水边说:“我从劳改农场出来后,没有回家。我不想回去,我习惯了上海的生活。对阿鸣,我也没有死心。如果回到老家,我的一切就都完了,随便嫁一个人,过着猪狗不如的生活。我是那样想的,我已经不习惯过农村的生活了。我回来找过阿鸣，就在这张床上，我和他睡了，我当时以为他会留下我。没有料到，睡完后，他就让我走，说他女儿很快就要回家。没有办法，我只好离开……”

陆右安的心脏仿佛也被冰冻了。

他歪歪斜斜地倒了下去，不省人事。

……

天蒙蒙亮，沈姨就醒来了。

人老了，早上在床上躺不住，每天一大早，她就提着一个篮子，去菜市场买菜，买菜回来，就给家里人做泡饭。这天也不例外，沈姨提着篮子走出了家门，她一眼就看到张鸣的门口躺着一个人。沈姨惊叫了一声，以为那是个死人。她赶紧回屋里，叫醒了儿子。儿子嘟嘟囔囔地走出来，来到躺在地上的人面前，蹲了下来，翻过了他的头。就在一刹那间，那人翻身起来，大声说：“别碰我！”当他看到面面相觑的沈姨和她儿子时，喃喃地说：“我怎么会在这里？”沈姨认出他来了，也奇怪地问：“你怎么会在这里？”陆右安想了想，大惊失色，他伸手推了推张鸣的家门，门锁得死死的。沈姨说：“我告诉过你的，张鸣他不在家已经很长时间了，他家里没有人。”陆右安浑身颤抖了一下，匆匆下楼去了。

沈姨的儿子说了声：“神经病！”

沈姨若有所思地说：“这到底是怎么回事？”

这一切只有陆右安明白，他喝多了醉倒在张鸣家门口，并且做了一个梦，一个可怕吓人的梦。

9

陆右安在家躺了三天，也没有什么病，就像是被抽掉了筋，浑身无力。他老婆也不知道发生了什么，只是唠叨说，他在外面花，花出毛病来了。陆右安没有理会老婆的话，躺在床上就是不起来，连吃饭也是老婆端到床前。他老婆是湖南人，以前是他公司的员工。老婆不喜欢上海，说上海人没有人情味，什么都是钱，都是物。陆右安会这样对她说："你看现在上海发展多快呀，过不了几年，上海就会把广东甚至香港远远地甩在后面。你如果不习惯这里，你可以回深圳，也可以回长沙，我不反对。"老婆听了他的话后，也就不多说什么了。到了第四天，陆右安才从床上爬起来，去公司上班。

开车去上班的路上，陆右安就决定把张鸣忘掉，也把那 10 万块钱忘掉，尽管心里像割掉一块肉般疼痛。他刚刚来到办公室，手机就响了。他看了看，是陌生号码，一般陌生号码他都不接。陆右安摁掉了这个来电。他想喝杯茶，浓浓的茶。正想着，有人把一杯茶放在了他面前。他打开杯盖，热气腾腾，太烫了，他把杯盖放在了一旁。这时，手机又响了起来，还是那个陌生的电话号码。一定是打电话的人有急事找他，他接通了那个电话。

是个女人的声音："喂，请问你是陆右安陆老板吗？"

女人的声音似曾相识，陆右安说："请问你是谁？"

女人柔声说："我是钱秀娟呀，你那么快就把我忘了。"

陆右安说："哦——"

钱秀娟说："陆老板，你不是要找张鸣吗？"

陆右安淡淡地说："张鸣已经不重要了。"

钱秀娟说："打扰了，对不起。我就是想告诉你一声，漕河泾派出所的警察打电话给我，说发现了一个和张鸣特征相似的人，让我去认认。如果你还有兴趣，那么请你在 10 点钟前赶到那里，我在派出所门口等你。"

钱秀娟先挂了电话。

陆右安手上握着手机，想了想，还是觉得应该去看看，让他好奇的是，张鸣怎么会在派出所。他走出了办公室的门，桌上的那杯茶还在冒着热气，他没来得及喝上一口，那可是上好的铁观音。

陆右安把车从地下车库里开出去，发现天上下起了小雨。他不由自主地想到那天去找钱秀娟时，也下着小雨。他也不由自主地想到了钱秀娟柔软的说话声，还有她带钩子的目光。陆右安相信，她年轻时一定迷惑过不少男人，包括现在，他想不明白的是，当时她为什么会嫁给张鸣，他们在一起，的确很不般配，就像一头水牛和一只小白兔。陆右安觉得钱秀娟这个在污泥浊水里泡过的女人，到了这个年龄，还保持一份风致，也属不易，内心对她有了一丝淡淡的好感。陆右安不喜欢阴雨天，在这样的天气里，他特别容易烦躁和不安。从公司到漕河泾派出所，走了半个多小时，到派出所门口时已经 10 点一刻了。钱秀娟穿了件粉红色的皮衣，撑着一把绿伞，站在派出所门口的一棵梧桐树下，见到陆右安下车，她就微笑着迎上去。陆右安说："对不起，我迟到了，下雨，路上有点堵。"钱秀娟说："没有关系，没有关系，我猜也是堵车。"陆右安笑了笑说："让你久等了。"钱秀娟说："没有啦，我也刚刚到。你能来，已经很给我面子了。"他们边说边走进了派出所。

接待他们的是一位姓段的警察。段警官告诉他们，昨天晚上，在辖区的一条小河沟里，发现了一具男尸，法院鉴定排除了他杀，该男子是因为醉酒后落水溺亡的。在死者身上，警察没有发现能够证明他身份的东西，因为和钱秀娟报案失踪的张鸣的特征相似，派出所就让她过来认人。听完段警官的话，钱秀娟已经眼泪汪汪的，那双带钩子的眼睛里充满了悲伤。她喃喃地说："他不会死的，不会死的。"陆右安心里也难过起来，人心都是肉长的，如果张鸣死了，他不会无动于衷，无论如何，他们还是朋友。见钱秀娟如此悲伤，陆右安对她有了新的看法，看来这是一个有情有义的女人。他安慰钱秀娟："秀娟，不要难过，还不一定是张鸣呢。"段警官也说："是呀，还不一定是他，你们跟我走吧，死者的尸体现在放在殡仪馆的太平间里。"

段警官开着车在前面走，陆右安开车跟在他后面，钱秀娟坐在陆右安的车上。钱秀娟告诉陆右安，那天，他去找她后，她思前想后，还是去报了警。陆右安问她为什么要这样做，钱秀娟说她担心张鸣会出什么事情，更重要的是她担心女儿。陆右安叹了口气说："秀娟，我突然特别同情张鸣。”钱秀娟说：“你不恨他了？”陆右安说：“不恨了，你呢？”钱秀娟说：“恨，我怎么不恨他？他毁了我一生，现在还不让我安宁！”陆右安琢磨不透这个女人，顿时心惊肉跳起来。

段警官带着他们走进了殡仪馆的太平间。

太平间的管理员是个精瘦的老头，头发蓬乱，脸色苍白，深陷的眼睛里像藏着很多秘密。他的声音沙哑，身上还散发出一种奇怪的气味。他面无表情，冷冰冰地对他们说：“跟我来吧。”

钱秀娟轻声对陆右安说：“这个人那么古怪。”

陆右安没有说话。

老头回过头说了一句：“人死了都一样。”

钱秀娟不敢再说什么了。

老头把他们带进了一间放尸体的冷藏室里。他走到一个冷藏箱前，嘴巴里嘟囔着他们听不懂的话，仿佛是咒语，他用力地拉开了那个冷藏箱。段警官和陆右安看到了一具褐色的尸体。钱秀娟站在门边，不敢过来看。段警官回头招了招手，说：“钱女士，请你过来！”陆右安看到尸体，心里堵得慌，尽管如此，他还是对钱秀娟说：“来吧，别怕，我们都在这里。”钱秀娟满脸惊惶地走过来。老头站在一边，冷冷地看着他们。段警官说：“你们看看，他是不是你们要找的人？”

陆右安说：“有点像，秀娟，你说呢？”

钱秀娟壮着胆子，睁大眼睛。她呆呆地看了约摸两分钟，然后摇了摇头，说：“不，这不是张鸣。这个人的眼角有颗痣，张鸣没有。”

段警官说：“你确定？”

钱秀娟肯定地点了点头，说：“的确不是张鸣，我和他生活了那么多年，是不是他，我比谁都明白。”

陆右安也说：“还真不是张鸣。他的眼角的确没有那颗痣。”

段警官说：“那好吧，我们走。”他还对面无表情的老头说：“谢谢你！”老头没有理他，嘴巴里又嘟嘟囔囔地念叨什么，使劲地把冷藏箱推了回去，然后，自顾自地走了出去。他们也跟在他身后，走出了这个阴冷的阴阳界。钱秀娟觉得背后有人伸出手想拖住她，她惊叫一声跑了出去。

段警官说："那么老大的人了，还怕尸体。"

陆右安说："女人嘛！"

其实，陆右安心里也有些发毛。

跑出殡仪馆的大门，钱秀娟顾不得体面，蹲在路旁，大口地呕吐起来。陆右安站在她旁边说："你没事吧？"钱秀娟没有回答他，还是继续呕吐，把胃里的东西都清空了，最后吐出的都是胃里的黏液。她吐得涕泪横流。吐完后，她才站起来说："没事，没事！都怪张鸣这个王八蛋，要不是他，我怎么会遭这样的罪？"陆右安递上了纸巾，说："这个死人不是阿鸣就好了，说实在的，我现在特别同情大鸣，希望他没有什么事情。活着，比什么都好呀！人死了，就什么也没有了，包括爱，包括恨！活着有人恨，和被人爱一样，都是那么幸福，况且，爱和恨的界限其实也十分模糊。"

钱秀娟擦完鼻涕又擦眼泪，然后说："我真的恨死张鸣了，他毁了我，也毁了我女儿。可怜的娜娜，你现在在哪里？"

陆右安面对着这个女人，不知道说什么好，只能说："放心吧，我想他们会回来的。"他突然想起那天晚上在张鸣家碰到的奇怪事情，想问钱秀娟一些问题，但是看钱秀娟的情绪如此不稳定，他就打消了这个念头。他想，这个谜和张鸣的失踪之谜一样，迟早会解开的。

10

钱秀娟自从在殡仪馆看完那个陌生人的尸体后，心里一直不舒服，像是变了一个人。在服装店里，她不像从前那样热情地帮顾客介绍衣服了，而是痴痴地站在那里，一动不动地看着店外走过来走过去的人们，像一尊蜡像。店里的员工吴雯雯叫她，她也无动于衷。

吴雯雯走到她面前,推了她一下,说:“秀娟姐,你怎么了,魂不守舍的?”

钱秀娟一下反应过来,惊慌地说:“怎么了,怎么了,发生什么事情了?”

吴雯雯说:“没发生什么事情呀,你神经过敏了吧?”

钱秀娟说:“哦,那——”

吴雯雯说:“那位顾客看上了一件外套,她嫌太贵了,要低折扣。”

钱秀娟说:“哪件?”

吴雯雯拿过那件外套,递给钱秀娟。那个顾客也走到她面前说:“老板娘,你就便宜点吧,我是你们的老顾客了,还经常带公司的姐妹到你店里买衣服,你也是知道的,我们都很熟。”

钱秀娟笑笑说:“雯雯,你给她打折了吗?”

吴雯雯说:“打了八折。”

女顾客说:“八折打完,也太贵了。我知道,这牌子也是仿的,都快赶上正品的价格了。”

钱秀娟说:“好了好了,别说了,七折,这已经是跳水价了,就算我不赚你的钱了。”

女顾客笑了,说:“算了,我也不讨价还价了,我真的是喜欢这衣服。不过,就是打七折,你们也是有赚头的。”

钱秀娟说:“雯雯,去给她把衣服包上吧,以后这事情你做主吧,不要老是让我拿主意。”

吴雯雯答应了一声,就带着女顾客到里面去了。

钱秀娟突然说:“赚钱到底是为了什么?”

她自己无法回答这个问题,此时也没有人回答她这个问题。这时,她的手机响了。接完电话,她对里面的吴雯雯说:“雯雯,我有点事情出去一下,你看好店,有什么事情打电话给我。”吴雯雯说:“放心去吧,秀娟姐。”钱秀娟走后,女顾客说:“你们老板娘对你不错呀。”吴雯雯说:“是呀,她是个好人,把我们当她的妹妹看待。本来我都准备回老家去结婚了,看她最近心情不好,就推迟了婚期,留下来再帮她做一段时间。”女顾客说：“你也是个有情有义的人，现在人与人的关系，越来越看不懂了，都是金钱关系，唉，像你们这样的人很难得了，比大熊猫还稀有。我们公司那个老板，根本就不把我们这些员工当回事，拼死拼活替他工作，他还变着法子克扣我们的工资。实在把我惹急了，我就辞职，干脆到你店里来卖衣服算了。”吴雯雯说：“你和我们不一样，你是大学生，公司的白领，到我们服装店里来，大材小用。”女顾客说：“你是在骂我吧？什么大学生哟，现在大学生不值钱的。”

……

钱秀娟来到徐家汇的建国宾馆，站在门口时，她迟疑了一会儿，最后还是走了进去。乘电梯，上十楼，来到 1015 房间门口，她按了一下门铃。门开了一半，一个穿着白色棉睡袍的老男人把她拉了进去，然后把门关上了。老男人一把抱住钱秀娟，那张满是黑牙的嘴巴凑上去就亲。钱秀娟一把推开了他，说：“老东西，嘴巴臭得像马桶，还想亲老娘?!”

老男人干笑道：“嘿嘿，我的心肝宝贝，想死你了。”

钱秀娟把包扔在桌子上，然后一屁股坐在床上，没好气地说：“想个屁，出去那么久也不打个电话。是不是又在外面勾搭上什么小狐狸精了?”

老男人挨着她坐了下来，说：“你看我去进个货，忙得像个鬼，哪有时间勾搭女人？况且，谁看得上我这个老头子呀？凭良心说，我可是每天都想着你哩。”

说着，他的手搂住了钱秀娟的腰。

钱秀娟说：“我看你就是个鬼！不要我的时候就两三个月见不到鬼影，发骚了，需要老娘了，就出现了，谁知道你有没有离开上海出去进货呀！老娘早就看出了你的鬼把戏，我在你眼里算什么，就是一个免费的玩物！以后别在老娘面前说想我，听了恶心！你留着这些话去对那些小狐狸精说吧！你说，我和你在一起这几年，你什么时候真正给过我安全感，哪怕一点点？每次睡完觉，提上裤子就消失了。告诉你，老娘不想再伺候你了！”

老男人说："秀娟，你今天吃枪药了？净说些莫名其妙的话，你以前不是这样的。"

钱秀娟说："老娘一直就是这样想的，只是我憋在肚子里没有说出来。老娘今天忍不住了，不说出来不开心！我看我们还是断了吧，这样下去，也没有什么结果，睡个觉还要到宾馆里来，像做贼一样。"

老男人说："你不是自己说，我们不要结婚的嘛！你只要同意和我结婚，我马上和她离婚！你现在就说，结不结？"

钱秀娟冷笑道："结婚？说得比唱得好听，我说不结婚，只是思量你麻烦！你什么时候真正想到要和我结婚？真要那样，你家那老八婆不把你撕碎了！你还是省省吧，你这把老骨头也折腾不了几天了。说真的，对你，我也乏味了，没有精力再这样下去了，我们还是分手吧。"

老男人说："秀娟，你到底怎么了，发生什么事情了？你说出来，看我能不能够帮你解决。"

钱秀娟说："就你，你能解决什么问题？你自己那一大堆烂事都解决不了，还要帮我解决问题？告诉你吧，我女儿失踪很久了，你有办法给我找回来吗？你要是能帮我把女儿找回来，你要我怎么伺候你，我都答应！但是，在没有找回我女儿之前，你别想再碰我。"说着，她把他搂着腰的手扯开，霍地站了起来。

老男人愣住了，眼巴巴地望着她，不知道说什么好！

钱秀娟冷冷地对他说："没有话了吧？平常想要和我睡时，口口声声说爱我，说什么事情都可以为我做。现在我要你做什么了你就沉默了。当然，那是我的女儿，和你一点关系也没有。你需要的是我的肉体，你从来都不会在乎我的感受。你自个在这里待着吧，老娘不奉陪了！"

钱秀娟提起桌子上的包，头也不回就走了。

钱秀娟走出建国宾馆的旋转门，一阵冷风吹过来，她打了个寒噤，冬天已经不知不觉地降临了。在过去的一些冬夜里，老男人毕竟给过她一些温暖——肉体的和心灵的，而且，她困难的时候，也给过她不少钱,支持她做生意,他也不是那么小气的人,想想,钱秀娟觉得有点对不住他。她也没有办法,这个时候,她没有心情和他缠绵,她为女儿张伊娜焦虑不安,也为张鸣担心。

此时,女儿和张鸣到底在哪里?

钱秀娟突然想起了张鸣的父母。

自己曾经的公公是公安局的老干部,在公安局里说不准还有些老熟人,是不是找他出面说说,在寻找女儿和前夫的问题上,他们会积极一点?老头子对她一直不错,老太太却对她有成见,见到她不冷不热的,有时还会挖苦她两句。没有和张鸣离婚时,她也很少到他们家里去,就怕婆婆损她。钱秀娟顾不了那么多了,仿佛捞到了一根救命稻草,于是就打了个的士,直奔老头老太太的家。

给钱秀娟开门的是老太太。

老太太的神情十分奇怪:“你,你认错门了吧?”

钱秀娟有点尴尬,心想,死老太太,还是那么刻薄。她的脸上还是堆起了笑容:“妈,我是秀娟呀,你不会把我忘了吧?”

老太太装模作样地凑近她,审视着她的脸说:“哦,是你呀,富态多了,我都看不出来了,是什么风把你吹来了?对了,以后不要管我叫妈,我受用不起啊!你来,是——”

钱秀娟的脸一阵红一阵白,耐着性子说:“妈,你让我进屋说,好吗?”

老太太拉下了脸,说:“有什么话在这里说,也不丢人,怕什么呀?”

钱秀娟心想,要不是为了你的儿子和孙女,老娘才不会来受你这个死老太婆的气呢,你凭什么给我脸色看呀!她说:“妈,我来,是关于大鸣和娜娜的事情。”

老太太冷笑了一声说:“我明白了,你是想要娜娜,对不对?你害阿鸣害得还不够呀!你现在还敢来要娜娜,你真是歹毒的女人!阿鸣现在是比较困难,他就是饿死,也不会让娜娜饿着的。你放心吧,娜娜也不会跟你走的,别看你把自己打扮得像个富婆!你这样的人我见得多了!你还是走吧,你就是说破天也没有用的!”

钱秀娟内心又气又恨又委屈，她的眼睛里噙着泪水说：“妈，你误会我了，我不是来要娜娜的，是，是——”

老太太说：“那你说来干什么？说呀？”

这时，老头子走出来说：“老婆子，你在和谁说话呀？”他看到钱秀娟后，马上笑着说：“啊，是秀娟呀！快进屋，有什么话快进屋里来说。”

钱秀娟叫了声：“爸——”

说着，她的泪水扑簌簌地滚落下来。

老太太说：“还是那样，挺能装的。”

老头子朝自己的老伴怒喝了声：“闭嘴！秀娟和阿鸣离婚，都怪你从中瞎搅和！现在秀娟来看我们，你还胡说八道！”

老太太瞪了他一眼，怒气冲冲地进屋去了，扔下一句话：“就你把她当宝！”

老头子笑着说：“秀娟，别理她，她刀子嘴豆腐心，就那样的人，来，进屋吧。”

钱秀娟跟着老头子进了屋。

老头子让她坐下，还递过纸巾，让她擦眼泪。接着，他给钱秀娟沏了杯茶，放在了她面前的茶几上，和蔼可亲地说：“秀娟，喝点热茶，这样暖和些，今天外面冷。”

钱秀娟双手接过茶杯，哽咽地说：“谢谢爸爸。”

老头子说：“一家人不要说两家话，你过得还好吧？”

钱秀娟说：“我过得很好，在襄阳路市场开了个服装店，收入还不错，在上海这个地方，只要肯努力，饭总是有的吃。”

老头子说：“你说得对，做人就是要努力，在哪里都一样。唉，那混蛋要是像你一样，那我们就省心了。可他，烂泥扶不上墙哪！”

钱秀娟说：“爸，你不要说他了，他——”

老头子说：“他怎么了？他是不是又去找你麻烦了？你来，就是想告诉我们这个？秀娟，你说，不要怕，我给你撑腰！反了他了！”

钱秀娟说：“爸，不是，大鸣他没有找我麻烦。他——”

老头子皱起了眉头,问道:“那是?”

钱秀娟迟疑了会儿说:“爸,我就直说了吧,阿鸣和娜娜都失踪了……”

老头子的眼睛睁得溜圆:“啊——”

老太太虽然说生气进了房间,可她还是竖起耳朵,警觉地听他们在客厅里说话。她听到钱秀娟说儿子和孙女失踪的事情后,急匆匆地走出来,瞪着眼睛说:“钱秀娟,你,你说的是真的?”

钱秀娟点了点头说:“真的!我来就是看爸能不能和公安局的人说说,让他们关照一下,加大点力度寻找他们,我是一点办法也没有了。”

她的话刚刚说完,老太太两眼一黑,便倒在地上不省人事了。

这真是屋漏偏逢连夜雨,张鸣父女失踪的事情还没有解决呢,老太太又出问题了,钱秀娟卷进了一个旋涡,她特别后悔来到他们家。没有办法,她只好把老太太送进了医院……

11

这个城市里一定包藏着许多许多的秘密。很多秘密,陆右安无法揭开,那些秘密封存在城市的细节里,需要不懈的探索和认知。陆右安开始涉足上海的房地产业,他明白,这个行业将会火得难以想象。尽管很多烂尾楼看上去无限凄凉,相反的,他的目光盯在了那些烂尾楼上。生意上的事情,他觉得努力去做就可以了,没有什么太大的负担,现在,困扰他的还是张鸣。

自从殡仪馆认尸后,陆右安总会做噩梦。

在梦中,张鸣浑身是血,从一个阴暗的角落里朝他走来。走到陆右安面前,张鸣阴沉地对他说:“右安,对不起,我不是有意要骗你的钱。我现在来还你钱了。”说着,张鸣就用手指把自己的右眼珠子挖出来,递给了陆右安。陆右安不敢去接,直往后退。张鸣又把左眼珠子挖出来,放在手心,递给陆右安。陆右安的背靠在一堵墙上,已经无路可退。他惊骇地看着张鸣流着血的空洞眼睛,喃喃地说:“阿鸣,阿鸣,我不要你还钱了,不要还了——”这时,他发现张鸣身后站着一个女人,那个女人手中拿着一瓶低劣的香水,她阴恻恻地说:“我说过,他不会还你钱了的……”陆右安惊恐万状,大声喊叫起来。

每次他从噩梦中醒来,睡衣都湿透了。一次,他从床上爬起来,脱掉睡衣,去盥洗室里冲热水澡。冲完热水澡,他重新躺回床上,老婆问他:“右安,你有心事?”陆右安没把张鸣的事情告诉她,所以也没告诉她自己做了什么噩梦,他说:“没有,睡吧。”老婆说:“那你怎么老做噩梦?”陆右安说:“真的没有什么,睡吧!”老婆说:“你这个人,心里藏了很多事情,从来都不愿意告诉我,好像我会出卖你,你要明白,我是你的妻子,我不可能害你的,只是想知道你在想什么,这样也好安慰你,否则,我就像个傻瓜一样。”陆右安不说话了。老婆了解他的脾气,他要是不想说什么,就是用钢钎把他的嘴巴撬开,他也不会说半句的。于是,老婆叹了口气,翻过身,也不理他了。

陆右安失眠了。

他躺在床上,围绕着张鸣胡思乱想。

他会想起在崇明一起插队时的事情。有一件事情,让他难忘。那时的陆右安是一个文静瘦弱的人。他喜欢一个叫张文玲的女知青,因为懦弱,他不敢向她表白。张文玲开朗活泼,还喜欢吹口琴唱歌。她经常会在收工后的黄昏,坐在江边的草地上吹口琴或者唱歌。陆右安喜欢她,却躲着她,害怕和她对视,不像其他知青,和她在一起玩,一起闹,一起唱歌。张文玲不算是长得很漂亮的那种女孩子,可是她身上洋溢着一种那个年代特有的激情,这一点特别让陆右安心动,这种激情是陆右安所缺乏的。张文玲在江边吹口琴时,陆右安就会像贼一样躲在芦苇丛中偷窥,口琴声随风飘过来,他的内心充满了爱恋。他幻想着,张文玲只为他一个人吹口琴,只为他一个人唱歌,只为他一个人跳舞……他的目光里积满了感动的泪水,他为自己的爱情感动。知青点里,没有几个人喜欢陆右安,他们都瞧不起他,有人还欺负他。如果不是张鸣,陆右安的日子会十分难过,他不明白张鸣为什么会保护自己。别人欺负他时,只要被张鸣看到,张鸣就会把欺负他的人打跑。张鸣人高马大,力气也大,知青点的男知青如果单挑的话,没有一个是他的对手。陆右安对张文玲的爱恋之情越来越浓烈,终于抑制不住了,他就偷偷地给张文玲写了封求爱信。奇怪的是,他忘了在那封求爱信上签上自己的大名。陆右安没有想到的是,开朗活泼的张文玲收到他的求爱信后,竟然号啕大哭,而且把信公开了,说是有流氓调戏她。其实,那时也有几个知青喜欢她,他们气不过,发誓要找出写信的人。陆右安惶恐不安,他躲在芦苇丛里不敢出来。通过字迹,他们很快知道,这信是谁写的了,于是群情激愤,他们要教训陆右安,张鸣无法阻止他们。他们在芦苇丛中找到了陆右安,把他拖了出来,当然少不了一顿纷乱的拳脚,打得他鼻青脸肿。有人出了个馊主义,要把瘦弱不堪的陆右安扔到江里,这帮家伙真的就把他扔进了波涛滚滚的江中。他们不知道,陆右安不会游泳,本来是想教训他一下,却差点断送了一个未来富翁的性命。他们目瞪口呆地看着陆右安在浑黄的江水里挣扎沉浮时,张鸣飞快地跑过来,跳进了长江。他救起了陆右安,朝那些知青大吼道:“你们这些王八蛋,以后再欺负右安,我就把你们的脑袋卸下来当球踢!”他们面面相觑,看着张鸣背着陆右安朝知青点走去……陆右安忘不了,真的忘不了。

想到这事,他就觉得自己特别小人,为了10万块钱,斤斤计较。也因为此事,他担心张鸣,希望张鸣能够平安归来,并且他会帮助张鸣。陆右安也试图去寻找张鸣,可是,世界如此之大,连警察都找不到他,他陆右安能有什么更好的办法呢?

那个叫张文玲的女人现在怎么样了?他偶尔会这样想。

那天请张鸣喝酒,他问过张鸣。张鸣说:“张文玲呀,知道,她后来上了卫校,毕业后分在第六人民医院当护士,现在好像是护士长了,去年还碰到过一次,胖得像头猪。”陆右安真想把她约出来,谈谈过去,谈谈现在，就是不谈未来。不过，这个念头很快就被他打消了，因为他还是没有勇气面对她，尽管时过境迁，物是人非。

12

天越来越冷了。

钱秀娟对女儿和张鸣也越来越担心，在服装店里，终日魂不守舍。中午，吴雯雯叫的外卖送来了，她把一份盒饭送到钱秀娟的手中，说："秀娟姐，吃饭吧，一会儿凉了，不好吃了。"钱秀娟说："不想吃，没有胃口。"她把盒饭放在一边。吴雯雯说："人是铁，饭是钢，你总是这样不吃饭，身体会垮掉的，你看你都瘦了。"钱秀娟笑笑，说："瘦了好呀，就当减肥了。雯雯，你快吃吧，一会儿客人多了，就没有时间吃了。"吴雯雯就不管她，走到一边吃饭去了。

钱秀娟突然看到了那个老男人，他穿着一件灰色的羽绒服，戴着一顶黑色的鸭舌帽，微笑着走了进来。钱秀娟像见到鬼一样，霍地站起来，把他拉了出去。老男人说："秀娟，你干什么呀？"钱秀娟说："我和你说了多少次，让你不要到店里来找我，你怎么不长记性呢?! 要是你家的老妖婆跟踪你，知道了我们的事情，在我店里耍泼，那我还做什么生意?!"老男人说："她在家摸麻将呢，不会跟来的，你放心吧。"钱秀娟说："那样也不行！"

他们来到一个街角，钱秀娟阴沉着脸说："老东西，不是说不要再找我了吗，你怎么还来？"

老男人笑了笑说："你不是说过，只要我找到张鸣和你女儿，你就——"

钱秀娟狐疑地盯着他问："你有他们的消息？"

老男人伸出手，在她的脸蛋上摸了一下，说："你说呢？"

钱秀娟说："别动手动脚的，也不看看这是什么场合！快说，有什么消息？"

老男人说:“我发现张鸣了。”

钱秀娟说:“那娜娜呢?”

老男人说:“没有看到她,可是找到张鸣,也许就找到娜娜了,说不定他们在一起。”

钱秀娟说:“快告诉我,张鸣在哪里?”

老男人说:“昨天晚上,有人看到他在虹口的一个菜市场里出现过。”

钱秀娟说:“什么菜市场?”

老男人掏出一张小纸条,递给她:“详细地点写在纸条上,你自己看吧。你最好晚上自己过去看看,也许真的能碰到他。”

钱秀娟说:“你怎么知道他在那里出现过?”

老男人说:“这你就不要问了,我当然有我的办法。你说过的事情,我是要去办的,我并不像你想象的那样。唉,你根本就不明白,我对你一直是真心的!”

钱秀娟说:“好了好了,别说那么多好听的话了,我都听腻了。你说的这个事情是不是真的,我还不能肯定,等找到人再说吧。好了,你该走了。”

老男人说:“你真是个绝情的女人,我算看明白了。”

钱秀娟说:“看明白就看明白了,我走了,你爱怎么想就怎么想吧,老娘就是这样一个人!你又不是第一次见识!对了,我告诉你,在我没有找到娜娜之前,你不要再找我了,我不会理你的!你也不要给老娘打电话,我烦得很,不会接的!你给我记牢了,老东西!”

……

天没有黑,钱秀娟就迫不及待地来到了那个地方。菜市场在虹口的一片老城区里,这里马路狭窄,楼房低矮破旧,让人感觉就是上海的贫民窟。她躲在一个不易被人发现的角落里,观察着菜市场里的人们,此时,她觉得自己像个特务。

晚上8点左右,菜市场里的人就收摊了,菜市场一下子变得冷清起来。钱秀娟琢磨,老男人的话是不是真的?要是骗她的话,她非剥了他的皮不可!问题是,张鸣来菜市场干什么呢?她正在琢磨,突然看到有几个人闯进了菜市场。那几个人蓬头垢面,穿的衣服也脏兮兮的,好像从来没有洗过,仿佛散发出和菜市场一样的腥臭味。那几个人手上都拿着塑料袋子,他们进入菜市场后,就开始在地上一堆堆的烂菜叶子中挑拣出一些好点的菜叶子,放进塑料袋里。这是一些什么人?乞丐?还是什么人?看到他们,钱秀娟直反胃,想吐又吐不出来,她实在不敢相信上海还有这样一群人。

突然,钱秀娟的目光落在了一个人身上,虽然他弯着腰在捡菜叶,但还是可以看出来,这是个身材高大魁梧的男子,他的头发很长,蓬乱得像狗窝,胡子拉碴的,脸上脏得像黏着屎疤的公共厕所里的地板。钱秀娟盯着他看了几分钟,心里突然颤抖了一下:没错,这个人就是张鸣!他的一个动作出卖了他,那就是他偶尔抬起头时,使劲地用手揉他的大鼻子,揉完后,会干咳两声。张鸣一直是这样的,钱秀娟很讨厌他这个动作,曾经多次要让他改掉,都没有得逞。钱秀娟想到女儿,她现在在哪里?会不会像张鸣一样也在别的菜市场捡烂菜叶子?钱秀娟心如刀割,大叫了一声:"张鸣,还我娜娜——"

张鸣仿佛没有听到她的喊叫,继续在捡他的菜叶子。钱秀娟疯狂地冲到他跟前,大声喊道:"张鸣,你把娜娜弄到哪里去了!"张鸣抬起头来,愣愣地看了她一眼,说:"你是谁?谁是张鸣?"他身上的确散发出一股难闻的臭味,钱秀娟捂住了嘴巴。他瞪着她,大声吼道:"哪来的臭娘们,滚开!"钱秀娟的思想产生了动摇,也许她真的认错人了,这个男人根本就不是张鸣,可是——

她站在那里,进退两难。

这时,那几个浑身散发着臭气的人朝钱秀娟围了过来。他们用歹毒的目光审视着钱秀娟,仿佛她是个怪物。钱秀娟觉得自己被埋进了垃圾堆里,他们身上的臭味让她难以忍受。不管他了,不管他是不是张鸣了,钱秀娟对他们说:"给我让开!"他们让出了一个口子,钱秀娟疯了般冲出那个口子,奔逃而去。她身后传来一阵邪恶的笑声,那笑声令她毛骨悚然。

这些人在她的眼里,都是来自地狱的恶鬼,他们不是人!

钱秀娟在奔跑。

跑得上气不接下气,实在跑不动了,她才停下了脚步。钱秀娟站在那里,呼哧呼哧地喘着气,过路的人都向她投来怪异的目光。一阵冷风吹过来,钱秀娟浑身发抖,大脑也清醒起来。她又想起了张鸣的那个习惯动作,没错,她和他生活了那么多年,就是他!而且,张鸣的声音也没错,他生气了也是那样吼叫的!他只是不想认她,或者说还在仇恨她,看他现在那个样子,沦落到了如此的地步,他还能够和她好好说话?

钱秀娟自言自语道:"不行,我还得回去找他,他不承认也得承认,我就不相信!"

她转过身,往菜市场方向快步走过去。

钱秀娟回到了菜市场,菜市场上一个人也没有了,那些人已经消失得无影无踪。强烈的失落感涌上了她的心头,她的眼睛湿了,喃喃地说:"阿鸣,你在哪里?你知道娜娜在哪里吗?我不是没心没肺的人,娜娜是我的亲骨肉呀,我怎么能不牵挂她?!"

寒风呼啸,钱秀娟凄凉地走出菜市场,站在老街上,茫然四顾。

13

"张鸣一定还会出现在那个菜市场里!"钱秀娟对陆右安说。陆右安边开车边说:"如果真是他,我一定要让他回家!我可以让他到我的公司里上班,他要是不想在我的公司上班,我可以给他钱,让他做点小生意,无论如何,不能让他这样下去!可是,我还是不相信,他怎么会沦落到那个地步,在菜市场里捡烂菜叶子呢?别看他大大咧咧的,他也是个要面子的人,况且,他还拿走了我的10万块钱,不可能那么快就花完了吧?”钱秀娟说:“我不知道他为什么会变成那个样子,可是,他真的是张鸣,不会错的,不会错的!”陆右安说:“真要是他,那最好不过了!去看看再说吧!”

陆右安找个地方停好车,钱秀娟就带着他朝菜市场走去。

他们找了个隐蔽的角落,等待着那群人的到来。陆右安在身边,钱秀娟心里踏实了许多。她想和陆右安说点什么,可是又找不到什么话题,陆右安也沉默着,他在等待着张鸣的出现。晚上 8 点钟左右,那群人又进入了菜市场。这群人里竟然没有张鸣!

陆右安终于开了口:“哪个是张鸣?”

钱秀娟说:“不可能,他不可能不来呀,昨天都来了,就是和这些人一起来的。再等等,也许他在后面。”

陆右安说:“那就再等等吧。”

他们等了好大一会儿,还是不见张鸣的身影。陆右安说:“也许你昨天真的看错了,我怎么也无法想象,阿鸣会和他们一样在这里捡烂菜叶子,这些人一看就是盲流,也不可能是上海本地人。”钱秀娟说:“昨天晚上,我真的看到张鸣了,相信我,陆老板,我没有骗你!”陆右安说:“好吧,我相信你,我们现在就出去,问问他们,张鸣到底在哪里?”钱秀娟说:“只能这样了。”

那些人捡得差不多了,汇集在一起,正要离开菜市场,陆右安和钱秀娟挡住了他们的去路。他们用漠然的目光看着他俩,钱秀娟有些害怕,躲在陆右安的后面。钱秀娟伸出头对他们说:“昨天和你们一起来的那个大个子,今天怎么没有来呀?”他们还是用漠然的目光看着他俩,谁都不说话。陆右安心想,这些到底是什么人,看他们的眼神,呆滞无神,像是某种病人。钱秀娟说:“就是昨天晚上我和他说话的那个人,难道你们忘记了?他为什么没有来?”其中一个人开了口:“你说的什么人呀,我们怎么知道,我们昨天晚上也没有看到过你!”钱秀娟急了:“你不是睁着眼睛说瞎话吗?你们分明把我围起来,怎么就忘了呢?”陆右安说:“只要你们告诉我,这位女士昨天看到的那个人现在在哪里,我每人给你们100块钱。”说着，他从口袋里掏出了钱包，又从钱包里掏出了一沓钱，在他们面前扬了扬。刚才说话的那个人冷笑了一声说：“谁稀罕你的100块钱！”说完，他朝那些人挥了一下手说：“我们走！”

他们扬长而去。

他们边走还边爆发出阵阵笑声，好像是在嘲笑刚才陆右安的那句话，根本就不把陆右安手中的钱放在眼里。

看着他们的背影消失在城市的夜色之中，陆右安长长地叹了口气，他实在弄不清楚这些人的真面目，对他的钱不屑一顾，还要来捡烂菜叶子。

钱秀娟则瞪着大眼睛，呆呆地站在那里，什么话也说不出来。

他们都没有说话，默默地来到停车的地方。

陆右安正要打开车门，突然惊叫起来：“啊——”

钱秀娟说：“陆老板，你怎么了？”

陆右安心疼而又气愤地说：“你看，你看，我的车呀！”

钱秀娟过去，看到车身被刮了几道长长的痕，那痕很深，一看就是用金属锐器狠劲划的。是谁和陆右安有这么大的仇恨，要拿他的车来出气？钱秀娟说：“谁那么缺德呀？报警吧，陆老板！”

陆右安叹了口气说：“报警有什么用，你找谁去？又能找到谁？就连张鸣都找不到，还能找到划车的人？”

钱秀娟说：“那怎么办？”

陆右安说：“还能怎么办，自认倒霉呗。上车吧，赶快离开这个鬼地方。”

车开动后，钱秀娟诚惶诚恐地说：“对不起呀，陆老板，都怪我，让你和我一起来找张鸣，害你的车被划了。”

陆右安说：“不怪你，是我自愿来的。”

钱秀娟说：“会不会是张鸣划的？”

陆右安笑了笑说：“不可能的，你怎么会有这样的想法？现在的人心变了，不像从前了。我从深圳回来，不到半年，车已经第三次被划了，就是停在小区的停车场,保安24小时值班,还有人去划我的车,问保安,他们一问三不知,推脱得干干净净。有些人看到别人贫穷,不会同情,没有悲悯,还百般嘲笑;看到别人富,又产生仇视的心理,总认为富人赚的钱是不干净的,但是他们又不敢和有钱人正面对抗,只好用些下三滥的手段发泄他们心中的怨恨。"

钱秀娟说:"陆老板,你赚的钱是干净的吗?"

陆右安噎住了,一时语塞。

过了好大一会儿,陆右安才说出了一句意味深长的话:"没有人是干净的!"

钱秀娟笑了笑说:"陆老板,别生气呀,和你开玩笑的,不过,听你刚才说的那句话,老有腔调了。"

陆右安说:"每个人都有腔调,每个人的腔调都是不一样的。对了,我们就近找个地方吃饭吧,饿了。"

钱秀娟说:"好吧,我请你。"

陆右安说:"谁请都一样。"

钱秀娟说:"看起来,这个地方没有什么像样的饭店。"

陆右安说:"随便吧,吃什么都是吃,我们都是苦出身,没有什么大讲究。"

他们在路边找了个小馆子,点了两个小菜,要了两碗大排面,吃起来。吃饭时,他们没有什么话,钱秀娟用目光瞟他,看他狼吞虎咽的样子,知道他实在太饿了,心里有些内疚,又有些怜爱。钱秀娟也改变了一些对他这个阶层的人的看法,归根到底,他们也还是人,不是魔鬼,也不是神仙。吃完饭,他们刚刚走出门,就碰到了一件啼笑皆非的事情。

路边一个穿着皱巴巴的白色西装的高个男人在和一个警察纠缠。围了不少人,围观者的脸上都挂着喜庆的笑容,敢情他们是在看戏。

陆右安和钱秀娟也过去围观。

男人显然喝多了,他用手指着比他矮半个头的年轻警察说:"你别牛×,你敢动我一下,我只要一个电话就可以让你下岗!"年轻警察说:

“你喝多了,让你不要躺在马路上,难道有错吗?”醉酒男大声说:“我躺在哪里关你什么事,我犯法了吗?哪条法律规定我不能躺在马路上了?啊!你说,哪条法律?”年轻警察看来刚上岗不久,没有什么经验,面对气势汹汹的醉酒男,有些紧张:“你是在胡搅蛮缠!”醉酒男又用手指着他的鼻子吼道:“你才胡搅蛮缠,你再胡搅蛮缠,我就让你下岗,看你还神气什么!”年轻警察用手把他的手挡开,说:“你不要动手动脚的。”醉酒男说:“你是不是想打我?有种你打呀!打呀!”说着,整个身体就朝年轻警察靠了过去。年轻警察躲了一下,他就跌倒在地上。年轻警察弯下腰拉他起来,没有想到,他起来后就朝年轻警察的脸上打了一拳。

围观者骚动了,他们嘻嘻哈哈地说着什么。

挨了一拳的年轻警察气得发抖,他从腰间拿出对讲机,呼叫他的同事过来。醉酒男愤怒地说:“我今天打的就是你,你们这些警察没有一个好东西,我们纳税人白养你们了!”年轻警察站在那里不说话,等着同事前来。酒醉男摇摇晃晃要走,年轻警察拦住他说:“你不能走!”醉酒男说:“我为什么不能走?我累了,要回家睡觉了,没工夫和你啰唆!让开,不让开就叫你下岗!”年轻警察的声音突然大了:“就是下岗,今天也不能让你走!”他的脸上出现了一个乌青块,这是醉酒男那一拳的结果。醉酒男坚持要走,年轻警察不让他走,他们俩扯在了一起。

陆右安说:“秀娟,我们走吧,没有什么意思。”

钱秀娟说:“等等,等等,我觉得蛮有意思的,看他们怎么搞。”

陆右安无奈,只好点上一根香烟,继续围观。

过了一会儿,一辆警车呼啸而来。醉酒男见势不好,使劲推倒年轻警察,奔逃。警车上下来三个警察,追了上去,很快抓住了他。他大声说:“你们警察欺负人,我要让你们都下岗!”一个年纪比较大的警察问年轻警察:“怎么回事?”年轻警察说:“张所长,这个人喝醉酒了,躺在马路上,把车堵了,我把他拉起来,他就骂我,还动手打人。”醉酒男说:“是他先动手打我的,我要投诉他,让他下岗!”所长冷冷地对他说:“你别口口声声下岗什么的,说说,他怎么先动手打你的?”醉酒男说:“他先把我打倒在地，我气不过，爬起来才动手的。”所长问年轻警察：“是这样吗？”年轻警察十分委屈地说：“他胡说，我根本就没有打他，是他自己跌倒在地上，我拉他起来，他就往我脸上打了一拳。而且，他打了我，我根本就没有还手。大家可以做证。”

所长就问围观者：“你们说，是这样的吗？”

有人说：“是这样的。”

所长又说：“你们有谁能够跟我回派出所录个做证的笔录？”

他这么一说，那些围观者四散而去。这时，钱秀娟对陆右安说：“走吧，多一事不如少一事。”

陆右安没有理她，而是对派出所所长说：“我去吧！”

年轻警察感激地望着陆右安说：“谢谢你！”

……

到了派出所，醉酒男嚣张不起来了。他低着头坐在那里。陆右安在笔录上签了字，把派出所所长拉到一边说：“所长，我有一件事情想麻烦你。”所长说：“你说，你说，只要我能办的，一定帮你办。”陆右安说：“我有个朋友叫张鸣，一个多月前失踪了，昨天晚上，我们发现他和一群人在菜市场里捡烂菜叶子……我想，如果你们能够帮我找回他，感激不尽！”所长说：“哦，我知道了，这个张鸣，我们好像也接到过协查的通知，有什么消息，我打电话给你，你留个电话给我吧。”陆右安递给他一张名片，所长拿着那张名片看了看，说：“你放心吧，一有消息，我马上通知你！”

陆右安和钱秀娟离开了派出所。

14

陆右安和钱秀娟都没有料到，那个晚上去派出所录口供，录出了转机。倒不是派出所所长有多卖力去找张鸣，他只是说说，并没有把这件事情放在心里。主要是那个挨酒鬼打的年轻警察,听了陆右安和所长说的话后,上了心,也许是为了报答陆右安替他做证,也许不是。

那个年轻的警察叫许钦。

这个傍晚,许钦下班后,换上了便衣。他从电脑里调出了张鸣和张伊娜的照片,打印出来,放进了包里。这个大男孩挎着个帆布包走出派出所的大门,在暮色中看上去是那么的阳光,一个姑娘走过去了,还回头张望。他的样子就像个中学生,没有人知道他是个警察。

他在一个便利店买了一块面包和一瓶矿泉水,边走边吃。

他来到了陆右安对所长说的那个菜市场。菜市场里还有不少人,这是菜市场一天里的最后一次高峰,那些忙碌了一天的人要买菜回去做晚饭。许钦在菜市场里溜达了一会儿就出去了。他到附近的一个台球室里打台球,边打台球目光边往菜市场那边瞟。台球室的主人是个干瘦的老头,坐在门口,看着街上的人来人往。打了一会儿,许钦觉得没劲,就坐在老头旁边,和他说话。

老头说:"年轻人,怎么不去谈恋爱?"

许钦说:"不好玩。"

老头说:"瞎讲,怎么不好玩?我是谈不动了,否则还要去找个姑娘好好谈一场恋爱。想当年,我每天都到百乐门跳舞,每天都在谈恋爱,不让时光虚度。你看你年纪轻轻的,正是谈恋爱的好时光呀,青春不会永驻的,过了这个村就没那个店了。人这一生呀,就是年轻时谈恋爱有滋味,一过那个时段,就变酸了,不好玩了。如果说年轻时谈恋爱是酿酒,那么,中老年谈恋爱就是酿醋。"

许钦笑了,说:"您说得有点道理,可是现在谈恋爱没有钱不行呀,漂亮姑娘都跟着钱走,认钱不认人。"

老头说:"什么时候都一样,我年轻时候,要不是我父亲是大地主,我哪有那么快活?那是挥金如土呀,女孩子都喜欢我,很多女孩子我还看不上呢,挑挑拣拣,结果找了个老婆是个母夜叉,管了我一辈子。去年,她终于死了,我想没有人管我了,我又可以去风流快活了,却发现自己不行了。唉,人哪,真正的好时光也就那么几年。我现在是等死的人了,每天坐在这里,看女孩子们花蝴蝶一样飞过来飞过去,只有流口水的份儿了,顶多也就是过过眼瘾。"

许钦心里骂了声:"老流氓!"然后哈哈大笑起来。

老头说:"你别笑话我,你也会有那么一天的,等着瞧吧!"

许钦说:"老大爷,您这个台球室晚上一般开到几点?"

老头说:"11 点关门,雷打不动。"

许钦说:"你有没有注意到,斜对面的菜市场里,每天晚上 8 点多的时候有几个捡烂菜叶子的人?"

老头摇了摇头说:"我不注意那些乡下人,我只看美女。"

许钦不说话了。

老头还在喋喋不休:"你看,那个刚刚走过去的姑娘,屁股多翘……"

许钦没有再搭理他,而是注意着菜市场那边的动静。他看了看表,马上就 8 点了。就在这时,他看到几个头发蓬乱、衣衫不整的人从台球室门口走过去,他们都不说话,脸色阴沉。许钦看着他们走进了菜市场。他们走过去时,许钦快速地审视了他们一遍,没有发现要找的人,张鸣明显不在他们中间。许钦相信陆右安的话,他想张鸣一定出现过,自己怎么才能找到张鸣呢?

老头说:"年轻人,你想陪我这个孤老头子一直坐下去吗?"

许钦说:"一会儿就走。老大爷,您难道没有儿女?"

老头叹了口气说:"有是有,但和没有一样。"

许钦说:"怎么讲?"

老头说:"他们为了给我养老闹得像仇人一样,一见面就吵架,我看着烦,就不要他们给赡养费了,也不要他们来看我了,我现在守着这个台球室,饿不死。等我死了,他们还会来啃我这把老骨头的,还有这个老房子呢,那时我也管不着了,就让他们争吧抢吧,最好打个你死我活!现在人心坏了!"

许钦说:“他们也太不像话了。”

老头说:“不谈他们了,就算我从来没有养过他们。”

他们又有一搭没一搭地聊了一会儿天,许钦就看到那几个人出来了。他们依然沉默地从台球室外面走过。他们走出一段路后,许钦就跟了上去。老头对着他离去的背影说:“年轻人,有时间要多谈谈恋爱,到老了后悔也来不及了。”许钦没有回头,心想,也许这个老头从来就没有谈过恋爱,他说的那些都是他的想象。

这些是什么人?他们要到哪里去?许钦边走边想。

他们走得很快,风一样在老街上穿行。许钦也加快了脚步。他们越走越远,穿过了好几条街道,最后一个一个钻进了一幢废置的老楼里。许钦在不远处望着那幢老楼,老楼的楼顶已经没有了,残墙黑乎乎地矗立着。他经常路过这里,知道这楼几年前被大火烧了后就一直这样废置着。他还知道,本来政府要开发这块地方,因为没有钱就把开发的事情搁置了。

许钦想,这些人在里面干什么呢?里面还能够住人吗?

他想进去看个究竟,却担心会有什么危险,只好先离开。他心里有了个主意,回派出所,向所长汇报后,让巡警队过来搜查一下,也许能够发现什么秘密。回到所里,许钦给所长打了个电话,从电话里,许钦听出所长在和人喝酒,所长说,有什么事情明天上班再说吧,说完他就放下了电话。许钦心里特别不舒服,他担心那些人在晚上就转移了。

许钦的担心是多余的。

第二天上午,所长听了他的汇报后,就派了巡警过去搜查那个破败的老楼,许钦也跟着去了。楼里根本就无法住人,那些人到哪里去了?许钦怀疑自己看走眼了。但这是不可能的事情,他分明看着那些人溜进破楼里的。巡警们没有发现什么,准备离开。就在这时,许钦在底楼的一个房间里发现了可疑之处,一块旧木板有被人动过的痕迹,他掀开了那块沉重的木板,发现了一个地下室。地下室里竟然藏了几十个人……

15

陆右安正在开会,接到派出所打来的电话,他喜出望外,会也不开了,马上去接钱秀娟。接到钱秀娟后,就直奔虹口。一路上,钱秀娟老是对他说:"陆老板,你能不能开快点?!"陆右安说:"着什么急呀,反正人已经在派出所了,跑不掉的!"钱秀娟心里还是忐忑不安:"娜娜真的和张鸣在一起?"陆右安说:"是的。"钱秀娟说:"我还是不太相信!"陆右安说:"到派出所,你就明白了。"

钱秀娟浑身发抖,她是又喜又悲,喜的是,女儿终于找到了,悲的是,不晓得如何面对女儿,甚至见到女儿后不知说什么好,毕竟女儿和她之间有一道深深的鸿沟。她和张鸣离婚,简直是一场可怕的战争,本来就没有什么财产,还搞来搞去,生怕吃了大亏。在女儿的抚养问题上,他们也争了个你死我活,最后没有办法,只好由张伊娜自己选择。因为张鸣从小就心疼女儿,加上钱秀娟那些日子迷恋跳舞,并且和别人勾搭,对张伊娜爱管不管,她的心灵受到了创伤,张伊娜自然选择跟父亲过。钱秀娟因此也仇恨女儿,骂她没有良心,对她更加不闻不问了,如果不是出于公理,她连抚养费也不想出。张伊娜的失踪,唤醒了钱秀娟深埋在心底的那份母爱,她发现自己原来这么疼爱女儿。

想着想着,她的泪水流了出来。

陆右安笑了笑说:"你哭什么呀? 人都找到了,你应该高兴才是!"

钱秀娟说:"我心里特别难受,我对不起孩子。"

……

他们来到了派出所所长的办公室,所长正在对许钦说着什么,见他们来了,站起来说:"陆老板,你们来了! 请坐,请坐!"陆右安笑着说:"不坐了,不坐了,我们急着想看到人。"所长说:"我理解你们的心情,小许,你领他们去吧。对不起了,陆老板,我还有事情要处理,就不陪你们去了，一会儿见到人后，让小许给你们办个手续，你们就可以把人带回家。”陆右安连声说：“谢谢，谢谢！改天我请你吃饭！”所长说：“不客气，这是我们应该做的。”

出了所长办公室的门，许钦对他们说：“人都在会议室里。我带你们去吧。”

陆右安说：“阿鸣为什么会和他们在一起？”

许钦说：“他们误入了一个非法传销组织，头头跑掉了，正在通缉。这次我们解救出来了 50 多人，包括张鸣和张伊娜。”

陆右安说：“原来是这样。”

50 多个人，有男有女，他们都挤在派出所的会议室里，有的坐在地上，有的坐在椅子和桌子上，有的站着，他们都沉默着。会议室里充满了难闻的臭味，那是他们身上散发出来的臭味。这些人有多长时间没有洗澡，没有换衣服了？看他们的样子就可想而知。

头发蓬乱、衣服脏污的张鸣和张伊娜紧挨着坐在椅子上，他们低着头，不说话，像做错了事情的孩子。有个大男孩坐在离张伊娜不远的地板上，不停地用目光瞟她。陆右安走到张鸣面前，说：“阿鸣，你还好吧？”张鸣抬头看了看他，眼神慌乱，但还是故作镇静地说：“我很好，很好！我能不好吗，我是张鸣哪！张鸣什么时候不好过！”与此同时，钱秀娟走到女儿面前，弓下腰说：“娜娜，娜娜……”说着哽咽起来，眼泪也扑簌簌地滚落。张伊娜头也没抬，说：“你来干什么，我和你有什么关系？”钱秀娟伸出手去拉女儿的手，被她一把拨开，张伊娜叫道：“别碰我，你的手脏！”钱秀娟浑身颤抖，突然直起腰，猛地朝张鸣扑过去，双手掐住张鸣的脖子，撕心裂肺地喊叫：“张鸣，臭瘪三，你看你把我女儿毁了！我要掐死你！掐死你！”张鸣瞪着她，一动不动。陆右安和许钦赶紧把钱秀娟拉开了。张鸣长长地呼出了一口气，用手使劲地揉了揉鼻子，干咳了两声，然后一声不吭。

陆右安在许钦那里办完手续，就把他们带出了派出所。他们离开派出所会议室时，坐在地板上的那个大男孩冲张伊娜说：“伊娜，我——”张伊娜没有回头。张鸣回过头，瞪了他一眼，低吼道：“狗东西，以后再靠近娜娜，老子就杀了你！”大男孩颓然地坐在地上，双手抱头，哭出了声。

上车后，钱秀娟还在抽泣。

张鸣茫然地和女儿坐在后面，张伊娜还是低着头，十指用力地搅在一起。

钱秀娟好像记起了什么，拿起手机拨电话。

电话拨通后，她说：“爸，是我，秀娟。他们找到了……是的，都找到了，现在在回家的路上，你们放心吧。……好的好的，我让她和你说话。”

钱秀娟回过头，把手机递给张伊娜：“你爷爷要和你说话。”

张伊娜推开了她的手。

钱秀娟收回手，重新说：“爸，她现在不想说话。”

老头子说：“好吧，回来再说！你把她直接带回我家里，不要和那个不争气的混蛋回去，以后娜娜和我们一起住！”

钱秀娟说：“好吧。”

挂了电话后，钱秀娟对陆右安说：“先把娜娜送到她爷爷奶奶家去吧，他们都急死了，她奶奶还因为这事病倒住院了。”

陆右安说：“好吧。”

张鸣突然朝钱秀娟吼道：“谁让你把这事告诉他们的！你有什么权利管我们的事情！你是什么东西！”

钱秀娟也不示弱：“娜娜是我女儿，我怎么不能管！要是你个人的事情，关我屁事！你就是死了，老娘也装作不知道！你看你把女儿弄成这个样，人不人鬼不鬼的，你还有理了！”

陆右安说：“你们别吵了！狗咬狗一嘴毛，你们能说得清楚吗？人回来了，就没事了，千万别吵了，让人笑话！”

他们都不吭气了。

车停在了老头子家的楼下，老头子老太太已经眼巴巴地等在那里了。张伊娜下车后就朝奶奶扑了过去,趴在她肩膀上呜呜地哭起来。老太太抚摸着她蓬乱的头发,哽咽地说:“娜娜,我的好孙女,不哭,不哭,回来就好,回来就好,奶奶想死你了。”

钱秀娟也下了车,站在那里抹泪。

张鸣没有下车,他低着头,不敢面对父母。

老头子说:“你们别在这里哭了,赶快回家吧,让娜娜好好洗个澡,换上干净的衣服,饱饱地吃上一顿饭。”

老太太就拉着张伊娜的手走进了楼门。

老头子对钱秀娟说:“秀娟,多亏你了。一块上楼吧,喝杯热茶。”

钱秀娟含泪笑笑说:“爸,我就不上去了,服装店忙,我得赶回去。反正娜娜回来了,我也放心了,有什么事情打我电话。”

老头子说:“那好吧! 我会说服娜娜去看你的。”

钱秀娟说:“爸,你们要保重身体,我走了。”

她转过身头也不回地走了,也没有和陆右安打招呼。

陆右安看着她凄凉的背影叹了口气,她忙活了一场,到头来仿佛一切都和她没有关系。

钱秀娟打了个的士。上车后,她擦干了眼泪,心里说:我哭什么呀,我伤什么心呀,我凭什么受他们的气呀! 然后,她给老男人打了个电话:“老东西,去建国宾馆开房吧,在那里洗干净了等老娘!”挂了电话后,的士司机回过头怪异地瞟了她一眼,她没好气地说:“看什么看,没有见过下贱女人呀!”的士司机吐了吐舌头。

老头子上楼后,陆右安才开车离开。

陆右安说:“大鸣,不要想那么多了,我安排好了宾馆,你先到宾馆洗个澡,然后一起喝两杯,过去的事情就让他过去吧,一切重新开始。”

张鸣粗声粗气地说:“放心,那 10 万块钱我会还你的!”

那感觉好像是陆右安欠了他的钱。

陆右安淡淡一笑。

16

张鸣觉得自己这段时间的经历就是一个噩梦。

噩梦醒来,他骂自己是个大傻蛋!他一直认为自己是个聪明人,怎么就犯了这样低级的错误?他误入传销团伙的事情,老公房里的人都不知道,这样多少保住了他一些面子,否则,真不知道怎么面对那些多年的街坊邻居。陆右安还真够哥们,让他在宾馆休息好后,就带他去理发,还给他买了新衣服。他很体面地回到老公房,沈姨碰到他说:“哟,阿鸣,你回来了,像个归国华侨呀!”张鸣朝她笑笑。沈姨又说:“到哪里去了呀,那么久都没有见到你?”张鸣说:“出门做了一趟生意。”沈姨说:“看来发财了呀,下次出去,让我儿子也跟你去吧,也发发财,这样我也享几天清福。”张鸣没有再理她,匆匆上楼去了。就是这样,他还是在家里待了两天,门都没有出。

回忆这些日子的种种境况,张鸣不停地用拳头砸自己的脑袋。

那天,阳光灿烂,张鸣的内心却异常的灰暗。一大早,他就出门,到处寻找女儿张伊娜。上海那么大,他到哪里去寻找?中国那么大,他到哪里去寻找?张鸣就是一只无头苍蝇,瞎撞。他希望自己有好运气,顺利地把女儿找回来。

这个中午,张鸣莫名其妙地来到了外滩。

阳光照耀在黄浦江上,波光粼粼,这条大江还是散发出臭味。外滩的游人还是那么多,他们是来闻黄浦江臭味的还是来体味当年十里洋场残存的气息的?张鸣不知道,他也不知道自己的女儿会不会出现在熙熙攘攘的人流之中,如果会,他一眼就可以把她找出来。外滩已经不是他少年时代的外滩,已经做了改造,宽敞多了。江对面的浦东新区高楼林立,高高矗立的东方电视塔直插云霄。张鸣听人说过,有人把东方电视塔说成是一根大鸡巴,他认为不像,倒像是种在上海的一棵巨大的摇钱树。上海的变化的确太大了，这种变化给张鸣造成了一种压力，甚至是一种恐惧。这种感觉在他下岗前是没有的，那种旱涝保收的日子给了他安全感，如今，这种安全感消失了，无影无踪了。站在江边，人们纷纷从他身边走过，他突然有了一种感觉，自己和这个城市格格不入，就像当年随父母亲来到上海时一样。

他的目光苍凉而茫然。

这时，一个提着皮包、衣冠楚楚的人靠近了他。那人看了看他，然后说："先生，你是来上海旅游的吧？"张鸣侧过脸，说："不是。"那人笑了笑说："我看就不是，先生看上去一表人才，可是好像碰到了什么麻烦事？"张鸣说："你是怎么看出来的？"那人说："从你的眼睛里看出来的。"张鸣说："那你说说，我有什么麻烦。"那人装模作样地看了他一会儿说："不好，你最近破财了。"张鸣心里"咯噔"了一下，难道自己碰到高人了？那人又说："我说对了吧？"张鸣故意说："不对。"那人说："呵呵，那算我没有说。"张鸣说："没有关系。"那人说："看你的样子以后不是池中之物，如果可以的话，我们交个朋友，你随时都可以来找我。"说着，他从包里拿出一个精致的名片夹，从里面抽出一张名片递给了他。张鸣接过名片，上面写着"美国蓝得公司上海办事处游可凡"，下面还有地址和电话。然后，那人就走了，消失在人流之中。

那张名片充满了魔力。

让茫然无助的张鸣蠢蠢欲动。

他还是找上门去了。

那是虹口区的一个小招待所。游可凡就住在里面。他住的房间外面并没有"美国蓝得公司上海办事处"的牌子。游可凡热情地接待了他，还请他吃了顿晚饭。吃完饭，他就把张鸣带到了一个神秘的地方。那是城乡结合部的一幢三层楼的楼房，楼房里没有房间，每层都是一个大厅，楼房里的窗户被厚厚的窗帘遮得密不透风。

"这是什么地方？"张鸣问。

游可凡说："是我们公司的培训基地。"

他把张鸣带上了二楼。张鸣呆了,二楼有100多人在听讲台上一个西装革履的人讲着什么。游可凡对他说:“你知道吗,这个人原来是个穷光蛋,加入我们公司前,什么也不是。他只在我们公司干了几个月,就变成百万富翁了。”

张鸣吃惊地问:“你们公司是做什么的?”

游可凡说:“你先听他讲,他讲完后,我再和你说。”

那个百万富翁在讲台上用极富煽动力的语言夸夸其谈,讲他如何发展下线,如何得到公司的回报。最让张鸣心动的一段话是:“以前,我想都不敢想,我能够发财,能够住上高档的商品房,还能穿上名牌西装……从前的我是多么的自卑呀,看到有钱人都躲着走,仿佛我自己就是瘟疫。是的,贫穷就是瘟疫,它让我们没有尊严。现在,我终于挺起了胸膛,我是一个大写的人!蓝得让我懂得了丑小鸭也能够变成白天鹅,野百合也有春天!我想用我的成功经验告诉大家,只要努力,就一定能够成功,一定能够成为人上人!你们,在场的每一个人,都会成为我,相信我,光明就在前面!我们的梦想一定会变为现实!”

他讲完后,有个小伙子跳上台,他像喊口号一样挥着手叫道:“我们要发财!我们要发财!我们要成功!我们要成功!”那些人也跟着他一起挥手喊:“我们要发财!我们要发财!我们要成功!我们要成功!”他们疯狂地喊着。不知不觉,张鸣也挥着手,和他们一起喊叫起来。此时,张鸣忘记了寻找失踪的女儿,他被这个疯狂的氛围感染,仿佛就是他们之中的一员。那小伙子喊完口号,竟然唱起了《国际歌》:“起来,不愿意做奴隶的人们……”张鸣也和大家一起唱了起来,歌声把这些人的情绪燃烧到了极点。

游可凡看着张鸣,脸上露出了诡秘的笑容。

活动搞完后,那100多人都上楼去了。游可凡告诉张鸣,楼上是他们住宿的地方。二楼只剩下了3个人,游可凡和张鸣,还有那个演讲的百万富翁。游可凡给了他500块钱,他就走了。游可凡说:“他现在是百万富翁了,有身份的人了,请他回来讲课,要出场费了。”张鸣心想,哪天能够混得像他一样，那就牛×了。

游可凡走到一个角落，打开了角落里的那个铁箱，拿出一个小瓶说："你过来。"张鸣走过去。游可凡把手中的瓶子递给他。张鸣接过瓶子，仔细端详起来，瓶子的标签上全部是英文字母，瓶子里装的是透明无色的液体。张鸣说："这是？"游可凡说："这就是我们公司的新产品，你知道这瓶药水值多少钱吗？说出来吓死你！"张鸣说："多少钱？"游可凡说："15000 元一瓶。"张鸣睁大了眼睛说："这么贵？"游可凡说："当然，你知道这是什么药水吗？告诉你吧，这是我们公司研发出来的治疗癌症的奇药！只要服用三个疗程就能够治愈，一个疗程只需要两瓶。这种药厉害的就是什么癌症都能够治疗，是一种神药呀！现在在国内供不应求，虽然拿到了国家的批文，但因为产量小，都不敢公开宣传和销售。"张鸣听得目瞪口呆。游可凡说："我们现在准备在国内生产这种药，已经拿到批文了，政府也支持我们，我不想让大资本介入，因为我想让贫穷的人致富，大家富了，这个社会才能够健康地发展。所以，我们采取入股的方式，让广大贫苦的人富起来。刚才那个百万富翁，加入我们后，很快就发财了。入股后，当场就可以返还 30%，这是第一次分红，以后每年都有分红。我们的回报率是世界上最高的。因为我们掌握了高端的技术，成本是很低的，所以说，科学就是生产力！你看楼上那些人，也很快会成为百万富翁的。"张鸣说："怎么入股呢？"游可凡说："我们并不是谁都吸收，先要经过我们的培训，然后择优加入我们公司。楼上那些人就是来参加培训的。"张鸣激动地说："我要参加培训！"游可凡拍了拍他的肩膀说："没有问题！"

当天晚上，他就留在了那里。

他不知道，自从踏进这个地方，他就已经被控制了，出不去了。经过三天的洗脑，张鸣已经彻底相信了游可凡的话。他在一个深夜，在两个大汉的陪同下，悄悄潜回了家，取走了从陆右安那里骗来的另外 5 万块钱，交给了游可凡。游可凡马上给他返回了 30%的钱，张鸣又把钱还给了他，说多入点股，以后多分点。游可凡称赞他有眼光，张鸣还十分得意，对未来充满了向往。

又过了几天，游可凡就让他介绍自己的亲朋加入这个队伍。

这可让张鸣犯难了：一来，他那些工友都不富裕，拿不出钱来入股；二来，他也不想让他们加入，他只希望自己发财，以后在他们面前耀武扬威。游可凡说，只要他介绍来的人入的股，也是可以给他提成的。张鸣还是没有答应。游可凡也没有说什么。

不久，他就被送到了废置的地下室里。

那些人把他送去地下室里的理由是要磨炼他的意志，只有经过磨炼的人，以后才能成为公司里的高级管理人员。其实，这些人都是榨不出油水的人，游可凡怕他们出去后会泄露秘密，就把他们控制在废置老楼的地下室里。他们对游可凡的话却坚信不疑，而且这些人大部分都是外地人。

张鸣和另外几个人是在深夜被送到地下室里的。地下室里隔了两个房间，里面是女的，外面是男的。他们一天到晚，吃喝拉撒睡，都在里面。走进去，臭气熏天。张鸣已经麻木了，对这样的环境也没有任何反应，管事的人让他做什么，他就做什么。

那个晚上，张鸣睡得很沉。第二天早上，他听到里面的房间里有女人在哭，他觉得这哭声特别耳熟，而且女人的哭声听起来还十分的稚嫩，他不敢往深里想了，他感觉到了恐惧。突然，他听到旁边有个男孩在对着里面轻声说话："伊娜，不要哭，再哭，他们又要打你了。"里面的女孩说："都怪你，都怪你，我才不要这样发财呢，我受不了了。"男孩说："你别说了，再说就麻烦了，坚持坚持吧，'吃得苦中苦，方为人上人'，想想革命先辈，抛头颅、洒热血都不怕，我们就是吃点苦罢了，而且是为了我们自己发财吃苦，一定要坚持呀！"张鸣一把抓过了他，低吼道："小兔崽子，你刚才在和谁说话？"男孩说："和我的女朋友张伊娜说话呀！"张鸣的脑袋"嗡"的一声，怒火顿时涌上心头，他一拳打在男孩脸上。男孩哇哇地叫起来："你凭什么打我，凭什么打我？！"张鸣说："老子打的就是你！"这时，扑上来两个人，把张鸣拉到一边，拳打脚踢，边打边说："狗东西，一点组织纪律性都没有，竟敢打架！平常是怎么教育你的？我们要团结，我们是一家人！有福同享，有难同当！”

张鸣被打得嗷嗷直叫。

里面的张伊娜听出了他的声音，高声喊道：“你们别打我爸，别打我爸，我再也不哭了，好好锻炼。”

张鸣明白了，那真的是他的女儿张伊娜，原来她骗他5万块钱，也是为了到这里来发财。

那两个人放了他，警告他说：“以后再打架，有你好看的！”

那个男孩就是和张伊娜一起骗张鸣钱的李小刚。

无论如何，找到张伊娜了，张鸣心安了许多。那时，他们都鬼迷心窍了，张鸣想，只要父女俩一起发大财了，他就送女儿出国留学，高考不高考已经不重要了。见父亲也在这里，张伊娜不哭了，因为有了安全感。父女俩还相互鼓励，做着发财的春秋大梦。张伊娜好受了，李小刚可遭罪了，因为张鸣恨他。张鸣不让他和女儿说话，也不许他再和女儿恋爱了。他还动不动就给李小刚一脚，还威胁他：“你敢叫，敢叫出去后就弄死你！”李小刚痛得龇牙咧嘴，就是不敢喊出声来。张鸣还在大家入睡后的深夜，把手放在李小刚的脖子上，在他耳边低语：“你有没有和娜娜那个？说，不说我掐死你！”李小刚迫于他的淫威，说：“没有，没有，我怎么敢呢？”张鸣又说：“真的没有？”李小刚说：“真的没有！”张鸣说：“如果被我知道有过，我就把你的鸡巴割了喂狗！”李小刚吓出了一身冷汗，整个晚上偷偷流泪。

在这里，每天有两个小时的时间是进行洗脑的，还是那一套，大家在一起发狂。每天晚上，管事的人就带着几个人出去，到菜市场里去捡烂菜叶子，回来煮面条给大家吃。他们一天才吃一顿饭。张鸣心疼女儿，经常把自己的那碗面条留一半给她吃，他知道女儿吃不饱。

张鸣怎么也没想到，钱秀娟会在菜市场里找到他。他永远也不会知道，钱秀娟相好的那个老男人花了不少钱，雇了许多地皮上的人在整个上海市搜寻他和张伊娜的下落，发现他的踪迹后，老男人就罢手了。

……

17

回家后，张鸣还是会在晚上，听到女人的声音。有时，他觉得自己是在做梦，身边躺着一个赤身裸体的女人，那女人在他的耳边轻轻地说着话——他听不懂的话。女人浑身冰冷，散发出一股香水味儿。他觉得不是在做梦。他使劲地推开她，从床上滚下来，打亮了电灯，发现房间里什么人也没有，香水味却还在。他的目光落在了桌子角落的那瓶紫罗兰香水上，这是那个叫梅玲玲的女人从劳教所出来后，留在这里的唯一物件，而且，这瓶花几块钱在地摊上买来的香水，是他和她第一次上床后，他送给她的礼物。他走过去，一把抓起了那个还剩下半瓶香水的瓶子，走到窗户边，打开窗门，准备扔下去。他考虑了一下，还是没有扔，放回了原处。他想，如果以后还有女人和自己睡觉，还可以把这瓶香水给她用。

18

让人啼笑皆非的是，派出所抓住了那个传销头子游可凡，这个人竟然就是那天晚上醉酒打警察许钦的人。因为其他受骗者大都是外地人，解救出来后都遣返回去了，派出所就让张鸣去指证他。

陆右安真的把张鸣安排在了自己的公司里，考虑到张鸣能说会道，而且几栋烂尾楼接过来后，需要售楼人员，他就把张鸣安排在了售楼部。派出所所长把电话打到陆右安这里，要求他带张鸣过去指证游可凡，陆右安就开车把张鸣带到了派出所。

陆右安一看到游可凡，就哈哈大笑起来。

他指着游可凡说："原来是你呀——"

张鸣说："你们认识？"

陆右安说:“见过,当初,他可狂了,多灌了几杯黄汤,还要小许警察下岗呢,没想到呀,真没有想到,哈哈哈哈……”

游可凡也万万没有想到,就是因为这个当初为许警官做证的人,成了事情败露的导火索。

张鸣云里雾里的。

派出所所长也哈哈大笑。

张鸣走到游可凡面前,一手把他拎起来,恶狠狠地说:“去你妈的,大骗子!你差点就把我和女儿毁了!老子揍死你!”

派出所所长过去拦住了他,说:“你别胡来,放手!”

张鸣松了手,瞪着他!

派出所所长说:“是他吗?”

张鸣点了点头说:“就是他,剥了皮我也认得他!”

派出所所长拿出了一个小瓶子,就是游可凡告诉张鸣装治癌药水的那个瓶子,说:“他是不是用这个东西骗你说是治癌药水?”

张鸣说:“是的,没错,就是这东西。”

派出所所长把瓶子递给张鸣:“你看看这里面到底装的是什么?”

张鸣接过来,拧开盖子,放在鼻子下,使劲地闻了闻,什么味道也没有。他倒了一点瓶子里的液体在手心,放在嘴边,用舌头舔了舔,然后说:“妈的,这不就是自来水嘛!”

派出所所长笑了,说:“只有你们这些傻瓜才会上当受骗。”

陆右安又哈哈大笑起来。

游可凡突然也笑了起来,而且竟然把眼泪也笑出来了。

张鸣说:“你笑什么?”

游可凡停住了笑,咬着牙说:“我笑天下可笑之人!”

张鸣脸色阴沉下来。

派出所所长朝游可凡怒喝道:“你给我放老实点!”

过了会儿,张鸣对派出所所长说:“我那 10 万块钱能要回来吗?”

派出所所长说:“悬!可能都被他挥霍光了。”

19

自从到陆右安的公司上班后，张鸣觉得生活真的有了希望。有个星期天，他去父母亲家里接女儿出来吃饭，他问女儿："娜娜，你想吃什么？"张伊娜说："随便吧，反正和你吃饭只是例行公事。"张鸣说："你真的没有什么特别想吃的东西？"张伊娜说："爸，你还是省省吧，你以为你是百万富翁呀！别做梦了！"张鸣笑着说："实话告诉你吧，我要这样干下去，还真有可能成为百万富翁。你陆叔叔让我给他卖房子，提成可高了，你猜我这个月拿到了多少钱？"张伊娜说："我哪猜得出来？"张鸣得意地说："3 万！"张伊娜说："你就吹吧，反正吹牛也不算税。就算有这么多钱，你也该先把陆叔叔的那 10 万块钱还上吧？我看我们还是随便吃个麦当劳什么的拉倒吧。"张鸣说："你陆叔叔说，那钱就不要还了。"张伊娜说："爸，做人不能这么赖皮，该还的还是要还的！"张鸣说："你陆叔叔说，那钱给我也是应该的，他还提起我插队时救他的事情，说我对他有恩，他要不说，我都忘了那事。"张伊娜说："爸，你真不要脸。"张鸣涎皮赖脸地说："我就是不要脸了，怎么着！"张伊娜说："我无话可说了。"

……

陆右安渐渐地疏远了张鸣。

张鸣刚刚开始上班时，对陆右安表面上还是毕恭毕敬的，尽管总是在下面的员工面前吹牛说他和陆右安的关系如何如何铁，还救过陆右安的命。陆右安也有所耳闻，没有表露出什么态度。慢慢地，张鸣有点不像话了，经常大大咧咧地走到陆右安的办公室里，大声和陆右安说话，有时还端起陆右安的茶杯，不管三七二十一地喝起来。陆右安十分克制地说："阿鸣，我另外给你倒一杯吧？"张鸣说："不用，不用！我们哥俩谁跟谁呀！想当年，我们在崇明的时候，不也经常共用一个杯子喝水吗？”陆右安心里特别不是滋味。

让陆右安更不舒服的是，张鸣总是跟着他，陆右安去请客吃饭，他也跟着去。去了不要紧，拼命喝酒不说，还喧宾夺主，仿佛他是老板，陆右安是他的随从，经常弄得陆右安很没有面子。

……

终于有一天，陆右安找张鸣好好谈了一次。

公司的人都不知道他们谈了什么。

只知道张鸣刚刚进他办公室时，还有说有笑，后来就没有声音从陆右安办公室里传出来了。不久，公司的人就看见张鸣垂头丧气地走出来，回他的售楼部去了。人们都在猜测，陆右安到底和张鸣说了些什么。有人说，陆右安要他离开公司，张鸣死活不走。有人说，陆右安对他说，帮了他那么多，就算他以前救过陆右安，现在也两清了，谁也不欠谁的了，张鸣应该识相点，无论怎么样，陆右安还是他的老板……自从那次谈话后，张鸣在公司里收敛多了，轻易也不到陆右安办公室里去了，也不跟着陆右安去吃饭了，甚至连话也很少在公司里说了。

张鸣这样一个话唠，真能管得住他那张臭嘴？

当然管不住，他在公司里憋着，装得不言不语，可是在给客户推介房屋时，那可是口若悬河，妙语连珠呀。他把那房子说得就像皇宫一样，经常说得客户心花怒放，本来不买房子的都决定买了。

有时，这个混蛋也会和客户抬杠。比如碰到在上海工作的北京人说北京比上海好，他就摆出一副老上海的架势，说：“北京有什么好的，土不拉叽的，上个街，风一吹，灰头土脸！要不是中央政府在那里，鬼都不想去！上海多好呀，多洋气，姑娘们一个个打扮得花里胡哨，看着心里就美滋滋的！还有，上海人有文化，那素质可是中国一流的，在世界上也可以排到前几名！”

要是碰到上海本地人说到北京不好,他也来劲,沉下脸说:"你知道吗,我就是北京人,你说我们北京的坏话,我可饶不了你!你说北京不好,哪里不好了?上海好什么呀?上海有长安街吗?能找出一条像长安街那样的大道来吗?你们上海的街道就像鸡肠子一样,曲里拐弯的,小气!懂吗,小气!就像你们上海人一样小气!抠抠搜搜的,受不了!上海滩,你们以为上海滩有多牛?上海滩再大也是个滩!我们北京可不一样,说出来,把你的魂都吓没了!光中南海那个海就牛×大了,还有后海、什刹海……"

和客户抬杠,往往弄得客户心里特别不爽,准备不买房子了。张鸣不愧是张鸣,他可好了,摆出一副爱买不买的架势,人家要走了,他在后面说:"我们这么好的房子,就剩几套了,你不买,我还省得费口舌呢,自然有识货的人来买。我的话放在这里,不出两天,我就可以回家睡大觉了,为什么这样说?因为房子都卖光了,我还待在这里干球呀!"

客户一听他的话,又心动了,免不了回心转意。

张鸣并不是靠卖楼讨生活。

有人经常看到他在八万人体育馆倒卖票子。

有什么明星的演唱会,总能看到他在人群中穿梭,挨个地问:"要票吗?只剩两张了,这可是内场的,就在台下,女明星走光可以看得清清楚楚!女明星的屁股和一般女人的可不一样。"手上的那两张票子卖掉后,他又从兜里掏出两张,继续走到人家面前说:"要票吗?只剩两张了……"偶尔也会被抓住,抓住后,他就和抓他的人吵:"我一下岗工人容易吗,你以为我愿意当黄牛吗?我要不倒几张票,你让我全家人喝西北风……"吵着吵着,趁人家一不留神,他就泥鳅般溜了,钻进人群中,再也找不到他的踪影。

那天晚上,刘若英的演唱会。

卖完票子,他也进场去看。他看完后,意犹未尽,找了家小馆子,点了俩小菜，要了瓶二锅头，喝起来，边喝酒还边和邻桌的人吹：“刘若英呀，真是个大美女，要是能够和她睡一晚上，死了也甘心。唉，我没这个福分哪，为什么漂亮女人都是别人的呢！”

喝完酒，张鸣哼着小调往家走，路过那个洗头店时，停住了脚步，他突然想起了梅玲玲，她原来就在这个洗头店里干活。

正好洗头店的老板娘看到了他，朝他叫道：“张鸣，来，来！”

看着风骚的老板娘，张鸣说：“你又没有刘若英漂亮，叫我干什么！”

老板娘说：“快来，有话对你讲。”

张鸣走进了洗头店。

老板娘说：“你知道吗，梅玲玲死了！”

张鸣睁大眼睛说：“你说什么？”

老板娘说：“梅玲玲死了。”

张鸣说：“她怎么死了？什么时候死的？”

老板娘说：“早几年就死了，我后悔没有留下她，她来找过我的。就是她从劳教所放出来的那年，她被人杀了，凶手把她埋在了漕溪公园里。最近，公安破获了一个连环杀人案，抓住了那个凶手，他供出了当时杀害梅玲玲的事情，果然在漕溪公园里挖出了她的尸骨。可怜的梅玲玲……”

张鸣喃喃地说：“怎么会这样，怎么会这样？”

老板娘说：“张鸣，你和她相好一场，你家里有没有她用过的东西？如果有，赶快扔掉吧。按我们老家的说法，鬼魂会附在上面，况且，你家房子后面就是漕溪公园。”

……

张鸣回到家，仿佛听到房间里有女人的哭声。他突然想起了那瓶香水。那是他爱过的一个女人用过的香水，他不明白为什么她一直保存着那瓶香水，和他最后一次交欢后还把香水留在了他家。张鸣不寒而栗。他走进房间，开了灯，仿佛看到那装着半瓶香水的瓶子上有一双眼睛，那是梅玲玲的眼睛，眼睛里还含着泪。张鸣一阵心痛，然后，他抓起那瓶香水，走到窗边，推开窗门，手一扬，香水瓶就落在地上，碎了。

张鸣好像听到了一声撕心裂肺的尖叫。

图书在版编目(CIP)数据

七条命的狗/李西闽著. —济南:山东大学出版社,2015.8
ISBN 978-7-5607-5337-9

Ⅰ.①七…
Ⅱ.①李…
Ⅲ.①中篇小说—小说集—中国—当代
Ⅳ.①I247.5

中国版本图书馆 CIP 数据核字(2015)第 197803 号

策划编辑:张申华
责任编辑:张申华
装帧设计:牛　钧
排版制作:任　艳

出版发行:山东大学出版社
社　　址:山东省济南市山大南路 20 号
邮　　编:250100
电　　话:市场部(0531)88364466
经　　销:山东省新华书店
印　　刷:东港股份有限公司
规　　格:880 毫米×1230 毫米　1/32
　　　　　9 印张　250 千字
版　　次:2015 年 8 月第 1 版
印　　次:2015 年 8 月第 1 次印刷
定　　价:26.00 元